# THE LAST HOUSE ON NEEDLESS STREET

# 無用街盡頭的房子

CATRIONA WARD

卡翠奧娜・瓦德——著 李麗珉——譯

# 泰德・班納曼

今天是拿著冰棒的小女孩的紀念日。那是十一年前發生在湖畔的事件——她原本在那裡，然後又不在了。所以，早在我發現我們之間存在著一個謀殺者之前，這一天就已經是一個糟糕的日子了。

奧莉薇亞首先重重地跳落在我的肚子上，發出了彷彿發條裝置般的高八度聲音。我不知道還有什麼事比床上有一隻貓更好的了。我嬌寵著她，因為，稍後等蘿倫來的時候，她就會消失了。我女兒和我的貓不會同處一室。

「我醒了！」我說。「輪到你做早餐了。」她用那雙黃綠色的眼睛看著我，然後走開了。她找到陽光投射下來的一輪光圈裡躺下來，朝著我的方向眨了眨眼。貓是聽不懂笑話的。

我從前門的台階上把報紙拿進門。我喜歡本地的報紙，因為上面會刊登稀有的鳥類資訊——如果你看到什麼特別的鳥類，例如北撲翅鴷或者棕眉山岩鷚，你都可以投稿到報社。即便時間還這麼早，昏暗的空氣就已經溫暖得有如熱湯了。街道感覺比平常還要安靜。那股寂靜讓它彷彿在回想著什麼一樣。

當我看到報紙頭版時，我的胃立刻痙攣了。她就在那裡。我忘了那是今天。我向來都不善於記住時間。

他們一直都用同一張照片。她的眼睛在帽簷的陰影底下看起來很大，手指緊緊地抓住那根棒子，彷彿認為有人會把它從她手中搶走一樣。那頭短得像男孩的濕髮晶亮地貼在她的頭顱上。她下水游泳過，但沒有人用蓬鬆的毛巾裹住她，幫她擦乾身體。我不喜歡那樣。她可能會因此而感冒。他們沒有刊登另一張照片，那張我的照片。他們曾經因為那張照片而惹上麻煩。不過，那也不是什麼大麻煩，如果你問我的話。

她六歲。每個人都很難過。我們這一帶有那樣的問題，特別是在湖邊，因此，警方很快就展開了行動。郡裡每一個有可能傷害孩子的人，他們的房子都遭到了警方搜查。

當他們搜索房子的時候，他們不准我待在屋裡等待，所以，我就站在門口的台階上。當時是夏天，白熾的天光就像一顆星星的表面一樣又亮又熱。隨著午後時光的流逝，我的皮膚也跟著緩緩地在燃燒。我聽著他們在客廳裡把那條醜陋的藍色地毯放回原位，掀開地板，又在我櫥櫃後面的牆壁上敲了一個洞，因為他們覺得那面牆聽起來是空心的。幾條狗在我的院子、臥室以及所有的地方走來走去。我知道那是什麼狗。牠們的眼裡有著那些白色的死亡之樹。當我站在那裡的時候，一個帶著相機的瘦子對我拍下了幾張照片。我並沒有想到要阻止他。

「沒有照片就沒有故事。」他在離開的時候對我說。我不知道那是什麼意思，不過，他愉快地朝著我揮手道別，因此，我也對他揮了揮手。

「什麼事，班納曼先生？」那個女探員看起來像隻負鼠。她露出一副很疲憊的模樣，而我知道，負鼠通常都是那副模樣。

「沒什麼。」我說。我在顫抖。你得要安靜，小泰迪。我的牙齒發出了微小的喀噠聲，彷彿感到很冷一樣，不過，其實我覺得很熱。

「你剛才大聲叫了我的名字。還有『綠色』這個字眼，我相信我聽到了。」

「我一定是想到了我小時候編造的那個故事了，那是一個關於走失的男孩在湖邊變成了綠色東西的故事。」我緊緊地扶住前院裡那棵小橡樹的樹幹。那棵樹把它的力量借給了我。有什麼要說的嗎？如果有的話，那也只是在我的思緒邊緣徘徊。

「班納曼先生，這是你唯一的住處嗎？你在這附近沒有其他的房產了？沒有打獵的小屋，或者什麼類似的地方嗎？」她拭去上唇的汗水。憂慮就像一塊鐵砧似地壓在她的背上。

「沒有，」我說。「沒有，沒有，沒有。」她不會明白那個週末去處的。

警察最終離開了。他們不得不如此，因為我整個下午都在7-11，而且每個人都這麼說。監視錄影帶也證明如此。我經常在那裡做的是：坐在商店對開門旁邊的人行道上。當門打開的時候，顧客會在店裡的冷空氣簇擁下出來，然後，我就會向他們要糖果。有時候，如果他們有糖果的話，他們就會給我，有時候，他們甚至會買給我。如果媽咪知道的話，她一定會覺得很丟臉，不過，我太喜歡糖果了。我從來都沒有靠近湖畔，也沒有接近過拿著冰棒的小女孩。

當他們終於結束搜索，讓我回到屋裡時，我可以聞到屋子裡瀰漫著他們的味道。古龍水、汗水、吱吱作響的橡膠和化學物品的味道。他們把我珍貴的東西都看光了，例如媽咪和爹地的照片，這讓我感到很沮喪。那張照片已經褪色了，他們的五官都變得蒼白。他們正在離我而去，逐漸消失成了白色。還有壁爐架上那個壞掉的音樂盒——媽咪從她老家帶來的。那個音樂盒播放不出音樂。在我把那些俄羅斯娃娃扔到地上那天，我也把音樂盒弄壞了，就是發生老鼠事件的同一天。那個小小的芭蕾舞孃從她的發條轉柄上斷掉了，掉下來，死了。也許，她給我的感覺最糟糕。（我把她叫做伊洛絲。我不知道為什麼；她看起來就像一個伊洛絲。）我聽到媽咪美妙的聲音在我的耳朵裡響起。*你把我的一切都奪走了，西奧多。奪走了，奪走了，奪走了。*

那些人用他們的眼睛和思維看遍了我所有的東西，這讓我的房子感覺再也不像我的房子了。

我閉上雙眼，深深地呼吸，好讓自己冷靜下來。當我再度睜開眼睛時，那個俄羅斯娃娃肥嘟嘟地朝著我微笑。那個音樂盒就擺在她的旁邊。那個芭蕾舞孃伊洛絲驕傲地挺立著身姿，手臂完美地高舉在她的頭頂上。媽咪和爹地從照片裡微笑地往下俯視。我那張美麗的橘色地毯就躺在我的腳下，彷彿柔軟的毛球一般。

我立刻感到好多了。一切都沒事。我就在家裡。

奧莉薇亞的頭抵在我的掌心裡。我笑著把她抓起來。這讓我感覺更好了。不過，我頭頂上的閣樓裡，那些綠色的男孩又在騷動了。

隔天，我出現在了報紙上。頭條的標題是嫌疑犯的住處遭到搜查。我就在那裡，站在屋子前面。他們也搜索了其他的房子，但是，那篇報導讓事情看起來彷彿警察只搜查了我家似的，我猜，其他人大概都很聰明，都知道要把自己的臉孔遮起來。沒有照片就沒有故事。他們把我的照片直接放在了拿著冰棒的小女孩的照片旁邊，拿著冰棒的小女孩本身就是一則故事。

照片雖然沒有顯示這條街的街名，但是，人們一定可以辨識得出來。我猜。我的窗戶被石頭和磚塊砸破了。一大堆的石頭和磚塊。只要我一修好一片玻璃，立刻就有另一塊石頭把它給打破。我覺得自己要瘋了。這樣的事情一再發生，最後，我只好放棄修復，轉而用三夾板釘在窗戶上。這讓他們減緩了行動。當他們再也沒有玻璃可以打破時，丟石頭就失去了樂趣。我也開始不在白天的時候出門。那不是出門的好時機。

我把拿著冰棒的小女孩——我是指刊登有她照片的報紙——放進樓梯底下的櫥子裡。我彎下腰，把報紙放在那堆東西的底下。就在那個時候，我才看到那個東西在架子上，半隱藏在一落報紙的後面——那台錄音機。

我立刻就認出了它。那是媽咪的。我把那台機器從架子上拿下來。觸摸它的感覺很奇怪，彷彿有人在我附近低語，剛好就在我聽力可及的範圍之下。

機器裡已經有一捲帶子了，帶子的一部分被使用過了——其中一面大約有一半已經被錄過了。帶子很舊，上面還貼有一張黃黑條紋的標籤。標籤上是她褪色的手寫筆跡。備註。

我沒有聽那捲帶子。我知道裡面是什麼。她向來都把她的備註唸得很大聲。她在唸到子音的時候，聲音會有點輕微的結巴；她沒有辦法完全擺脫掉這樣的發音方式。你可以從她的聲音裡聽得到冰冷的大海。媽咪出生在很遙遠的地方，出生在一顆陰暗的星星底下。

我想，就讓它放在那裡吧，忘了我曾經看到過它。

我正在吃一塊醃黃瓜，我覺得好多了。畢竟，那個事件已經是很久以前的事了。天光正在亮起，今天將會是美好的一天。鳥兒很快就會來到。每個早晨，牠們從森林裡飛出來，停留在我的後院裡。黃喉貂、戴菊鶯、白頰鳥、紅交嘴雀、麻雀、黑鳥，還有市鴿。牠們擠滿了我的後院，讓我的院子變得無比美麗。我很喜歡看著那樣的院子。我在三夾板上的正確位置挖出大小剛剛好的貓眼，這樣，我就可以看到整個後院。我確定餵鳥器上永遠都裝滿了食物，也絕對不會缺水。這種炎熱的天氣可能會讓鳥兒很難受的。

就在我打算像平日那樣透過貓眼看出去時，我的胃感到一陣晃動。有時候，我的內心會比我的腦子更早感知到一些事。這不對勁。今天早晨太安靜了。我告訴自己不要太莫名其妙，然後深深吸了一口氣，把眼睛湊近到貓眼上。

首先，我看到了松鴉。牠躺在草坪的正中央。那身明亮的羽毛閃耀得像一層浮油。牠在蠕動。一隻長長的翅膀在空氣中揮動著，絕望地想要飛翔。牠們在地上的時候看起來很詭異，我是說鳥兒。牠們生來並非要停在原地不動的。

我在轉動後門那三道大鎖上的鑰匙時，雙手不停地在顫抖。咚、咚、咚。即便在這樣的情況下，我也花了一點時間把門在我身後鎖上。院子裡躺滿了鳥兒，牠們散佈在乾枯的草地上。牠們無助地在扭動，被看似黃褐色的紙張絆住了。很多已經死了，也許有二十隻。有些還沒死。我數了一下，還有七隻的心臟還在跳動。牠們在喘息，細窄的黑色舌頭在痛苦中發僵。

我的思緒像螞蟻般地四處奔竄。我換了三口氣，才弄清楚我所看到的景象。有人在夜裡的時候，把黏鼠板放在每一個餵鳥器上面，把它們纏裹在鐵絲籠上，沾黏在垂掛的繩球上。當鳥兒在黎明時分飛來覓食的時候，牠們的腳和喙就會沾黏在上面。

我能想到的只有謀殺、謀殺、謀殺……誰會對鳥兒做這種事？然後，我又想，我得要把這裡清理乾淨。我不能讓蘿倫看到。

那隻流浪的虎斑貓蜷縮在鐵絲圍籬旁的常春藤裡，琥珀色的眼睛專注地看著這一切。

「走開！」我大喊了一聲。我隨手抓起最近的一個東西，那是一個空的啤酒罐。罐子遠遠地飛出去，撞到了圍籬的柱子，發出類似哐噹的聲響。牠操著沒有爪子的腳，一跛一跛地緩緩離去，彷彿牠是自願走開的一樣。

我把那些還活著的鳥兒湊在一起。牠們在我的手裡黏成一團，不停地扭動著。牠們看起來就像我惡夢中的一個怪物，腳和眼睛全都糾纏在了一起，鳥喙不停地想要吞入空氣。當我試著要分開牠們時，牠們的羽毛被扯離了身體。鳥兒們什麼聲音也沒有發出來。也許那是最糟糕的部分。鳥兒不像人類。痛苦反而讓牠們安靜。

我把牠們帶進屋裡，嘗試一切我所能想得到的方法要溶解那些黏膠。然而，我只用溶劑試了幾次，就發現我把狀況弄得更糟了。鳥兒們閉上牠們的眼睛，不停地喘息。現在，我不知道該怎麼辦了。這種黏膠是永久性的。牠們既活不下去，卻也死不了。我想到把牠們淹到水裡，或者用鍾子直接命中牠們的頭。每一個想法都讓我覺得太詭異。我想到我可以打開我放筆記型電腦的櫥子。也許網路上會找得到辦法。但是，我不知道要把鳥兒放到哪裡才好。牠們不管碰到哪裡都會被黏住。

然後，我想起我在電視上看到過的那個東西。應該值得一試，而且我們也有醋。我用一隻手割了一段軟管。再拿來一個特百惠的塑膠盒子，隨即從水槽底下取來小蘇打和白醋。我小心翼翼地把鳥兒放在盒子裡，封上盒蓋，接著把那段軟管穿過我在塑膠盒蓋上鑽好的洞。我把小蘇打和醋在袋子裡混合好，再將袋子用一條橡皮筋固定在軟管上。現在，盒子變成了一個毒氣室了。盒子裡的空氣開始變化，翅膀的扭動越來越緩慢。我看著這整個過程，因為死亡應該要受到見證。即便是一隻小鳥也需要受到如此的對待。這沒有花太久的時間。熱氣和恐懼讓牠們早就已經半放棄了。其中一隻鴿子是最後死掉的；牠胸口的起伏越來越淺，終於再也不動了。

那個謀殺者把我也變成了謀殺者。

我把鳥兒的屍體放在屋後的垃圾堆裡。那些鳥兒的身體還很溫暖，觸感也依舊柔軟。一陣割草機的聲音開始在街頭響起。割草的氣息在空氣中蔓延開來。人們逐漸醒來了。

「你沒事吧，泰德？」那是一名頭髮顏色像柳橙汁的男子。他每天都帶著他那隻大狗到樹林裡去。

我說：「喔，是啊，沒事。」男子正在盯著我的腳看。我意識到自己既沒有穿鞋，也沒有穿襪。我的腳看起來既蒼白又毛茸茸的。我用一隻腳蓋住另一隻腳，不過，那並沒有讓我覺得比較好。那隻狗一邊喘氣，一邊對著我齜牙咧嘴。一般來說，寵物都比牠們的主人要好。我為那些狗、貓、兔子和老鼠感到難過。牠們得和人類住在一起，不過，更糟的是，牠們得愛那些人類。奧莉薇亞並非寵物。她的意義遠比寵物大多了。（我期待每個人對他們的貓也都能有這樣的感覺。）

當我想到有一個謀殺者在冰冷的黑暗之中躲在我家附近，把陷阱部署在我的院子裡——甚至也許還偷窺我的房子，用他們像死金龜子般的眼睛監視著我、蘿倫和奧莉薇亞——我的心就痙攣了起來。

我回來了。那個吉娃娃女士和我站得十分靠近。她的手搭在我的肩上。那很不尋常。人們通常都不喜歡觸碰我。她腋下的那隻狗在顫抖，用那雙鼓起的眼睛瞪著我。

我站在吉娃娃女士的房子前面，那是一棟帶有綠邊的黃色屋子。我覺得自己好像剛好忘記了什麼，或者正要知道些什麼。敏銳一點，我告訴自己。不要那麼古怪。人們會注意到古怪。他們會記得的。

「……你可憐的腳，」那名女子說。「你的鞋子呢？」我認得那種語氣。纖細的女子想要照顧大塊頭男人的語氣。這是一種神秘難解的現象。「你得要照顧自己，泰德，」她說。「你母親會很擔心你的。」

我看到自己的腳有東西滲出來——一道暗紅色的痕跡流過水泥地。我一定踩到什麼了。「我在追那隻流浪貓，」我說。「我的意思是，我剛才在追趕牠。我不希望牠捕捉我院子裡的鳥。」（有時候，我會把動詞的時態搞錯。我覺得一切感覺好像當下正在發生，有時候，我會忘記事情已經發生過了。）

「真是糟糕，那隻貓。」她說。她的眼裡燃起興趣。我讓她感覺到了什麼。「那東西是個討厭鬼。這個城市在處理流浪貓的問題上，應該和他們處理其他害蟲一樣才對。」

「喔，我同意。」我說。「當然。」

（我不記得名字，不過，我有自己判斷和記住人們的方法。第一點就是：他們會善待我的貓嗎？我不會讓這個女人靠近奧莉薇亞。）

「總之，謝謝你。」我說。「我現在覺得好多了。」

「那當然了，」她說。「明天過來我家喝冰茶吧。我會做些餅乾。」

「明天我不行。」

「好吧，隨時都可以。我們是鄰居。我們得互相照應。」

「我向來都是這麼想的。」我很禮貌地回答。

「你的笑容很棒，泰德，你知道嗎？你應該多笑。」

我揮揮手，咧嘴一笑，然後一跛一跛地走開，假裝腳痛的模樣，雖然我並沒有感覺到疼痛，並且裝作很在意那隻流血的腳，直到我確定她已經拐過了街角。

吉娃娃女士沒有注意到我已經走了，這樣很好。我想，我失去了一點時間，不過並不多。腳下的人行道依然溫暖，還不算熱。街角某處的割草機還在嗡嗡作響，空氣裡依舊瀰漫著濃濃的割草味。也許還會響個幾分鐘吧。不過，那不應該發生在這條街上。而我也應該要在離開房子之前穿上鞋子。這是個錯誤。

我用裝在綠色塑膠瓶裡的消毒劑清潔了我割傷的腳。我想，消毒劑應該是用在地板或者流理台的，不是用在皮膚上。用完消毒劑之後，我的皮膚看起來更糟糕了。不過，至少傷口現在已經乾淨了。我用紗布把腳裹起來。我家裡有很多的紗布和繃帶。我們家總是會發生一些意外。

在那之後，我的雙手還是黏黏的，彷彿有東西沾在上面，例如口香糖或者死亡。我記得曾經在哪裡看到過一篇敘述鳥兒有蝨子的文章。也許文章裡說的是魚吧。我也用清潔地板的那個東西清潔了我的雙手。我在顫抖中把早在幾個小時之前就應該服用的藥給吞下肚。

十一年前的今天，拿著冰棒的小女孩消失了。今天早上，有人殺了我的鳥兒。也許，這兩件事彼此並不相關。這個世界充滿了不合理的事情。不過，也許它們是有關聯的。那個謀殺者怎麼會知道那些鳥兒會在黎明的時候來我的院子裡覓食？他對這一帶很熟嗎？這些想法讓我感覺不太舒服。

我做了一份清單。在清單的最上面，我是這麼寫的：謀殺者。這份清單沒有很長。

柳橙汁顏色頭髮的男子吉娃娃女士一個陌生人

我把鉛筆的尾端含在嘴裡。問題是，我和鄰居並不熟。媽咪就認識他們。那是她的專長，善於對人施展她的魅力。但是，當他們看到我接近的時候，他們就往反方向走開。我確實看到過他們轉過身，匆匆離開。那個謀殺者現在可能就在外面，就在幾棟房子之外，一邊吃披薩或什麼的，一邊嘲笑我。我在清單上加上：

那個水獺男或他老婆或他們的孩子一起住在藍色屋子裡的男人聞起來像甜甜圈的女士

這幾乎涵蓋了所有住在這條街上的人。我不認為他們之中的任何人是那個謀殺者。有些人，例如那個水獺家族，現在正在度假。我們這條街的名字很奇怪。有時候，人們會停下腳步，在那塊凹陷的街牌前面拍張照。然後，他們就走開了，因為這條街後面除了樹林之外，什麼也沒有。我緩緩地在清單上又加上另一個名字。泰德·班納曼。很難說，世事難預料。我打開那個上了鎖的美術用品貯存櫃，小心翼翼地把這份清單藏在蘿倫從來不會使用的一個舊粉筆盒底下。

我用兩種方式來判斷人——他們如何對待動物，以及他們喜歡吃什麼。如果他們喜歡的食物是某種沙拉的話，他們絕對就是壞人。至於吃任何東西都喜歡加起司的人，他們也許就還不錯。

還不到上午十點——陽光穿過三夾板上的貓眼，在地板上灑下了有如硬幣般的光點，我可以從這些光點來判斷時間——但是到目前為止，今天已經是夠糟糕的一天了。因此，我決定提早幫自己做一份午餐。這是我最喜歡的午餐，世界上沒有什麼比得上這個。好，我應該用那個錄音的玩意兒把這個錄下來。因為我一直在思考——為什麼我不應該用那個錄音機錄下我的食譜？（媽咪不會高興的，我知道。我的後頸背起了一股熱熱的感覺，那告訴了我，我即將變成她口中那種討厭鬼。）

我拆開一捲新的卡帶。它們的味道很好。我把一捲新卡帶放進機器裡。當我還小的時候，我一直都想要使用這個機器。這台錄音機有一個像是鋼琴鍵盤般的紅色大按鈕，當我按下按鈕時，它會發出很大的喀噠聲。現在，我不知道要怎麼處理媽咪的舊卡帶了，這讓我感到沮喪。我不能把它丟掉，也不能毀了它——那是無庸置疑的——但是，我又不想把它和我的新卡帶放在一起。因此，我把它放回樓梯底下的櫥櫃裡，將它推到那疊報紙底下，在拿著冰棒的小女孩底下。好，一切就緒了！

泰德·班納曼的起司蜂蜜三明治食譜。在一只炒鍋裡熱油，直到鍋子冒煙。把兩片麵包的兩面都塗上奶油。取一些切達起司，我偏好一片一片的那種，不過，你應該用你最喜歡的那種。那是你的午餐。把蜂蜜塗抹在吐司的一面上。再把切達起司放在蜂蜜上面。接著把切成片的香蕉鋪在切達起司上。現在，闔上三明治，放入鍋中，直到麵包兩面都呈現金黃色。煎好之後，撒上一點鹽、胡椒和辣椒醬。切成兩半。看著起司和蜂蜜流出來。要把它吃掉幾乎讓人感到可惜。哈哈——幾乎。

我的聲音真可怕！就像一個肚子裡有一隻青蛙的怪孩子。我會把食譜錄下來，不過，我絕對不會再重聽一次，除非必要。

錄音是那個蟲蟲先生的點子。他告訴我要保留一份「情緒日記」。那些話讓我有所警覺。他讓這件事聽起來很容易。聊聊發生了什麼事，以及這些事如何影響你。呃，這連想都不用想。不過，錄下食譜還不錯，萬一哪一天我消失了，就不會沒有人知道這些食譜。明天，我會做醋和草莓三明治。

媽咪對食物有特定的看法，不過我很喜歡食物。我曾經想要當個廚師，經營一個賣午餐的地方，也許。泰德的店——想像一下！或者寫關於食譜的書。但因為蘿倫和奧莉薇亞的關係，這兩件事我都做不到。我不能丟下她們不管。

能找個人聊聊這些事會很好。（不過，顯然不是那個蟲蟲先生。我不讓蟲蟲先生看到真實的我，這點是很重要的。）我很樂意和朋友分享我的食譜，但是，我並沒有朋友。

我帶著三明治坐在沙發上，看著那些怪物卡車。怪物卡車很棒。它們的聲音很大，而且足以輾過、穿越過很多東西。沒有什麼可以阻擋得了它們。起司和卡車。我應該要很開心的。但是，我滿腦子都在想羽毛和鳥喙。萬一我被黏膠的陷阱黏住該怎麼辦？萬一我就那樣消失了呢？沒有人可以當我的見證人。

我感到側面有東西輕輕碰了我一下。奧莉薇亞正在用頭推我的手，然後用她那雙天鵝絨般的腳爬上我的大腿。她不停地轉動，最後在我的膝蓋上安頓了下來。當我感到沮喪的時候，她向來都知道。她發出的咕嚕聲讓沙發晃動了一下。

「來吧，貓咪，」我對她說。「該進到你的箱子裡了，蘿倫就要到了。」她閉上眼睛，又發出一陣咕嚕聲。她的身體在放鬆之下變得柔軟。當我把她抱進廚房的時候，她差點就從我的手中滑下去。我把老舊又故障的冷凍櫃蓋子掀起來。早在幾年前，我就應該把這個冷凍櫃給扔了，不過，奧莉薇亞喜歡這東西，天知道為什麼。一如往常地，我先檢查冷凍櫃有沒有插上電，即便它都已經二十年或者超過二十年沒有被使用過了。上週，我在蓋子上多鑽了幾個洞——我擔心裡面的空氣會不足。要把什麼東西殺掉的確很難，但是，要保持他們的安全，並且讓他們活下來就更難了。喔，天啊，我太了解這點了。

蘿倫和我在玩她最喜歡的遊戲。這個遊戲有一大堆規則，而且需要在大聲喊出首都城市名稱的同時，以極快的速度騎著那輛粉紅色的腳踏車在家裡穿梭。蘿倫按鈴答對了兩次、答錯了四次。這個遊戲雖然很吵，不過多少具有教育性，所以，我就跟著玩。當敲門聲響起的時候，我用一隻手蓋住腳踏車的鈴鐺。

「我去應門的時候，你要保持安靜，」我說。「我是說完全不要出聲。連偷看都不要偷看一眼。」蘿倫點點頭。

是吉娃娃女士。那隻狗緊張地從她的袋子裡探出頭來。那雙亮晶晶的眼睛看起來很狂野。

「好像有人玩得很兇，」她說。「我的意思是，小孩應該很吵鬧。」

「我女兒來了，」我說。「現在不太方便。」

「幾年前，我聽說你有個女兒，」吉娃娃女士說。「誰告訴我的？我現在記不起來了。不過，我記得我聽說你有個女兒。我會很樂意見見她。鄰居應該要友善相處。我帶了葡萄來給你。葡萄對健康很好，不過，它們很甜，所以大家都喜歡葡萄。就連孩子也喜歡。葡萄是天然的糖果。」

「謝謝。」我說。「不過，我得走了。她和我沒有太多時間相處。而且你也知道，屋子裡一團亂。」

「你還好嗎，泰德？」她問。「說真的，你好嗎？」

「我很好。」

「你母親呢？我希望她會寫信來。」

「她很好。」

「好吧，」大約過了一分鐘之後，她才說：「我想，我們改天再見。」

「嘿，老爸！」當大門在吉娃娃女士身後安全地關上時，蘿倫大聲喊道。「智利！」

「聖地牙哥！」我大聲地回應。

蘿倫尖叫一聲，騎著腳踏車快速地在傢俱之間穿梭移動。她一邊踩著踏板，一邊大聲地唱歌，那是一首她自己編出來的歌，一首關於蝨子的歌，如果我不是為人父母的話，我絕對不會相信一首關於蝨子的歌會讓我感到這麼愉快。然而，那就是愛的作用，它就像手一樣地觸碰到你的內心。

她突然停了下來，腳踏車的輪胎在木頭地板上發出刺耳的聲音。

「不要再跟著我，泰德。」她說。

「可是，我們在玩遊戲啊。」我的心在往下沉。又來了。

「我不想再玩了。走開，你讓我覺得很煩。」

「抱歉，小貓咪，」我說。「我不能走開。你可能需要我。」

「我不需要你，」她說。「而且我想要自己騎。」她提高了聲音。「我想要住在自己的房子裡，自己吃東西，自己看電視，再也不要看到任何人。我想要去智利聖地牙哥。」

「我明白，」我說。「但是，小孩不能自己這麼做。必須要有人人照顧他們。」

「有朝一日我會的。」她說。

「好了，小貓咪，」我盡可能地放溫柔。「你知道那永遠不會發生。」我試著和她誠實以對。

「我恨你，泰德。」不管她說了多少次，那些話的感覺都一樣：就像被人從身後快速地打到一樣。

「老爸，不是泰德，」我說。「還有，你不是認真的。」

「我是認真的，」她說，她的聲音單薄又安靜，就像蜘蛛一樣。「我恨你。」

「我們要來點冰淇淋嗎？」即便聽在我自己的耳裡，我的話都帶著愧疚感。

「但願我從來都沒有被生出來。」說完，她踩著腳踏車離去，在顫抖的車鈴聲中壓過她稍早畫的圖畫，那是一隻有著寶石般綠色眼睛的黑貓。奧莉薇亞。

我剛才並沒有說謊；這個地方真的一團亂。蘿倫把一些果凍灑在了廚房裡，然後騎著腳踏車從上面輾過，在屋子裡留下了一道黏糊糊的痕跡。沙發上散佈著折斷的蠟筆，髒盤子也到處亂扔。蘿倫最喜歡的遊戲之一，就是把盤子從櫥櫃裡拿出來，一個一個舔過。然後，她會大叫說：「老爸，每個盤子都很髒。」現在，她從腳踏車上下來了，並且假裝自己是一台拖拉機，咆哮地在地板上爬行。「只要她高興就好。」我低聲對自己這麼說。這就是為人父母。

當蘿倫撞到我的時候，我正在喝水，把中午該吃的藥吞下去。水從玻璃杯裡濺到了藍色的地毯上，藥丸也從我的指縫間掉了下去，像一顆從天而降的黃色小顆粒，一下子就不見了。我蹲下來，往沙發底下看去。我什麼也看不到。我也快沒力了。

「他媽的，」我不假思索地說。「他媽的。」

蘿倫開始尖叫。她的聲音變成了警報，越來越大聲，直到我的頭快要爆炸了。「你在罵髒話，」她哭叫著。「你這個肥大的壞人，不要罵髒話！」

我一時無法控制。我不是故意的，但是，我就是失控了。我很想說讓我失控的不是肥大兩個字，但是，我沒辦法這麼說。「夠了，」我大聲喊道。「時間到了，就是現在。」

「不要。」她朝著我的臉一抓，尖銳的手指企圖要抓我的眼睛。

「如果你不乖的話，就不能在這裡玩。」我試著要阻止她，最終，她不再反抗。

「我想，你需要睡一下，小貓咪。」我說。我把她放下來，然後按下錄音機。錄音機轉盤發出低語般的聲音，聽起來很療癒。那個女人美妙的聲音瀰漫在空氣裡。那是一個冬夜，沒有人有多餘的床，沒有人有糖果……我現在想不起那個歌手的名字了。她的眼睛充滿了情感。她就像一個母親，不過是那種你無須害怕的母親。

我把蠟筆和簽字筆都撿起來，數了一下它們的數量。全部都在，很好。

我用這個音樂來訓練蘿倫入睡。她是一個很難取悅的孩子，而且正在轉變成一個難以相處的青少年。他們是怎麼說的？青春期。有些時候，就像今天，她似乎還很年幼，只想要騎著她那輛粉紅色的腳踏車。我很擔心今天發生的事。有很多事情讓我感到很憂慮。

首先，這也是我最大的擔憂：我越來越常離開了。當我焦慮的時候就會發生這種事。萬一，有朝一日我離開了之後再也沒有回來呢？蘿倫和奧莉薇亞就會變得孤伶伶了。我需要更強力的藥物。我會和蟲蟲先生談一談。我掌心裡的啤酒很冰涼，當我拉開拉環時，它發出了嘶嘶的聲音，就像蛇一樣。我從罐子裡拿出三條醃黃瓜，把它們切成半，然後在上面抹上花生醬。好脆。這是最好的零食，而且真的和啤酒很搭，然而，我卻無心品嚐。

其次：噪音。我們的房子在死巷尾端；房子後面就只有森林。左邊那間屋子好像已經空了一輩子了；貼在窗戶裡面的報紙都已經泛黃，而且還捲起來了。因此，這幾年來，我一直都放鬆了我的防禦。我讓蘿倫大叫，讓她唱歌。這點需要再斟酌。那個吉娃娃女士就聽到蘿倫的聲音了。

廚房餐桌底下有一坨黑色的糞便。老鼠又回來了。蘿倫還在微弱地哭泣，不過，她已經越來越安靜了，這樣很好。音樂發生了它的效用。我希望她會睡上一會兒，然後，我可以在晚餐的時候把她叫醒。我會做她最喜歡的熱狗和義大利麵。

第三個擔憂是：她還會喜歡熱狗和義大利麵多久？我能保護她多久？她隨時都需要有人看管著。小孩就像圍繞在你心臟或脖子上的鏈子，他們會把你往每個不同的方向拉扯。她長得太快了；我知道所有的家長都這麼說，但是，這是真的。

冷靜下來，我告訴自己。畢竟，奧莉薇亞最終也學會了安於現狀。當她還是隻小貓的時候，每當我一開門，她就會跑向門口。她在外面是絕對無法存活下來的，但是，她還是會衝向門口。現在，她比較懂事了。我們想要的東西，對我們來說未必總是最好的。如果那隻貓都能學會這點，那麼，蘿倫也可以。希望如此。

一天即將過去，晚餐之後，蘿倫就該走了。

「再見，小貓咪。」我說。

「再見，老爸。」她說。

「下週見。」

「嗯。」她把玩著她背包上的帶子。她似乎並不在意離開，但我向來都很討厭這個時候。我已經定下規矩，不要把自己的沮喪顯露出來。我再一次播放錄音機。那個女人的聲音在黃昏的熱氣中飄散開來。

當我那天過得不如意時，現在和過去就會變得模糊不清。我會在屋裡的某些地方聽到媽咪和爹地的聲音。有時候，他們為了誰去買東西而爭吵。有時候則是走廊上那具老舊的轉盤電話所發出的叮叮聲和撥號的呼呼聲，然後是媽咪和學校通話的聲音，她告訴他們我又生病了。有時候，我在她叫醒我吃早餐的聲音中醒來。那就像鈴聲一樣地清楚。然後，一切會歸於寂靜，我會記起他們兩人都已經走了。只有神靈知道他們在哪裡。

神靈比你想像的還要靠近。祂們住在樹林裡，在一層薄到用指甲就能刮破的皮囊後面。

## 奧莉薇亞

當泰德叫我的時候，我正忙著用舌頭舔我發癢的腿部。我想，去他的，叫得真不是時候。不過，我聽到他的語氣，因此，我只好停下來去找他。我只需要跟著那道光束走就可以了，而今天的光束散發著金燦燦的光芒。

他站在客廳裡。他的眼神已經飄走了。「貓咪，」他一遍又一遍地重複著。回憶在他的腦子裡湧起，就像皮膚底下的蟲子一樣。空氣中有一股山雨欲來的味道。情況看起來很不妙。

我用我的側面靠向他。他用顫抖的雙手把我拾起來。他的呼吸在我的毛上留下了幾條波紋。我在他的臉頰上發出咕嚕咕嚕的聲音。空氣開始冷靜下來，緊繃的感覺消退了。泰德緩緩地呼吸。我用自己的臉磨蹭著他的臉。他的情緒向我襲捲而來。雖然很痛苦，但是我可以承受得住。貓咪不會執著於任何的事物。

「謝謝你，貓咪。」他低聲地說。

你瞧？當他叫我的時候，我正在忙，然而，我還是走向了他。上帝給了我這個使命，而我也樂於這麼做。一段關係是需要小心經營的。你得要每天細心呵護。

那個女性人類正在悲切地唱歌。她唱的每一首歌曲、她聲音中每一個細微的猶疑，以及那首關於牧場的歌曲裡幾乎難以被注意到的走音，我都打從心裡感到熟悉。當蘿倫不在的時候，她的歌曲就日日夜夜重複地播放著。泰德似乎需要陪伴。我猜，他覺得一隻貓不算數。如果我想要認真以對的話，我可能會覺得被他這種想法所冒犯。不過，所有的人類都很不一樣，你不能和他們太過計較。我是指一般而言。除了泰德，我不認識其他人類。

我會從頭開始說。關於他是如何在暴風雨中發現了我，那天，就是我們彼此羈絆在一起的日子。

我記得出生的時候。我原本並不在那裡，然後，我就存在了，就那麼簡單。從溫暖的環境裡被推擠到冰冷之中，蹬著虛弱無力的貓爪，渾身還纏著黏糊糊的薄膜。我第一次感覺到冷空氣吹拂過我的毛，我張開嘴，發出第一次的哭聲。她彎下身來，彷彿一片天空一樣。溫暖的舌頭和溫暖的嘴就在我的脖子上方。來吧，小貓咪，我們在這裡並不安全。貓媽媽。我們把其他的貓留在了泥濘之中。他們沒有存活下來。在那幾個月裡和我一起共享黑暗的那些柔軟的身體，現在動也不動地躺在了雨中。來吧。她很害怕。即便我還那麼小，我也可以分辨得出來。

那場暴風雨一定持續了好幾天。我不知道究竟是幾天。我們從一個地方轉到另一個地方，想要尋找一個溫暖的庇護所。我的眼睛還沒有睜開，因此，那些回憶都是氣味和觸覺的組合：我們睡覺的地方有柔軟的泥土，空氣中有強烈的老鼠味道。當她緊緊蜷縮在我身邊時，她的毛就貼在我的鼻子上，那是一股冬青的味道。

當我的眼睛開始睜開時，我看到的是一片朦朧。滂沱的大雨彷彿發亮的小刀一樣。世界在崩塌、在顫抖。我從來都不知道世界還有其他的模樣，因此，我以為暴雨向來都存在。

我可以站起來了，然後可以稍微走路。我開始明白貓媽媽的體內有些不對勁。她的動作越來越慢。奶水也越來越少。

有一天晚上，我們躲在一條排水溝裡。荊棘叢在我們的頭頂上顫抖，在大風中急速地甩動。她幫我保暖，還餵了我。她發出的咕嚕聲越來越虛弱，她的體溫也逐漸退去。然後，她再也不動了。寒意開始侵入我的體內。

空氣中響起一陣咆哮的聲音，接著是一束令人眼盲的亮光，不是天空裡那種令人顫慄的光線，而是一道黃色的光圈。某個看似蜘蛛的東西在雨水中閃耀著。當時，我還不知道什麼叫做手。那個東西圈住了我，把我從我媽媽的身邊抓了起來。

「這是什麼？」他身上有一股強烈的濕土味。泥土讓他的手掌感覺起來很滑溜。一隻野獸在附近發出低沉的聲音。他把我放在那隻野獸裡面。雨水打在那個金屬屋頂上，就像一顆顆小石頭一樣。他把我裹了起來。那條溫暖的黃色毯子上有著藍色的蝴蝶圖案。毯子上有一股味道來自於我認識的某個人，或者我想要認識的某個人。這怎麼可能？那時候，我還不認識任何人。

「可憐的小貓，」他說。「我也是獨自一個人。」我舔了舔他的拇指。

那就是事情發生的時候。一道和煦的白光聚集在他的胸口，那應該就是他心臟上方的位置。那道光變成了一條繩索，穿過空氣往外延伸。繩索來到了我面前。我揮舞著手腳掙扎著。然而，我被緊緊地抓住了。我感覺到那道光環繞著我的脖子，把我連結到他的心臟。那並不痛。它把我們綁在了一起。我不知道他是否也感受到了——我願意相信他也感受到了。

然後，他把我帶回家，帶到這個溫暖的屋子裡，在這裡，我無時無刻都可以睡覺，隨時都可以被撫摸。我甚至不需要看著外面的世界。就算我想，也沒辦法看到！因為窗戶全都被木板釘住了。泰德讓我變成了一隻家貓，而我再也無須擔心任何事情。這是我們的房子，只有我們可以待在這裡，任何人都不准進來。當然，除了黑夜之外，還有那些綠色男孩和蘿倫。說實在的，沒有他們其中的某些人，我也可以過得很好。

我想，我應該要描述一下我們。人們在說故事的時候都會這麼做。這很難。我永遠也無法辨別電視上的人類。我不知道什麼細節才是重要的。我是說，我的泰德是米色的？他的臉上有好幾塊紅色的毛髮，頭上的毛髮則比臉上要濃密一些，顏色也更深，就像上了亮光漆的木頭一樣。

至於我，泰德總是叫我「你」，或者「小貓咪」。不過，我的名字叫做奧莉薇亞。我的胸前有一小撮白毛，襯托著我那一身宛如煤炭般的黑毛。我的尾巴又長又細，就像一根魔杖。那雙可以靈活轉動的大耳朵有著一對精緻的耳尖。它們很敏感。我還有一對杏仁般的眼睛，那抹綠色就像雞尾酒裡的橄欖一樣。我想，我應該可以說自己很漂亮。

有時候，我們是很棒的組合，有時候，我們則會吵架。事情就是這樣。電視說你得要接受所有人原本的樣子，不管是人類還是貓。但同時你也得要有界線。界線是很重要的。

就先到此為止吧。情緒讓人感到很疲憊。

遠處的鐘聲或者某個高八度的召喚聲，讓我從打盹中驚醒過來。

我甩甩頭，想把這個聲音從夢境中甩掉。然而，那個噪音依舊存在。有什麼小人兒在哪裡唱歌嗎？我不喜歡這個聲音。吱……

我貓爪下的橘色地毯很可愛，走在上面就像走在柔軟的小藥丸之上。那個顏色就像太陽落入海面一樣。光線透過貓眼，在牆壁上留下了幾個斑斑點點。這裡的牆壁是一種平靜的深紅色。泰德和我覺得那是很美的顏色。在某些事情上，我們的看法一致！還有泰德的躺椅，躺椅頭部和扶手上的皮革已經磨損到發亮。椅子上有一個洞被銀色的防水膠帶貼起來了，那是他在一次塵土飛揚的腳踏車比賽中，用牛排刀刺破的。我喜歡這個房間裡的一切，除了壁爐架上放在音樂盒旁邊的那兩樣東西。

我討厭的第一樣東西叫做俄羅斯娃娃。它的肚子裡有一個縮小版的娃娃，那裡面還有另一個更小的娃娃，以此類推。真可怕。他們就像犯人一樣。我想像著他們在黑暗中尖叫，無法移動，也無法說話。那個娃娃有一張大臉，而且笑得很茫然。把自己的孩子禁錮起來讓它看起來很高興。

我討厭的第二樣東西是壁爐上的照片。一對父母，從玻璃後面瞪視著前方。那張照片的一切都讓我討厭。相框太大，銀色的相框上還有葡萄、花朵和松鼠的裝飾。看起來好噁心。那些松鼠的臉孔看似熔化和燒焦了。那就好像有人把熔化的銀潑在了活生生的東西上面，然後讓它自然冷卻。不過，最糟糕的是相框裡的照片。背景是一座黑到發亮的湖泊。有兩個人站在沙灘上。他們的臉孔就像兩個洞一樣。那對父母並沒有善待泰德。每當我靠近那張照片的時候，我都可以感覺到他們的靈魂在漫無目的地拉扯。

至於那個音樂盒，我倒是喜歡的。那個小女人直挺挺地往上拉伸，彷彿要往天堂而去一樣。吱……那個高八度的聲音並非來自於那對父母。我轉身背對著他們。揚起我的尾巴，就讓他們看著我的屁股吧。

那輛粉紅色的腳踏車躺在客廳的地板上，輔助輪隱隱地在轉動。蘿倫。她是泰德的小人類。或者，她屬於另一個人類，而泰德只是幫忙照顧她而已？我忘記了。她的氣味縈繞在地毯上、在椅子的扶手上，但是，客廳裡靜悄悄的。她一定已經走了。很好。但是，她從來都不把那輛天殺的腳踏車挪開。喔，天啊。最近，我一直在說「天殺的」，而不是——咳咳、咳咳。我不喜歡對天不敬。

當蘿倫來的時候，我就到我的箱子裡去。在箱子裡，我可以思考。那裡面很漆黑，也很好。我相信上帝不會贊同我接下來要說的話，不過——小人類真的很恐怖。你絕對不知道他們會做出什麼事。而蘿倫有某種心理問題；我不確定詳細的情況是什麼，不過，那似乎和粗野、吵鬧有關。貓對聲音是很敏感的。我們用我們的耳朵和我們的鼻子觀看這個世界。我的意思是，我們顯然也會用我們的眼睛。

我的箱子貼著廚房的牆壁而放。我把耳朵貼在箱子冰涼的那面傾聽，不過，那個刺耳的聲音並非來自箱子裡，我想不是。泰德又在上面放了一堆東西，所以，我進不去。真討厭。蘿倫在冰箱旁邊的白板上留下了潦草紊亂的塗鴉。她寫了一堆東西在上面。泰德是泰德。奧莉薇亞是隻貓。真是了不起的觀察。她將來一定會成就非凡。冰箱一如往常地發出隆隆的聲音，水龍頭也在滴水。然而，我耳朵裡那個細微而尖刺的聲音依舊存在，完全不符合現場所有的聲音。

在一間充斥著嗡嗡聲的房間裡，一切都和平常一樣。櫥櫃都關得好好的。我可以聽到那些機器在上鎖的櫥櫃門後面發出平穩而低沉的嗚嗚聲。手機、筆記型電腦、印表機。它們聽起來好像活著一樣，我總覺得它們就要開口和我說話了，不過，它們從來沒有對我說過話。

那個彷彿鈴響或者高八度的細微聲音還在持續當中。那個聲音並非來自於某些機器。

我走上樓。我喜歡爬上樓梯。那種感覺就像在進步一樣。我也喜歡睡在樓梯正中央的台階上。那讓我感覺好像在飄浮。台階上黑色的長條地毯讓躺在上面的我完全隱沒其中。有時候，泰德會因為踢到我而絆倒。他喝太多酒了。

當我在房子裡走來走去的時候，那個聲音似乎不再變大或變小，這很奇怪。我避開閣樓的門，對它敬而遠之。那不是個好地方。我用後腳站立，壓下臥室房門上的門把。門發出喀噠的一聲，隨即打開。（我很喜歡門。就是很喜歡。）泰德的床上有五、六捲布膠帶。他是按碼買的。我不知道他到底要用這些膠帶來做什麼。我舔了一下膠帶。它嚐起來黏黏的，味道很強烈。那個刺耳的聲音依舊在我的耳朵裡隱隱響起。我不耐煩地揮舞著手腳。天啊。真討厭。是我在想像嗎？還是這個聲音真的有點金屬的空洞感，就像從水管裡傳出來的一樣？

在浴室裡，我跳起來檢查水龍頭，除了空氣在水管裡的回音之外，沒有其他的聲音了。我舔了一下金屬的水龍頭，然後，嗅了一下覆蓋在洗臉盆邊緣的污垢。泰德不是一個很乾淨的人類。他的浴室看起來和電視裡的浴室不一樣。

浴室的櫥櫃門是打開的。一根根棕色的管子排放在架子上。我用尾巴的末端碰了它們一下，然後稍微推了一推。那些管子哐啷作響地掉了下來，藥丸從它們的嘴裡流瀉而出，彷彿下雨一樣。粉紅色、白色、藍色。他從來都不把它們蓋好，因為那是安全蓋子，當他喝醉的時候，他就打不開了。那些藥丸在骯髒的磁磚上混在了一起。其中有幾顆掉落在一灘積水裡，那是他早晨淋浴時留下來的水漬。藥丸慢慢地將那灘水染成了粉紅色。我輕拍了一顆綠白相間的膠囊，讓它滾過地板。

吱……那高八度的聲音。那是一個訊息，我知道，感覺上那是專屬於我的訊息。但是，我已經沒有時間弄清楚了，因為她就要來了。

我和泰德羈絆在一起，而我得要照顧他，一如上帝的命令。不過，我還是有自己的生活，你知道嗎？我有自己的興趣。呃，一個興趣。現在，她就要來了，這讓我感到很興奮。

我衝下樓梯，跑向窗戶，避開那輛粉紅色的腳踏車，從沙發後面繞道過去，在灰塵上留下了貓爪的痕跡。雖然我知道我沒有遲到，不過，我還是免不了擔心自己來晚了。所幸，投射在牆壁上的光圈不偏不倚地落在它應該出現的那個角度。我跳上那張有綠色流蘇的小桌。如果我用後腿站立，再加上一點點的踮腳，我剛好就可以透過那個貓眼，看到那棵小橡樹後面的街道。那道光束灑在我身後的空氣裡，像一道閃亮的銀柱。

其他的貓眼都和人類一樣高，我沒有辦法搆得到。這是我唯一可以看到外面的地方。這是一個小洞，也許像一枚二十五分錢的硬幣一樣大。我看不到太多東西；一段扭曲的橡樹樹幹、冬季裡一些光禿禿的樹枝，還有樹枝後面幾呎的人行道。當我看著外面的時候，灰濛濛的天空開始安靜地飄起雪來。人行道緩緩地消失在一片白色底下，每一條樹枝都覆蓋上了一條狹窄的薄雪。

這就是我所知道的全部，這個硬幣大小的世界。我介意嗎？我懷念外出嗎？一點也不。外面很危險。這樣對我來說就夠了，只要我可以看得到她。

我希望泰德不會把這張流蘇桌子挪走。這很像他會做的事。這樣一來，我就會很生氣，而我討厭讓自己生氣。

如果她沒有出現的話，我就會等待。當然了，那就是愛。耐心和毅力。這是上帝教我的。

她的氣息在她出現之前就已經來到了，彷彿滴落在吐司上的蜂蜜一樣，瀰漫在空氣裡。她踩著優雅的步伐來到街角。我要怎麼描述她？她身上的條紋讓她看起來就像一隻褪色的小老虎。那雙黃色的眼睛一如熟成的金黃色蘋果，或者尿液。我的意思是，它們很美。她很漂亮。她停下腳步，伸展了一下，這邊、那邊，伸展著她修長的黑色腳爪。當雪花飄落在她的鼻頭上時，她眨了眨眼睛。她的嘴裡有一個銀色的東西半露出來，也許是一根尾巴。一條小魚，大概是沙丁魚或鯷魚之類的。我一直都很好奇真的魚是什麼味道。我吃起司玉米片和剩下來的雞塊，或者從7-11打折貨架上買來的過期食品。當我真的很餓的時候，我就得要求黑夜去幫我獵食。（我痛恨任何形式的暴力，不過，世界不是我創造的，當我不得不這麼做的時候，我就必須這麼做。）

希望你的魚很美味。我靜靜地對著那隻虎斑貓說。我用貓爪撫摸著三夾板。我愛你。外面的風發出一陣呻吟，空氣裡瀰漫著濃濃的飛雪，然後，她就像一抹黑色和金色交錯的光影，消失無蹤了。演出結束。上帝賜予的，祂也會收回。

通常，在看過她之後，我喜歡坐下來，思考一段時間。但是，那股刺耳的聲音又回來了，而且更大聲了。我用我的貓爪揉了揉耳朵，直到我的耳朵又紅又痛為止。這沒有改變什麼。它到底來自何處？吱……又來了，一直持續不斷。如果那聲音在我的耳朵裡揮之不去，我要怎麼做得了事？它就像一個小時鐘。不，還要更糟，因為感覺上它幾乎就在我體內，而且不會停下來。這個想法讓我很不安。這個小時鐘為什麼一直在響？要發生什麼事了嗎？我需要指引。

我去找了我的聖經。嗯，它現在是我的了。我猜，它原本屬於泰德的母親。不過，她離開了，在她回來之前，我想我可以先借用一下。那些書頁很輕薄，書頁摩擦時發出的沙沙聲，就像乾燥的花瓣一樣。封面上燙金的顏色彷彿在述說著什麼秘密，總能吸引你的目光。泰德把它放在客廳的一張高腳桌上。說真的，那對他來說還真是一種浪費，他從來都沒有打開過它。那本書已經變得有點磨損，不過，我必須要表達我的忠誠。

我跳到書本旁邊。這個部分很有趣，因為我總是覺得我就要摔下來了。我在桌面上顫抖。然後用一隻貓爪推了推它，將它推擠到桌子邊緣。

聖經在一聲巨響下掉落在地板上，書頁因此被攤開了。我等了一下，因為這還沒結束；過了一會兒之後，整棟房子都在震動，地裡也發出一陣轟隆隆的聲音。這種事第一次發生的時候，我被嚇得大叫，還躲到沙發底下。不過，後來我了解到這些都是祂的暗示，祂在告知我，我所做的是對的。

我從桌上跳下來，四肢貓爪俐落地著地，上帝將我的目光引導到詩篇上。祂要我看見。

親愛的朋友們，讓我們彼此相愛，因為愛來自於神，凡有愛心的人都是由神而生，並且認識神。

它的真切性讓我感動到顫抖。我愛我的泰德，我的虎斑貓，我的屋子，我的生活。我是一隻幸運的貓。

當我發現一段我喜歡的詩篇時，我會試著記住它——就像我剛才唸的那段。不過，要把句子完整地牢記在腦子裡可能很困難。就像把一杯彈珠打翻到一片硬地板上一樣。彈珠會從四面八方衝到黑暗裡。

這本書只是一個指引，真的。我想，對貓來說，上帝是不一樣的。祂偏好和我們直接對話。我們看待事情的方法和人類不一樣。

我在沙發上的一輪陽光裡安坐下來。我刻意把背對著掉落下來的聖經，這樣，泰德就會知道聖經掉下來和我無關。那個刺耳的聲音已經安靜了一些。

現在，我為什麼有一種不好的感覺？有什麼可能會出錯的嗎？那段聖經的詩篇再正面不過了。總之，生活的訣竅就是，如果你不喜歡正在發生的事，那就回去睡覺，直到那件事停下來為止。

## 泰德

我一直在想，我應該要錄下對媽咪的某些回憶。這樣，就算我不在了，它們也不會消失。我不希望她被遺忘。不過，要選擇哪個回憶還真難。我大部分的回憶都有它們自己的秘密，而且也不適合。

我有一個很棒的點子。在湖畔的那天如何？那個故事裡沒有秘密。一開始，我找不到那個錄音的東西；我很確定我上次使用它的時候是在廚房。最終，經過一番尋覓之後，我在客廳的沙發後面找到了它。真奇怪。不過，我的腦子就是這樣。

好了。這是我如何開始喜歡上鳥兒的故事。那是一個夏天，我們到湖邊去旅行。當時，我六歲，我不太記得那個年齡發生的事情，不過，我記得那個感覺。

那天，媽咪穿了一件深藍色的洋裝，那是她最喜歡的衣服。熱風穿過窗戶的裂縫，把她的洋裝吹得飄曳生姿。她把頭髮夾了起來，不過，還是有幾縷髮絲從髮髻上逃脫了。那些髮絲在她細長白皙的頸子上舞動著。爹地負責開車，他那頂帽子在天光的襯托下，彷彿一座黑色的山脊。我躺在後座，一邊踢著雙腳，一邊看著天空往後退去。

「我可以養一隻貓嗎？」一如我經常問的那樣，我再次問道。我想，也許我可以讓她在不經意中給出一個不同的答案。

「家裡不准有動物，泰迪，」她說。「你知道我對寵物的感覺。那太殘忍了，把活生生的東西囚禁起來。」你可以聽得出來，她不是本地人。她說話時依然帶有一絲來自她父親家鄉的語調。在「r」的發音上總像是遭到擠壓一樣。不過，她並非本地人的感覺更多是來自於她自己顯露出來的姿態，彷彿在等待著來自背後的一擊。

「爹地。」我說。

「聽你媽媽的話。」

我對他的反應做了一個哭臉，不過，僅限於我自己知道。我不想當一個討厭鬼。我用手在空氣中搓了幾下，假裝我可以感覺到絲滑的毛就在我的手底下，感覺到一顆實實在在的頭，頭上還長了一對好奇的耳朵。打從有記憶以來，我就一直想要有一隻貓。媽咪總是說不可以。（現在，我不禁懷疑，她是否知道什麼我不知道的事，她是否預見了未來，就像地平線上的一抹紅暈那樣。）

當我們接近湖泊的時候，空氣裡開始瀰漫著深水的氣息。

我們很早就到了，不過，湖邊已經擠滿了其他的家庭，鋪在白色沙灘上的野餐巾彷彿棋盤上的方格一樣。閃亮的湖面上蜉蝣成群。早晨的太陽很強烈，讓我的皮膚宛如蘸上醋一般地刺痛。

「穿上你的背心，泰迪。」媽咪說。天氣很熱，但是，我知道最好不要回嘴。

我和爹地在水裡玩耍。媽咪坐在她的椅子上，手裡撐著她那把藍色的絲質陽傘。陽傘的邊緣在微風中飄動。她並沒有看書，只是望著森林、大地和湖水，看著我們沒有人可以看到的東西。她看似在做夢，或者在留意著敵人。現在回想起來，也許兩者皆是。

紀念品攤位上有一些小鑰匙圈，那是用當地森林裡的松樹雕刻而成的。鑰匙圈看起來很令人驚嘆，有狗、魚和馬兒的形狀。它們緩緩地轉動，用它們木雕的眼睛看著我，銀色的扣環在陽光下閃閃發光。我用泡水泡到發皺的手指挑揀著鑰匙圈。就在貨架的後面，我發現了她，一隻完美的小貓，四爪併攏地坐得筆直。她的尾巴擺出了一個大大的問號，還有一對精緻的耳朵。木匠順著木頭的螺旋和紋理雕刻，讓它看起來就像一隻絲滑的貓咪。我渴望能擁有她。我覺得我們是天生的一對。

媽咪的手落在我的肩膀上。「把它放回去。泰迪。」

「可是，它又不是真的貓，」我說。「它只是木頭做的。我可以讓它待在家裡。」

「午餐時間到了，」她說。「走吧。」

她把一條餐巾綁在我的脖子上，然後遞給我兩個貼有藍白色標籤的小罐子——一罐是蘋果泥，一罐是胡蘿蔔的——還有一根湯匙。我想像著所有的眼光都落在我們身上，雖然可能沒有人在看我們。我們身邊的其他孩子都在吃熱狗和三明治。媽咪看到我在看著他們。

「那些東西都是脂肪和防腐劑，」她說。「我們的午餐很營養。所有你需要的維他命都在這些罐子裡。而且這也不貴。」她用她護士的口吻說著，聽起來比她平時說話的聲音要低沉一些，子音的部分也更急促。媽咪在醫院工作的時候得要照顧生病的小孩。她知道自己在說什麼。所以，你無須和護士爭辯。爹地老是在換工作。他就好像跌入了一個幽暗的裂縫裡，現在已經爬不出來了。他不發一語地吃著他的梅子米布丁。那些罐子在他那雙棕色的大手裡顯得很迷你。接著，他拿出了他的咖啡保溫瓶。

在我們附近，一個不耐煩的紅髮女子正在餵食一個嬰兒。他們的食物上貼有藍白相間的標籤。在冰冷的恐懼中，我看到那個嬰兒吃的米糊，就和我父親吃的東西一模一樣。「把它收起來，」我對爹地說。「別人會看到！」

媽咪看著我，不過，她並沒有說什麼。「把你的午餐吃完。」她溫柔地對我父親說。

等我們吃完之後，媽咪把那些罐子整齊地收進保冰盒裡。「你知道我來自於哪裡，泰迪。」她說。

「洛克羅南，」我說。「在布列塔尼。布列塔尼在法國。」我只知道這麼多。媽咪從來沒有談及那個地方。

「我的村子裡有個男孩，」她說。她注視著湖泊，似乎不再對著我說話。「他的父母在一次大流感中死了。那場大流感就像一把刀切開奶油似地切穿了洛克羅南。我們都盡可能地把我們的東西給他。然而，我們自己也並不是太富足。他睡在我們的穀倉裡，和驢子以及羊睡在一起。我不記得他的名字了。在村子裡，我們都叫他豬仔，因為他睡在豬睡的地方。每天早餐，豬仔會到我們廚房的門口來。我就會給他一杯牛奶，半條麵包。有時候，我會把週日那天牛肉上滴下來的牛油給他。每天傍晚的時候，他會再來一次。於是，我就會把桌上的殘餚給他。蕪菁葉、裂掉的雞蛋。他總是要向我道謝三次。多謝、多謝、多謝。我永遠也忘不了。有時候，他在伸手接過食物時，雙手都餓到發抖。為了那些殘羹剩飯，他得在田裡幫我父親工作一整天。經年累月地，他就做著這樣的事，而他的感謝從來都很真摯。他是一個懂得感恩的小男孩。他知道自己有多麼幸運。」她說著站起身。「我要去做我那三十分鐘的例行功課了。」她說。爹地聞言點點頭。於是，她走開了，她的藍色洋裝襯托在藍色的天空底下。媽咪從來都不覺得太熱，因為她的童年是在寒冷的地方度過的。

儘管喝了咖啡，爹地還是把帽子蓋在臉上，陷入了沉睡。他現在很常睡覺。每一個醒著的時刻似乎都讓他感到筋疲力盡。那個紅皮膚的女人盯著我們在看。她注意到我們三個吃了嬰兒食物作為午餐。我試著想像她的皮膚之所以是紅色的，是因為她被嚴重燙傷了，而且很快就會死掉，我全心全意地希望她會死掉，不過，那個下午只是在平淡無奇中一分一秒地過去。小水鴨在遠處的湖面上嬉戲，林木線一直延伸到了那裡的湖邊。爹地正在打呼。照理說，他不應該在照看我的時候睡著。

不久之前，就在這個湖畔，一個小男孩失蹤了。有時候，家屋的人會在週末帶孩子們到那裡去。也許，他們現在也還這麼做。那天結束的時候，那個小男孩並沒有回到巴士上。偶爾，我會想像他發生了什麼事，然後興奮地起了一身的雞皮疙瘩。也許，他為了追逐一隻漂亮的紅色小鳥，或者一頭鹿，而遠離了人群，跑到了湖畔深處。當他因為絆倒而掉到冰冷的湖水裡時，那裡沒有人聽得到他的叫聲。又或許他漫遊在森林裡的綠蔭底下，直到他的心靈變成綠色，直到他消失在斑駁的光線裡，變成了別的東西，不再是個男孩。不過，他也許只是搭了便車回到城裡而已。每個人都說，他是個麻煩。

「給你，泰迪。」媽咪的手輕柔地落在我的頭上，但我卻嚇了一跳地倒吸了一口氣，彷彿她打了我一樣。她把一個東西放在我的手裡，陽光讓我一時什麼也看不到，過了一會兒之後，我看到了那是什麼。那隻小貓似乎開心地拱著背，抵在我的手掌裡。

那股開心的感覺強烈到幾近於痛苦。我用一根手指撫摸著她。「噢，」我說。「小貓咪，小貓咪。」

「你喜歡嗎？」我可以聽到媽咪聲音裡的笑意。

「我愛死了，」我說。「我會好好照顧她的。」憂慮彷彿一根血管一樣地穿過我的喜悅。「這很貴嗎？」我知道我們現在很窮，我也知道我不應該知道我們的狀況。

「沒關係的，」她說。「拜託，不用擔心這個。你要幫她取個名字嗎？」

「她叫做奧莉薇亞。」我說。對我而言，這個名字既優雅又神秘，很適合這隻木刻的貓咪。

這個小小的奢侈品似乎讓每個人都雀躍了起來。我把玩著奧莉薇亞，再也不在乎別人看我們的眼光。媽咪低聲哼唱著，就連爹地也笑著用他滑稽的方式在走路，假裝被自己的鞋帶絆倒，摔倒在沙子上。

媽咪的原則向來都是要讓我們旅行的效益最大化，因此，我們逗留了很久，直到幾乎所有人都離開為止。地上的陰影逐漸變長，山丘也開始吞噬掉太陽。我們離開的時候，蝙蝠已經開始在夕陽中活動了。我們的車子像個熔爐一樣，積存了白天所有的熱氣。爹地得用一塊毛巾覆蓋在座位上，我才能在後座坐下來。我小心翼翼地把奧莉薇亞放在我褲子的口袋裡。

「我來開車。」媽咪溫柔地對爹地說。「今早是你開的車。這樣很公平。」

爹地摸了摸她的臉頰，說道：「你是女人中的皇后。」

她露出一抹微笑。她的眼裡依然透露著那種身在他處的距離感。過了好幾年之後，我才留意到她從來不讓爹地在中午過後開車，在爹地開始喝那個咖啡保溫瓶裡的東西，並且用那種滑稽的方式走路之後，她就不讓他開車了。

車子在逐漸降臨的夜色中轟隆前進，我覺得很快樂。無論是內心還是外在，我覺得一切都很平靜。只有孩子才能感覺到那種安全感，關於這點，我現在知道了。我一定是打盹了，因為當我醒來的時候，我覺得自己的頭好像被狠狠甩了一掌一樣，既震驚又突然。

「我們到家了嗎？」我問。

「沒有。」媽咪說。

我帶著睡意抬起頭，看著車外。透過車頭燈，我看到我們停在一條泥土路邊。路上沒有其他人，也沒有人行道和其他的車輛。大片的蕨類彷彿鴕鳥毛一樣地貼在擋風玻璃上。除此之外，就是樹林低語的聲音和森林的味道，夜裡的昆蟲也在不停地發出滴答、滴答的聲音。

「我們的車拋錨了嗎？」我問。

媽咪轉過身來看著我。「下車，泰迪。」

「你在做什麼？」爹地的聲音裡帶著恐懼，雖然，當時的我還說不出那叫做恐懼。我只知道那讓我對他感到不屑。

「繼續睡你的覺。」她轉而對著我說。「泰迪。現在就下車，拜託你。」

車子外的空氣很冰冷。冷空氣感覺像固體一樣，彷彿濕棉花般地貼在我的臉頰上。在那一片漆黑裡，我感覺自己很渺小。不過，和媽咪待在黑夜的森林裡，卻讓另一部分的我覺得很興奮。她做事的方式從來都和別人不一樣。她牽起我的手，帶我離開車子，遠離車燈，走進了樹林裡。她的淺色洋裝看起來就像懸浮在黑暗之中一樣。她就像一隻海洋生物，漂浮在洋流裡。

在森林裡，即便熟悉的東西也變得陌生了起來。靜夜裡持續不斷的啪嗒聲變成了地牢裡冰冷的水滴聲。樹枝發出嘎嘎的聲響，宛如長滿鱗片的肢體正在移動。偶爾勾住我的小枝椏則像骨瘦如柴的手指抓住了我的衣袖——那也許是某個小孩的手指，他曾經在一片綠蔭底下閒蕩，而且再也沒有回去過。我開始感到害怕。我緊緊地抓住媽咪的手。她也緊緊地回抓著我。

「我要讓你知道一件很重要的事，泰迪。」她聽起來很正常，彷彿她要告訴我的是我那天的三明治裡夾了什麼東西一樣，因此，我開始覺得好一點。當我的眼睛適應了之後，一切似乎都在半黑暗的環境裡微微發光，彷彿空氣自帶著光芒一樣。

我們在一棵巨大的杉樹底下停下腳步。「就這裡吧。」她說，透過晃動的樹枝，我依然可以看到我們的車頭燈在遠處散發出的亮光。

「我今天買了那隻貓給你，」媽咪說著，我點了點頭。「你喜歡它嗎？」

「喜歡。」我回答。

「有多喜歡？」

「勝過於我喜歡……冰淇淋。」我說。我想不出要如何解釋我對那隻木頭小貓的感覺。

「你喜歡它勝過於你希望爹地找到一份工作嗎？」她問。「告訴我實話。」

我想了一想。「對，」我小聲地說。「是的。」

「你知道我在醫院裡照顧的那個小女孩嗎，那個得了癌症的女孩？你喜歡那隻貓勝過於你希望她好起來嗎？」

「不。」我說。我當然不能。那會讓我變成一個很卑劣的男孩。

她把一隻冰涼的手放在我的肩膀上。「告訴我實話。」她說。

我覺得喉嚨好像插滿了刀子。我微微地點了一下頭。「我更喜歡那隻貓。」我說。

「很好，」她說。「你是個誠實的孩子。現在，把它從你的口袋裡拿出來。放到那邊的地上。」

我輕輕地把那隻小貓放在樹底下的一片苔蘚上。我幾乎無法忍受把她放在那裡，即便只是一下下。

「現在，回到車上去。我們要回家了。」媽咪伸出她的手。

我打算把奧莉薇亞拾起來，但是，媽咪的手卻像手銬般地扣住我的手腕。「不，」她說。「那東西要留在這裡。」

「為什麼？」我低聲地問。我想到她在這一片漆黑裡會多麼地冷、多麼地孤單，雨水會如何打濕她、腐蝕她，松鼠會如何啃咬她美麗的頭。

「這是練習，」媽咪說。「你最終會感謝我的。生活中的一切都是在為失去進行排練。只有聰明的人才知道這點。」

她拉著我穿過森林，朝著車子走回去。世界是一片模糊的黑暗。我哭得很兇，彷彿我的心臟就要從胸口爆裂了。

「我要你感受到這份力量，」她說。「從你所愛的東西旁邊走開的力量。這沒有讓你感到堅強嗎？」

刺眼的車頭燈越來越近，我聽到車門砰地一聲關上的聲音。我父親身上散發著梅子布丁（當時的我是這麼認為的）的味道，還有汗水的味道。他緊緊地抓住我。「你們去哪裡了？」他問媽咪。「發生了什麼事？他在哭。」爹地把我的臉轉來轉去，看看我是否有受傷。

「無須大驚小怪，」媽咪帶著些微的護士口吻說。「我們試圖要找一隻貓頭鷹。牠們的巢就築在這附近。然後，他把那個貓咪鑰匙圈弄掉了，我們在黑暗中找不回來。所以，他就哭了。」

「噢，孩子，」我父親說。「沒什麼大不了的，啊？」他的懷抱並沒有帶來安慰感。

我再也沒有要求要養一隻貓咪。我告訴自己，我再也不要了。如果我愛她的話，我可能得把她留在樹林裡。或者，有朝一日她會死掉，那幾乎也是同樣的意思。

那是媽咪為了她的離去而讓我提早幾年開始做的準備。現在，我比較理解她了。現在，我也身為家長，我知道你會為了你的孩子感到多麼害怕。有時候，當我想到蘿倫時，恐懼幾乎會讓我變得赤裸又脆弱，彷彿一片玻璃一樣。

等我們到家之後，媽咪帶我去洗澡，然後溫柔地幫我檢查了全身。她在我的小腿肚上發現一處帶有血跡的刮傷。她從她的工具包裡取來兩條乾淨的縫合線，幫我把傷口縫合起來。傷害我，然後再癒合我，一次又一次地——那就是我的母親。

翌日，媽咪在院子裡架設了那些鳥兒的桌子。她擺了六個鐵絲編織的餵鳥器來吸引那些比較小的鳥兒。她把它們高掛在柱子上，以防松鼠偷走那些食物。她在地上的餵鳥器裡放了起司，也在木製的籠子裡裝滿穀物，還有供應葵花籽的塑膠管，加上用繩子吊起來的一團團脂肪球和一塊岩鹽。

「小鳥是巨人的後裔，」媽咪說。「那些巨人曾經統治世界。當情況變壞的時候，他們把自己變小、變敏捷，並且學會了在樹梢生活。鳥類教導了我們一堂忍耐的課。牠們是真實的、野生的動物，泰迪——比一個鑰匙圈好。」

一開始，我很害怕餵食或者看著牠們。「你會把牠們從我身邊奪走嗎？」我問她。

她驚訝地說：「我怎麼會呢？牠們並不屬於你。」我明白她是在給我某些可以安心去愛的東西。

當然了，那一切都是在老鼠事件發生之前的事——在媽咪開始害怕我之前。現在，謀殺者把鳥兒奪走了，即便媽咪說牠們是不可能被奪走的。

我得要停下來，因為我開始感到沮喪了。

那一切都發生在十五年前，在拿著冰棒的小女孩消失在同一座湖畔之前。有時候，我懷疑這兩件事是否相關。我不喜歡這麼想，然而，事件和事件之間自有彼此呼應的方式。那座湖、拿著冰棒的小女孩、鳥兒謀殺者。也許，那個故事裡終究有著什麼秘密。我不要再錄製回憶了。我不喜歡。

# 迪

事情發生在假期的第二天。在開車從波特蘭北上的時候，老爸轉錯了幾個彎，不過，當他們嗅到空氣中的水氣時，他們知道他們又回到了正確的道路上。

迪清楚地記得那些細節；露露手中的冰棒融化成綠色的黏糊，沾在了她的手指上，冰棒的木棍在她自己紫色的舌頭上滑過。沙子進到了她的鞋子和短褲裡，她並不喜歡這樣。隔壁的野餐墊上有另一個年齡和她相當的女孩，她們彼此互看了一眼。另一個女孩翻了翻白眼，將一根手指插進自己的喉嚨，然後開始作嘔。露露發出咯咯的笑聲。兩家人都覺得很尷尬。

露露走向迪。她人字拖上的帶子纏在了一起。「拜託幫幫我，迪迪。」兩姊妹都遺傳了她們母親的眼睛；棕色中透著混濁的綠色，還有又長又黑的睫毛。迪凝視著露露的眼睛，感覺到那份熟悉又無助的認同。她知道自己是兩姊妹中較為遜色的那個。

「沒問題，」迪說。「你這個巨嬰。」

露露抗議地打了她的頭，不過，迪還是把扭在一起的人字拖解開，再把鞋子套在她的腳上，然後做了一個麋鹿的表情，最後，她們就又和好了。迪帶她到噴泉式的飲水機去喝水，但是，露露並不喜歡這些水，因為這裡的水喝起來有鉛筆的味道。

「我們來讀心。」露露說。這是她那個夏天的新玩意兒。去年則是小馬。

「好啊。」迪說。

露露走出十步，來到聽不見低語的距離。她把目光盯在迪身上，然後將雙手捧成杯狀。她熱切地朝著手杯自言自語地說了幾句話。「我說了什麼？」她問。「你有聽到什麼嗎？」

迪想了一想。「我想我聽到了。」她緩緩地說。

「什麼，迪迪？」露露幾乎要因為期待而發抖了。

「好奇怪。我只是站在這裡，想著我自己的事，然後，我聽到你的聲音就在我的耳朵裡，你說：『我是個討厭鬼，我姊姊迪最棒了。』」

「不！我沒有那麼說！」

「怪了，」迪說。「我聽到的就是這樣。」

「不是的！」露露就要哭出來了。「你得要好好做才行，迪迪。」

迪抱住她。她可以感覺到她妹妹的身形，那小小的骨架，柔軟的肌膚被陽光曬得發暖。她暴露的頸背，一頭深色的頭髮剪得像男孩一樣短。露露討厭她的頭變熱。這個夏天，她曾經想要把頭髮都剃光。她們的母親差點就投降了。

迪對自己這樣逗弄妹妹感到很抱歉。「我太笨了，」她說。「我們再試一次。」

「我喜歡我的新工裝褲，」迪對著自己的手掌低聲地說。「我在拍賣的時候買的那件工裝褲。不過，在秋天之前我都不能穿，因為天氣太熱了。」她感覺到她的手杯裡充滿了她的呼吸。她想像著這些話傳到她妹妹的耳朵裡。她試著要好好地做。

「你在想舞蹈學校，」露露說。「你夢想著要念舞蹈學校，你覺得媽媽和爸爸太壞了。」

迪放下雙手。「不，我沒有。」她緩緩地說。

「我讀到你的心思了，」露露說。「小聲地對我說點別的，迪迪。」

迪把嘴唇靠近自己溫暖的手掌。

「你在想你班上的葛雷格，」露露說。「你想要和他來個法式接吻。」

「我就知道，」迪帶著怒氣說道。「你一直在偷看我的日記。你這個小偷窺狂。」如果露露把葛雷格的事情告訴爸媽的話，他們一定會炸掉的。他們甚至可能會重新考慮讓她去唸藝術學校的事。九月份，迪就要開始在太平洋藝術學校念書了。可是，她得要證明她可以管住自己的行為。那就意味著不交男朋友、好成績、遵守宵禁，還有照顧她的妹妹。

「別這樣，迪迪，」露露說。「你不應該對我大喊大叫的。」她的聲音提高了八度，讓她聽起來比實際年齡還小。她知道自己玩過頭了。

「夠了。回到媽媽和爸爸那裡。我不知道我幹嘛要和你——」

「我還不要回去！我還很渴，我想要去摸貓咪。」

「你已經喝過水了，而且這裡也沒有貓。」迪說。不過，她覺得自己好像瞄到一條看似問號的黑色尾巴，消失在了垃圾桶後面。黑貓應該代表著厄運。還是好運？

露露抬起頭，用那雙大眼睛看著姊姊。「不要那麼兇。」她安靜地說。她們默默地往回走。

露露把手放在迪的手裡，迪必須要牽著她的手，因為四周的人實在太多了，不過，她盡可能地放鬆自己的手，也沒有緊抓住露露。露露的臉因為難過而皺成一團。她受傷的模樣讓迪覺得很痛快。她的心臟在大聲地跳動。她想到了日記，被她藏在地板通風口的那本日記。每次，她都會把通風口的螺絲鎖回去。露露一定已經找了很長一段時間。她一定是拿了老爸工具箱裡的螺絲起子去打開那個通風口，看過日記，然後再把通風口鎖回去……這個想法讓迪想要賞她妹妹一個巴掌，看著她哭。露露有可能毀掉她的生活，如果她真的想這麼做的話。

打從五歲開始，迪就一直想著要去念太平洋藝術學校。她花了十一年的時間懇求，才徵得了父母的同意。那所學校是男女合校。迪會住在學校的宿舍裡。每當提到住校時，她父母的焦慮就會開始擴散。迪可以看得出來，他們其實半希望能發生點什麼事，好讓迪去不成那所學校。她的行為必須要夠完美才行。

「我不會說的，迪迪，」露露說。「我發誓。我也不會再看你的日記了。」然而，迪搖了搖頭。露露最終當然會說出去。她也許不是故意的，但是她會的。她就是那樣。迪得要把那本日記藏在垃圾桶裡，然後說一切都是露露捏造的。但願這個說法有效。

露露在媽媽腳邊的陽傘底下坐了下來。媽媽正在打盹，她的胸前蓋著一本雜誌。老爸坐在那張條紋的帆布椅上，一邊看書，一邊揉著眼睛。他也累了；不停地在點著頭。

露露猴癟著嘴，開始用她的桶子和鏟子挖沙。「我發現一顆漂亮的鵝卵石，」她煞有介事地說。「你要嗎，迪迪？」說著，她帶著焦慮的眼神，把石頭放在她攤開的手掌上伸向迪。

迪沒有理睬。「我可以去游泳嗎？」她問她父親。

「半小時。」他說。「如果到時候你沒有回來的話，我就會報警。」

「好。」迪說。等她父親一轉身，她立刻就習慣性地翻了白眼，不過，事實上，她感到有點驚訝。他一定累了。通常，他是不會讓她一個人到處晃的。

「等等，迪莉拉，」她聽到她母親在她身後叫道。「帶上你妹妹。」

迪已經和他們拉開了一點距離，於是，她加快腳步，假裝沒有聽到。她在宛如迷宮的彩色地毯、海灘陽傘和風衣之間穿梭。她不知道自己在找尋什麼東西或什麼人，不過，對她來說，一個人獨處很重要，因為這樣才有機會發生點什麼。

她試著像跳舞一般地在人群之中移動。她給了她所跨出的每一個步伐一個理由。迪在她的芭蕾舞課學期結束時，曾經在愛麗絲夢遊仙境裡扮演毛毛蟲。她依然記得在她感覺自己融入毛毛蟲角色的那一刻，那些舞步、連續旋轉、阿拉貝斯克獨腳站立以及站姿側抬腿都變得和以往不同了。因此，她現在的每一步也都像在跳舞一樣，朝著一段偉大的愛情而去。她想像著人們（男孩）在她經過時對她的注視，雖然，她並沒有看到真的有人在看她。她想像著他們在想些什麼。她的長髮是那麼地閃閃發亮，她是那麼地不同於其他女孩，那麼地神秘，彷彿她擁有著什麼秘密一樣。她努力地想像，以至於無暇再去思考其他的事情，例如她的臀部太大，她的下巴形狀很怪異。

她朝著海岸線而去，然後在水邊潮濕的沙灘上坐下來。在淺水的地方，有一群手臂上綁著充氣浮袋的幼童。再過去一點的浮標附近，湖水很平靜，成排的樹和天空完美地倒映在深色的水面上。你可以想像怪物就在那裡，潛伏在光滑的綠色水面底下。空氣裡有烤漢堡的味道，迪不禁做了一個噁心的表情。她現在得要唾棄食物。保持這個習慣似乎很重要，即便只有她自己知道。芭蕾舞者是不會吃漢堡的。

「嗨。」有個東西籠罩在她的頭頂上方，投下了一道長長的陰影。然後，他坐了下來，在一陣沙子的摩擦聲中，出現了一個人形。那是一個男孩。他很瘦，一頭的黃髮。她可以看到他蒼白的皮膚上有白色的乳液痕跡。

「嗨。」迪回應道。他至少有十八歲了。她突然意識到自己的手掌在出汗，她的心臟也在緊張而輕快地怦怦跳。他們會聊些什麼？

「我是崔佛。」說著，他伸出一隻手想和她握手，那副笨拙的模樣讓迪得意地笑了出來。不過，她同時也感到鬆了一口氣，因為那個動作讓他感覺起來似乎並不陌生，那是她母親會稱之為「家教良好」的動作。

迪挑起一邊的眉毛，那是她不久前才學會的表情。「你好嗎？」她沒有和他握手。

崔佛的臉紅了。「還可以。」他說著將手在自己的短褲上擦了擦，彷彿那是他原本就打算要做的動作。「你和你家人一起來的嗎？」

迪聳聳肩。「我試著要甩掉他們。」她說。

他笑了笑，彷彿他很欣賞這個笑話。「他們在哪裡？」

「在救生員的檯子旁邊，」她指著遠處說。「他們在睡覺，我覺得好無聊。」

「你父母嗎？」

「還有我妹妹。」

「她幾歲？」

「六歲，」迪不想再聊她的家人。「你念哪所學校？」

「UW。」他回答。

「好酷啊。」所以，他是個大學生。「我念太平洋學院。」她說。這幾乎是真的。

「酷。」他說話的時候，她看到他的眼裡浮現一絲興趣。她發現，男生都喜歡芭蕾舞者。因為舞者既充滿女人味，又很神秘。「你想去買冰淇淋嗎？」崔佛問。

迪想了一想，再度聳聳肩，然後站起身，拍掉身上的沙子。

崔佛也跟著起身，然後說道：「嗯，你身上沾了東西。在你的短褲後面。」

迪轉過頭看著背後。只見她的白色牛仔褲上有一個深色的污漬。迪說，「噢，我一定是坐到什麼了。」說著，她脫下T恤，綁在她的腰上。「你先過去。我稍後和你在那裡碰面。」

她快步走到女生的洗手間，卻發現洗手間裡大排長龍。人們把她們的小小孩帶進一間一間的廁所裡，有時還一次擠進了三個，而且每一個都要上廁所。等待的時候，迪可以感覺到情況越來越糟。她覺得有一道血液從她的大腿內側滑下。她抽了一把衛生紙來擦拭。最終，她對著她前面那個冒汗的大塊頭女人說：「呃，你會不會剛好有帶衛生棉？」

那名女人瞪著她看。「那裡有一台機器，」她說。「就在牆壁上。」

迪離開隊伍，走到那台機器前面。機器只收二十五分錢的硬幣。而她身上只有一塊錢和幾個十分錢硬幣。「有人有零錢可以換一塊錢嗎？」

一名肩上趴了個紅臉嬰兒的女人說：「你媽媽在哪裡？她應該要照顧你才對啊。」

「有人有零錢嗎，拜託了？」迪的語氣聽起來既嘲諷又帶著些微的怒意，這樣，她們就看不出來她已經快要哭了。

一名留著齊耳金髮的女子給了她四個二十五分錢硬幣。然而，那台機器壞了，那些硬幣一次又一次地從零錢槽掉出來。迪忍住淚水，把硬幣還給了那名女子。

她盡可能把自己弄乾淨。當她把短褲泡在水槽裡浸濕的時候，隊伍裡的那些女人都在看著她。天哪，她只是穿著泳衣，和其他人沒什麼兩樣。她把T恤繼續圍在腰上。T恤遮住了一切，讓她看起來一切如常。然後，她再度加入隊伍的行列，繼續等待。

當她抵達那個賣冰淇淋的地方時，崔佛並不在那裡。她等了幾分鐘，不過，她知道他不會來了。也許，她在洗手間花了太多的時間，所以他放棄了。不過，也許他根本不想買冰淇淋，請一個連自己的生理期是什麼時候都不知道的女孩。

她把T恤留在岸邊，走入水裡，經過那些綁著充氣浮袋的幼童，來到水深及膝的地方，再往前讓水淹沒她的大腿，然後到她的腰部。她立刻就感覺到了安全——躲藏起來。在這樣的大熱天裡，她的皮膚接觸到沁涼的湖水，那就好似從高處跌落，讓她的脊椎感覺到了一陣刺痛。她讓指尖撩撥過鏡面般的湖水，撫摸著水的肌膚。湖水在她身邊波動，彷彿一頭動作緩慢的野獸。她再往深處走去，直到湖水觸及她的下巴，徐徐湧動的水波隨時可能將她推離腳下的石頭。此刻，在冷冷的水中，在陽光底下，在夏日的人群從遠處的岸邊傳送而來的模糊喧囂中，她感到一陣幾乎讓她產生快感的痙攣。那些聲音詭異地滑過水面。突然之間，那個男孩沒有回來已經變得無所謂了。她的身體似乎足以和自己為伴。近來，她的身體情緒讓她著迷。就像一個她還沒有充分認識的朋友，不停地呈現出新的、意外的一面。痛楚和快樂都有了新的面貌。每一分鐘，她都像是一個正在更新的故事。在湖水冰涼的撫慰下，迪閉上了雙眼。她就活在當下。

某個光滑的東西掃過她的臉頰。一次，又一次，就像有人在和她開玩笑一樣。迪睜開眼睛。浮動中的深灰色和黑色的鱗片立刻映入她的眼簾。她屏住呼吸。那條蛇的身體沉在水面下方一點點的地方，不過，牠的頭卻高高地抬起，彷彿天鵝一般。那條蛇緩緩地、好奇地圍住她。牠的身體在游動中掃過她的手臂。也許是受到了她的體溫所吸引。那是什麼蛇？迪強迫自己劇烈發抖的腦袋思考。牠看起來像是一條棉口蝮，不過，那種蛇當然不會出現在這裡。另一個念頭不斷地滑進她的腦海，她得要很努力，才能將那個念頭推開。響尾蛇。直到此時，她才發現還有兩顆頭從她左邊的水面探出，然後是三顆或者四顆。牠們是一群的，也許是一個家庭。幾條幼蛇，還有剛成年的蛇，以及一條看似有了年紀、沒有嘴唇的嘴正在吐露著笑容的巨蛇。她無法判斷究竟有多少條——她的心臟已經停止了。一顆鈍形的頭優雅地朝著她的臉俯衝而來。迪閉上眼睛，想著完蛋了，沒救了。她等待著尖牙的攻擊、等待著毒液，等待著那張吞噬腐肉的嘴將她吞沒。她感覺到彷彿羽毛般的舌頭吻上了她的下巴。她聽到耳朵裡傳來雷電般的巨響。她試著要讓自己在湖水的湧動中屹立不動，彷彿沒有生命的石頭一般。突然之間，有什麼東西慢悠悠地擦過了她的肩膀。

迪不知道自己在那裡站了多久，時間彷彿無止境地延長，彷彿崩潰了。當她終於睜開眼睛時，湖水既平靜又空蕩。也許，牠們走了。不過，也許牠們還在水面底下，在她看不到的地方，繼續在她的手臂和腳邊蠕動。她似乎感覺到牠們在她全身各處游移。她開始失控地顫抖，她的頭在天光底下發燙。她的雙腿緊扣，她往下沉，屏住氣，她的嘴裡似乎填滿了金屬。她轉身朝著岸邊涉水前進，然而，湖水卻抓住她，拖緩了她移動的速度。她依然可以感覺到牠們纏住了她的四肢。

迪終於抵達岸邊。一旦離開水面，身體的重量再次回到她的身上。她步履蹣跚地跌倒在地。她身體底下的沙子感覺起來是那麼地舒服。她讓自己蜷曲成一團，然後開始哭泣，被陽光曬傷的孩子們在她身邊來來去去，沒有人注意到她的存在。

迪穿過沙灘上的毯子和陽傘，緩緩地走回家人所在的位置。熱浪般的空氣裡帶著一股甜味，腳下的沙淹沒了她的腳踝。她沒有戴手錶，不過，她知道自己已經離開超過半小時了。現在，她只想要家人的庇護。她的母親會在震撼中哭喊著將她擁入懷裡。露露會露出既害怕又興奮的表情，然後一而再、再而三地問她有幾條蛇？是什麼蛇？而她的父親會勃然大怒，質問救生員到底都在幹什麼，然後，迪會沐浴在他憤怒的暖流裡，知道有人在照看著她。這會變成一個故事，一個他們將一遍又一遍複述的故事。你記得當迪迪遭到蛇群攻擊的時候嗎？這個故事將不再困擾她，再也不會讓她打從骨子裡覺得冰冷。

即便距離還很遠，迪也可以看到她父母已經慌亂成了一團。媽媽在尖叫，老爸也在大喊。還有兩名救生員在那裡，其他人也在對著無線電說話。迪覺得很難堪。太丟臉了。她只不過遲到了一會兒，拜託。

當她靠近時，她聽到她的父親在說：「我只不過睡著了一分鐘。就一分鐘而已。」

迪來到毯子上，在陰影底下坐下來。「媽？」她說。「我很抱歉……」

「安靜點，迪，拜託你。你爸爸正試著要讓這些人做些什麼。」她母親的嘴在發抖。眼影像黑色的血液般滑下她的臉頰。「露露！」她突然站起身，大聲地叫出來。附近的人紛紛轉過頭來。「露露！」她母親又喊了一聲。

「她留著短髮，」她父親一遍又一遍的複述著。「大家都以為她是個男孩，她不肯把頭髮留長。」

迪發現了兩件事：他們並沒有注意到她離開了多久，還有，露露不在那裡。她嘆了一口氣，將頭髮塞到耳後。現在，她真的抽筋了。她感到心頭一陣攪動。露露又在製造戲劇效果了。現在，沒有人會安慰迪，也沒有人會把那個關於蛇的故事傳開了。

隨著那個燠熱冗長的下午過去，越來越多的人來了，真的警察也來了。「蘿拉．瓦特斯，小名露露，」每個人都對著無線電在說，然後他們開始透過熱狗攤旁邊那根電線桿上的喇叭，對著岸邊的人們說著同樣的話。「蘿拉．瓦特斯，六歲，棕色的頭髮，榛子色的眼睛。穿著一件游泳衣、牛仔短褲和一件紅色的無袖背心。」一直到暮色降臨，遊樂場的遊客都離開了，迪才開始了解到他們那天不可能找得到露露了。她花了更多的時間才了解到，他們永遠也找不到她了。她不知道去了哪裡，不知道和誰在一起，然後再也沒有回來。

幾個星期之後，在好幾哩外，一個來自康乃狄克州的家庭在他們的海灘物品之中發現了一只白色的人字拖。沒有人知道那只拖鞋是怎麼到那裡去的，或者，那是不是露露的。那只拖鞋和他們的衣物一起被洗過了。

如果露露在的話，現在應該十七歲了。不是如果，迪更正她自己。露露現在已經十七歲了。

露露最後對迪說的話是：我發現了一顆漂亮的鵝卵石。有時候，迪迪一整天能想到的只有那顆鵝卵石。那顆石頭看起來如何？是光滑的還是粗糙的，灰色還是黑色？是尖銳有稜角的，還是圓滾滾的？剛好可以握在露露的小手掌裡？迪永遠都不會知道了，因為當時她站起身，不看一眼就走開了。

瓦特斯家在華盛頓待了一個月，期望能等到什麼消息。然而，他們在那裡什麼也做不了，而她父親的老闆也逐漸失去了耐心。因此，他們回到了波特蘭。沒有露露的家感覺很奇怪。迪一直都忘記餐桌上只要擺三個盤子，不是四個，而那總是讓她的母親落淚。

很快地，她母親就離開了。迪知道媽媽無法忍受看到迪，因為看到她就像看到她失去的那個女兒。她領光了銀行帳戶裡的錢，然後走了。迪無法責怪她，雖然她的父親並不這麼想。然後，發生了另一件事。

在事情發生的前一個晚上，降雪像灰燼一樣，無聲地從天空裡飄落下來。她父親在樓下的客廳裡組裝一架模型飛機。迪可以聞得到人造樹脂的味道飄到樓上。他可以在那裡坐上好幾個小時，直到他的眼睛紅到像著火一樣。在夜色幾乎退去之前，他是不會上樓到床上睡覺的。我明天就告訴他，迪這麼想。我得要和他談談。

她已經晚了一個學期了，不過，她可以趕得上太平洋學院的進度。他們的財務狀況很緊，但是，她可以找一份工作，不是嗎？畢竟，她父親不需要她幫忙組合模型飛機，也不需要她盯著黑夜不睡覺。空氣裡瀰漫著濃濃的熱熔膠和絕望的味道。她心裡在想：我不能這樣過下去。這是鬼魅般的生活。淚水在她的臉上留下一道發燙的痕跡。

早晨的時候，迪做了特製咖啡要送到她父親的床邊。特製咖啡是用來自舊金山的那個時髦玻璃容器做出來的，而且要花很長一段時間才能滴成一杯。它的味道很苦，嚐起來沙沙的，彷彿河裡的沉積物一樣，不過，她的父親很喜歡。也許，他把他所有的愛都放進了那個咖啡機，因為那些大事都太痛苦了。迪討厭那個咖啡機，因為那總是讓她想起他們全家還在一起的時候。她把滾燙的熱水倒在咖啡粉末上。深棕色的味道立刻充斥在廚房裡。今天早上，她就要對他開口了，她真的打算這麼做。

她捲起她的長衣袖，倒吸一口氣後將一點點的滾水倒在手腕上。她看著一圈彷彿手環般的紅色水泡從她的皮膚上冒出來。那讓她覺得好過了點。她放下衣袖，蓋住水泡，然後繼續把所有的東西放在托盤上。她今天就會告訴他。他會很生氣，他會受傷。但是，她再也不能把這件事放在自己心裡。漂亮的鵝卵石。

她走進她父親的房間，把托盤放在桌上。她覺得如果他在咖啡的味道裡醒來的話，應該會讓他有個好心情。她拉開遮住雪白世界的窗簾。房子、信箱、汽車——所有東西的邊緣都因為白雪而變得模糊。她轉過身，打算說：你看，一夜之間下了多少雪！然後，她看到了他。他的身體直挺挺地躺在床上，在令人雪盲的光線下動也不動。他的臉上帶著一絲她一時之間說不出來的神情。然後，她看出來了，那是一種歡迎之意。

他們說那是中風。他們沒有說那是因為露露的失蹤和迪的母親離家出走所引起的。他們不需要這麼說。所以，抓走露露的那個人，也帶走了迪的母親，然後是她的父親。迪也被帶走了。在這一切之後，她還剩下什麼？她覺得自己彷彿一個又大、又黑、又空洞的房間。

沒有什麼芭蕾學校了，因為她沒有錢可以付學費。她也沒有念完高中。迪在藥局找到了一份工作。不過，她有一份真正的任務，那就是找出那個抓走她妹妹的人。所有那天曾經待在湖邊的男人，所有曾經被看到過的人，都是被點名的嫌疑犯。他們就是她現在的要務。

她每週都打電話給疲憊的凱倫，有時候不止一次。疲憊的凱倫是負責露露案子的探員，她說話總是一副筋疲力盡和憂慮的模樣。她的表情豐富；道盡了她所見過的所有傷害；她所輕拍過的每一個背脊、她曾經遞出過的每一張紙巾，以及她曾經貼近過的每一張嚎啕哭泣的臉孔。曾經有一陣子，她和迪很親近。這名警探為迪這樣一個無依無靠的年輕女孩感到難過。叫我凱倫。那時候，當迪打電話過去的時候，她都會告訴迪一些事情。現在，她卻只是說：「我們正在調查。」

## 泰德

我向來都不是很確定，不過這回，我很確定我就要做一件很重要的事了。我打算要找一個朋友。最近，我越來越常離開。如果有一天我沒有回來的話，誰會照顧蘿倫和奧莉薇亞？我只有一個人，那是不夠的。

媽咪把我帶到森林裡三次。最後一次，她讓我獨自回來。是的，我依然感覺到她就在那片深色葉子的天篷底下。就在森林地上斑斑的光影裡。是的，有時候，她也會在水槽底下的櫥子裡。不過，真的，從那天起，我就一直是一個人了。

我告訴自己，這是為了蘿倫和奧莉薇亞，我說的是真的。不過，那也是因為我不想再獨自一個人了。

我挑了一個蘿倫不在的時間。如果她知道我在做什麼的話——呃，那可就不太好了。我解開客廳櫥櫃上的掛鎖，櫥子裡放了我的筆記型電腦。在黑漆漆的房間裡，閃耀著鬼魅光芒般的方形電腦螢幕，宛如一扇通往死亡的大門。

要找一個網站很容易。網路上有數以百計的網站。但是，接下來呢？我往下滑。一張張的臉孔從我眼前滑過，眼睛、名字和年齡，全都只是驚鴻一瞥的訊息。我努力思考我需要的是什麼，以及對蘿倫來說，什麼才是最好的。女人比男人更有養育的天分，大家都這麼說。所以，我想，那就找女人吧。然而，那得是一個很特別的女人，她得要了解我們的情況。有幾個似乎還不錯。這個，三十八歲，喜歡衝浪。她的眼睛像藍色的晶片，就像她身後的海洋一樣湛藍，而且很和煦。陽光和海水讓她的皮膚看起來有點飽經風霜的感覺。她有一頭奶油色的頭髮和一口整齊潔白的牙齒。還有開心的笑容。她看起來像個關心別人的人。下一個從頭到腳都是森林的顏色。棕色、綠色、黑色。她的衣服很漂亮，而且緊貼在她的身上。她在公關公司上班。唇膏彷彿一片紅色的亮光油。

上個星期，我去7-11買了更多的啤酒。我覺得很虛弱，因此，我就坐在店外的台階上，只是坐了一下下而已。也許，那是一個老習慣。不過，我也真的是累了。我總是覺得疲倦。當我睜開眼睛時，一個傢伙正在把幾個二十五分錢硬幣放在我的腳邊。我像一隻熊似地咆哮了一聲，他嚇得跳起來，立刻就跑開了。我把那些硬幣收了起來。

幾年前，我把鏡子都拆掉了，因為它們讓蘿倫感到沮喪。不過，我不需要鏡子就知道我看起來是什麼模樣。她的話刺傷了我。肥、胖。我的肚子就像一個橡膠袋。它吊掛在那個位置上，彷彿一直都被綁在那裡一樣。東西會被我撞倒，門框也會被我碰撞到。我不習慣我在這個世界上佔有的空間。我不常出門，所以，我的皮膚很蒼白。蘿倫現在有一個新的習慣，她會整把整把地扯掉我的頭髮，導致我棕色的頭髮之間出現了白皙發亮的頭皮，就像補丁一樣。我不在家裡放置剃刀或者剪刀，所以，我的鬍子一路蓋到了我的胸口。不知道為什麼，它和我頭頂上的頭髮在顏色和觸感上都不一樣；它們是紅色的，而且很濃密。看起來像假鬍子，像是扮演海盜的演員會戴的那種假鬍子。我的雙手和臉上都覆蓋著抓痕，我的手指甲被啃到光禿禿的。我已經有一陣子都沒有勇氣去看我的腳趾甲了。至於我其他的部分——嗯，我試著完全不要去想它。最近，我身上有一股味道，就像蘑菇，一種泥土味。我的身體正在背叛我。

我繼續往下滑。這裡的某個地方一定有個朋友。那些女人在螢幕上直視前方，她們的肌膚閃爍著光芒，眼睛明亮有神。她們的檔案顯示出她們有一些有趣的愛好，也愛開活潑的玩笑。我試著想要描述我自己。*單身爸爸，我在電腦上鍵入。熱愛戶外活動。崇敬白色樹林裡的神靈……*不。我在騙誰啊？

當我聽到某個騷動的時候，我正準備要關掉電腦。我頸背上的毛髮緩緩地豎了起來。我沒有把電腦關掉，因為我不想獨自處在黑暗裡。我感到有一道目光從我的頭上掃過。家裡的傢俱靜靜地躺在不熟悉的陰影裡，在電腦螢幕散發出來的淡藍色光線裡。我無法甩掉有東西正在監視著我的感覺。

我的肚子感到一陣攪動。我究竟在哪裡？我無聲地站起來四下張望。那張醜陋的藍地毯就在那裡，沒事。壁爐架上，那個芭蕾舞孃靜靜地躺在那裡，彷彿死在了那個壞掉的音樂盒裡。所以，我知道自己在哪裡。然而，還有誰也在這裡？

「蘿倫？」我的聲音彷彿在低語。「你在嗎？」一片靜默。真蠢，我知道她不在。「奧莉薇亞？」不過，不會的，不可能。

媽咪的手冰涼地放在我的脖子上，她的聲音在我的耳朵裡輕柔地響起。你得要把他們移走，她說。不要讓任何人發現你是什麼樣的人。

「我不想，」我對她說。即便我自己聽起來，我講話都像是蘿倫在嗚咽一樣。「那讓我害怕和傷心。不要逼我。」

媽咪的洋裝發出沙沙的聲響，她的香水味逐漸淡去。不過，她並沒有離開——從來都沒有。這個屋子裡沉積著許多回憶，彷彿深雪一樣，也許，她正在這個屋子的某個回憶裡停留。也許，她正蜷縮在水槽底下的櫥子裡，那是我們用來貯存那個一加侖大醋罐的地方。有時候，我會在那裡發現她，看到她在黑暗中咧嘴而笑，任憑藍色的薄紗攤在她的臉龐四周。

那罐剛從冰箱裡拿出來的啤酒冰到幾乎就要黏在我的手掌上。罐子拉開時發出的嘶嘶巨響，為安靜的屋子裡帶來了一絲安慰。那些女人的臉在我面前的電腦螢幕上看起來十分燦爛。我繼續往下滑，但媽咪的聲音卻一直縈繞在我的腦子裡，那可不是什麼好事。我的希望消失了。我要去找鏟子，準備前往林間的空地。

我回來了。我正在錄音，以防我忘了我的手臂是怎麼受傷的。有時候，我就是記不住，然後，我就會因此而感到害怕。

我在嗡嗡聲中醒來。我的嘴唇上有東西在動。這個早晨出現了一大團剛孵化的蒼蠅。那就像一個夢，但是我卻很清醒。夏日清晨的陽光照耀在圓蛛於樹叢之間所編織的蛛網上。這讓我想起了那首詩。「到我的網子裡來。」蜘蛛對著蒼蠅這麼說。我覺得，照理說你應該要同情那隻蒼蠅。但是，說真的，沒有人喜歡蒼蠅。

我的手臂扭曲成一個很糟糕的角度。我想，我摔倒了。我的舌頭上有鐵鏽的味道。我一定是在外出的時候，用力咬到了舌頭。我把嘴裡的鮮血吐在腳邊的一堆灰燼上。鳥兒正在我頭頂的樹梢上鳴叫，這是獻給牠們的。以血還血。自從那次謀殺之後，牠們就再也不到我的花園裡來了。鳥兒會在彼此之間訴說這種事。

我不知怎麼地回到了家。聽到那些鎖鎖上的聲音真好。那是安全的聲音。

我的記憶緩緩地回來了。我企圖要移走那些神靈。祂們躺在祂們長眠之地已經有一年，或者更久了。祂們真的不應該在一個地方停留超過幾個月——幾個月之後，祂們就會開始吸引人們去找祂們。因此，我就出去把祂們挖出來。然而，森林自有其想法，特別是在夜裡的時候。我應該要記得這點的。地面聳了聳肩，樹根就在我的腳下翻動了。或者是我自己喝得太醉。總之，我摔倒了。我最後記得的一件事是，我的肩膀在碰到地上時發出了清脆的聲音。

我的臉上有些刮痕，我的手臂上到處都出現了黑色的花朵。我無法把手臂伸直。我用一件舊T恤做了一條吊腕帶。我想，我的手臂沒有斷掉。受傷讓身體和腦袋變得很詭異，即便你感覺不到疼痛。現在，我的思緒很混亂。

稍早，我下樓的時候，奧莉薇亞一直纏著我。我猜是好奇吧。她舔了舔我的臉。那隻貓很喜歡血。

## 奧莉薇亞

「過來，貓咪。」泰德靠在門口，逆光的他看起來像一道黑影。他站的方式很奇怪。他有點像是跌進了屋裡，然後轉身用顫抖的手把門鎖上。他試了幾次，才把所有的鎖都鎖好。

「我感覺很奇怪，貓咪。」他手臂彎曲的角度不對。他咳了一聲，一小顆鮮血的微粒隨之飄散在空氣裡。然後掉落在橘色的地毯上，留下了一個深色的圓點。

「我得去睡覺了。」語畢，他就上樓了。

我舔了舔地毯上那個深色的斑點，嚐著淡淡的鮮血味。吱……，吱……。那個刺耳的聲音又回來了。

今天，當我跳到我的觀景位置時，那隻虎斑貓已經坐在雜亂的人行道邊上了。看到她讓我的心臟發燙。我發出了咕嚕聲，然後用一隻貓爪拍打在玻璃上。她的毛在寒冷中全都膨了起來。這讓她看起來比平時大了兩倍。她完全沒有注意到我，只是在前院那棵橡樹附近，對著人行道上的一坨冰塊嗅來嗅去。然後，她終於直視著我。我們四目相對。那真是光輝的一刻；我可以淹沒在她的目光之中。我想，她在等我打破沉默。當然了，我的腦子在一時之間浮現不出任何的隻字片語。因此，她轉身走開了，這真讓人感到痛苦，然而，還有更糟的。那隻白貓沿著人行道信步走來。那隻領子上戴著鈴鐺的大白貓。他和她說話，還試著用自己的臉去磨蹭她的臉頰。我用力地發出嘶嘶聲，那讓我聽起來彷彿一只熱水壺。

他企圖要讓自己的味道留在她身上，不過，我的虎斑貓很聰明。她拱起背，往後退開，隨即優雅地從我的視線裡消失了。我差點就要因為鬆了一口氣而哭出來，但是，那樣的感覺卻化成了悲傷，因為她走了。每一次，那股痛楚都是那麼地深刻和鮮明。

讓我來告訴你關於白貓的幾件事。他們很狡猾、很卑鄙，而且智商低於平均值。我知道你不認同這種話，因為那不符合政治正確，不過，那卻是他媽的真的，而且每個人都知道。

我當然記得自己出生的時候，這點我曾經說過。不過，我真正的誕生是在那之後。你想要認識上帝嗎？祂想要認識你。哈哈，開玩笑的，祂也許並不想。事實上，上帝很挑剔。祂不會對所有人展現自己。當祂選中你的時候，哇，你就會知道。

我就是在那天得知了自己存在的目的。所有的貓都有一個存在的目的，就像所有的貓都可以隱形，可以讀心一樣（我們特別擅長於後者）。

我並非總是感激泰德救了我。有一陣子，我真的不想當一隻家貓。泰德把我帶回家之後，我很寂寞，也很常哭泣。我想念在雨中死於我身旁的貓咪姊妹們。我想念貓媽媽，想念她刺耳的咕嚕聲和溫暖的身體。我們幾乎沒有機會認識彼此，我知道她們死了，因為那是我親眼所見，它在我心裡留下了一份傷悲，就像一顆沉重的石頭一樣。不過，我同時也知道她們並沒有死。我相信，只要我可以出去，我就可以找到她們。

我不斷尋找著逃跑的方式，卻什麼也找不出來。有好幾次，我在大門打開的時候，直接跑向門口。我不是一個天生的計畫者。泰德以一種接近友善的方式，把我捧了回去。然後，我們會坐到沙發上，他搓揉著我，或者用一條毛線和我玩耍，直到我不再扭動和哭泣。「有壞人會傷害你，或者企圖把你從我身邊抓走，」他說。「你不想和我一起待在這裡嗎，貓咪？」我想。所以，在他那樣說之後，我會暫時忘掉這一切。然而，快樂總是會過去，於是，我又開始因為自己向泰德屈服而對我自己感到生氣，然後，悲傷會再次將我吞噬。

所以，我決定就是今天了，真的就是今天了。我都計畫好了；但是，時機得要恰到好處才行。這完全取決於人類的行為必須和他們過去的行為一模一樣。我注意到他們通常都不會改變自己的行為。

重要的是，我知道很多外面發生的事情，即便那些事並沒有發生在我的貓眼前面。我雖然看不到，但是，我可以聽得到，也能聞得到。所以，我知道在一天當中的某個時刻，會有一個散發著皮革味道、皮膚乾淨的人類，帶著他那隻吵鬧的大狗沿街而過。通常，他會在靠近我們屋子的地方停下來，拍拍那隻狗的頭。我不知道他們看起來是什麼模樣，因為我並沒有真正親眼看到過他們，不過，從那隻狗的味道來判斷，那應該是一隻很醜陋的狗。牠的味道就像一只塞滿大便的舊襪子。我總是會聽到那隻狗在扭動和嗚咽的聲音，還有牠在搖屁股時，狗牌所發出的叮噹聲。貓的靈魂住在他們自己的尾巴裡，人類則把他們的靈魂藏在他們水汪汪的大眼睛裡。至於吵鬧的大狗，牠們最深的情感就藏在牠們的屁股裡。

那個人類對著那隻狗講話，彷彿牠聽得懂一樣。「嘿，冠軍。你是個好孩子嗎？是啊是啊，你是，是的，你是，噢，對的，你這個大呆子。」只不過他不常說呆子這兩個字。我聽到那隻狗的舌頭發出了口水聲，也嗅到牠皮膚所散發出來的愛。這正好證明了那個人類的重點。那種吵鬧的大狗真的就是大呆子。冠軍一心想要殺了我。古老的智慧讓我知道這點，那是我們與生俱來的知識。人類沒有太多這樣的智慧承傳下來，不過，貓就有很多。

我在等待，直到我的心感覺到時機到了。泰德每天會在固定的時間去買糖果和啤酒。當他走上台階的時候，偶爾，那隻大狗和那個人類會剛好經過屋子前面。有時候，那個人類會和他打招呼，泰德也會咕噥地回應他。

今天就是採取行動的日子了，我的心臟發出了颼颼的聲音，彷彿蜂鳥一般，不過，我知道我會成功，我就是知道。

這時候的我還不是太高。我依然可以在沙發底下行走，我的耳尖甚至不會摩擦到沙發底部。因此，我躲在走廊上的那個傘架裡面。那真是一個沒有用的東西！泰德以為他有幾把傘啊？反正，那是一個躲藏的好地方。

我聽到泰德走路的聲音，世界在他的靴子底下發出了叮咚和碎裂的聲響。我可以分辨得出來，他今天起得早。這樣也好。泰德會放慢一切的速度。（當他喝酒的時候，他的步履會有一種拖曳的節奏。那幾乎就像一種非常簡單的舞步——方塊舞，也許。）我蹲伏著，尾巴緊繃。那道光束在我身後的空氣中延伸。那天，它帶著一種燃燒中的橘色，並且在我移動的時候發出了劈啪的聲響，彷彿壁爐中的火焰一樣。

我蜷曲著身體，準備隨時彈出。在泰德低聲的歌唱中，那幾把鑰匙在不同的鎖裡發出了喀噠的聲音。我可以聞到外面的氣味，那是泥土散發出來的味道。我可以聞得到那隻大狗的味道，他吐出的氣息就像壞掉的雞蛋。當大門開始打開的時候，一道光線劃破走廊中的黑暗。我用我那四隻小貓爪可以承擔得起的速度，極盡所能地衝向門口。我的計畫是跑到前院的那棵橡樹，然後，我就自由了。

我滑行到門口的時候突然緊急煞車，一片令人眼盲的光線淹沒了我。我什麼也看不到。整個世界就像一道狹窄又令人不安的亮光。我發現，我這輩子大部分的時候都住在這棟幽暗的屋子裡。我的眼睛無法適應陽光。我划動著四肢，緊緊地閉上雙眼。我感到一股陌生冰冷的空氣碰觸到我的鼻子。也許，我可以閉著眼睛完成這個計畫？

大門更加敞開了。空氣一定將我的氣味傳送到了這個世界；那隻大狗爆發出一聲咆哮。我嗅到他散發出的興奮感，那是一種對死亡的期待。我聽到狗牌發出瘋狂的叮噹聲。我猜，那隻大狗應該用後腿站了起來，正在衝向台階。一切都慢了下來，幾乎接近停止。在什麼都看不見的白光中，我感到我的死期在迫近。

我意識到這是一個恐怖的計畫。我永遠也到不了那棵樹。我甚至無法睜開我的眼睛去看那棵樹。那隻大狗很接近了，我聞得到他嘴巴的氣味，他張大的嘴就像一個又深又髒的山洞，還有一口爛牙的味道。我感到有一股燃燒的火焰圍繞在我的脖子上。是那道光束，在熱氣中吱吱作響。那道熾熱的光束將我拖進屋子安全的陰影裡，速度之快，彷彿甩動的鞭子一樣。我聽到泰德重重地將門關上。

我睜開眼睛。我又獨自處在了微光之中。屋外，泰德正在大聲吼叫。那隻大狗發出了哀號和喘息的聲音，將他的臉貼在門縫底下。他的臭味從門底下鑽了進來，瀰漫在室內。我被自己嚇壞了。我怎麼會以為這是個好點子？我覺得自己好渺小，我體內的每一根骨頭是那麼地細小，所有的血管和每一根毛是那麼地精緻，我的眼睛是如此地美麗。我怎麼會想要讓這樣的我冒險進入到一隻大狗一口就可以把我吃掉的世界裡？

「嘿，」泰德在喊。「控制一下你的狗。」他很生氣。當泰德生氣的時候，你不會想要招惹他的。

狗吠聲和那股臭味消退了一點點。那個人類已經把他的狗拖離了門口。

「我女兒在裡面，」泰德說。「那真的嚇到她了。你得要小心一點。」

「抱歉，」那個人類說。「他只是想玩而已。」

「用繩子拴好他。」泰德說。

那隻大狗的氣味淡去了，混合在了淡淡的森林味道裡。泰德安靜地走進來，把門鎖上。那些鎖發出咚、咚、咚的三道聲響。我很高興聽到鎖門的聲音。

「可憐的貓咪，」他說。「對你來說太可怕了。」

我爬進泰德的手裡。我感到那條燃燒的光束伸展開來，彷如光線築成的子宮，將我們圈在其中。

「那就是你為什麼要待在屋裡的原因，」他說。「外面很危險。」

我很抱歉，我對泰德說。我不知道。

他當然聽不懂我在說什麼。不過，我覺得說出來很重要。暖意簇擁著我們。我們就在一圈溫暖的黃色火光裡。

我就是在那個時候看到他的。有一個第三者和我們在一起，就在火焰的中心。他看起來和我所認識的東西都不一樣，卻又和所有的東西都一樣。他的臉孔時刻都在改變。他看起來就像一隻黃嘴的老鷹，然後，又變成一片紅色的楓葉，然後是一隻蚊子。我知道我的臉也在其中，就在那些變化無常的臉孔之中。我不想看到自己的臉。我知道那會是最後一件事。當我嚥下最後一口氣時，他將會顯露出他自己，而在他那張臉上出現的將會是我的臉。

這裡是你的所屬之地，上帝對我說。我救你是為了一個特別的目的。你們必須彼此互相幫助，你和他。

我了解，我這麼回答。這完全合理。泰德確實需要很多幫助。他簡直就是一團糟。
從那時候起，我們就變成了一個很好的團隊。我們確保彼此的安全。我現在很餓，所以，就先到此為止吧。

# 迪

那個富豪有一雙深邃的藍眼睛。「迪莉拉，」他說。「很高興終於見到你了。」他那頭令人目眩的白髮綁成了一根低垂的馬尾；身上穿著一套寬鬆的亞麻長褲和襯衫。那座高聳在樹梢的露天平台圍繞著這棟由深紅色的雪松和玻璃築成的漂亮屋子。這正是迪會想要居住的那種地方。空氣裡瀰漫著陽光灑落在植物上的氣息，以及他們旁邊那壺清新的檸檬水味道。薄荷的嫩芽漂浮在水面上。冰塊發出了優美的撞擊聲。在他們坐下來的那一刻，他的管家立刻就將檸檬水端上前來。

那個黃色的信封就放在檸檬水旁邊。一顆水珠順著水壺冰涼的側面一路滑落下來，將信封的一角染成了深色。迪無法將目光從信封上移開，也無法思及任何事情。萬一信封裡的東西因此而受損了呢？

「就我所知，這是唯一的一份了，」他平靜地說，目光順著她的視線看去。「拿走這份資料的人幾年前因為心臟病死了。那是間當地的小報社，沒過多久就關門了。所以，這也許是現存僅有的一份。」他沒有把信封從水漬中挪開，迪則強迫自己不要伸出手去。

「我看一下，然後立刻就走。」她說。「我已經耗掉你今天不少時間了。」

他搖搖頭。「你可以把它留著。你走的時候可以把它帶走。你會想要私下看的。」

「謝謝，」她恍惚地說。「我是說——謝謝你。」

他說：「我相信，你不會重蹈奧勒岡事件的覆轍。你在那裡失控了。你很幸運沒有被關入牢裡。」

迪皺了皺眉。是啊，他會知道這種事的。那個來自奧勒岡的人，那天也在湖邊的那個人。疲憊的凱倫不小心說溜了嘴，把他的事情告訴了迪，包括他那幢狩獵小屋的位置。

迪把一些統計數字都記在了心裡。抓走露露的人年約二十七歲，未婚。無業，或者從事著什麼不需要技巧的勞力活。他是一個社會邊緣人。也許有暴力犯罪的被捕紀錄。綁架陌生孩子的主要動機是——迪不讓自己繼續往下想。這麼多年以來，她已經練就了讓自己的腦袋可以隨心所欲地進入完美的空白狀態。

就各方面來看，那個來自奧勒岡的傢伙都完全符合了嫌犯的特點。迪怎麼可能知道當露露不見的時候，那個傢伙在幾哩之外的何庫姆發生了爆胎。也不可能知道有九名目擊者。那個人並沒有遭到起訴。不過，在那之後，凱倫對她就變得冷淡了。

「我需要知道。」迪注視著富豪那雙缺乏熱情的藍眼睛。

富豪看著她盯著自己。然後，用一隻顫抖的手倒了一杯檸檬水。他的虛弱只是一種表演。他前臂上的肌肉露出了繩索般的線條。

「這要多少錢？」她問。

「和錢無關，」他說。「我要的是別的東西。」

她的肌肉開始因為不安而不聽使喚。

「不，不。」他放縱地笑了笑。「很簡單。你知道我的興趣愛好。我蒐集各式各樣的古玩珍品。不過，最珍貴的收藏就在這間屋子裡。我要你去看看。從那些珍品之中走過去，一次就好。」

迪說：「我可以付你。錢。」

「不夠的，」他柔和地說。「理智點吧。」

她看著樹梢上方，看著他完美的衣著，看著他用錢堆砌出來的自信，她知道他說得沒錯。她沒有問他，她為什麼要相信他，或者她怎麼能確定信封裡放著他所說的東西。提出這些問題的時機早已經過了。

於是，她點點頭，因為她別無選擇。

他帶著她下樓來到屋子的中心。當他們來到樓梯底下時，他打開了一扇看似花崗岩製造的門，不過，當然不可能是真的花崗岩。迪覺得不寒而慄。也許，他會把門鎖上，然後把她一個人留在裡面。

一間狹長的陳列室在她面前展開，一路延伸到房子的盡頭。空氣很冰涼，控制在特定的低溫。成排的展示櫃和裱框的照片沿著牆壁一字排開，每一個物品都由一盞投射燈單獨照亮。這就是他的收藏；他口中的博物館。她聽說過。如果你對這方面也有興趣的話，你就知道這個博物館很有名。這個人擁有大部分人都無法得到的東西。那些不應該被人看到的東西。他蒐集死亡遺留下來的物品。照片、從證物上偷來的血液、用維多利亞銅版體寫成的書信、無人認領的屍體、在兇手被捕之前還來不及吃掉的部位。

對迪而言，這個房間是她的噩夢迴廊。每一件物品都是某個恐怖事件下的遺物，而那些事件都可能發生在露露身上。迪瞄了一眼她左邊牆壁上的那個黑白影像。然後很快地把目光轉開。

「你必須要看。」他說。「這是我們說好了的。」他很清楚她的感覺。她可以從他的臉上看出來。

迪沿著陳列室往前走。她的目光在每一件展示品上停留了整整三秒鐘，然後立刻挪開，她讓自己的腦子進入一片白色的靜電狀態。他跟在她的身邊，和她十分貼近。他的皮膚散發出一股淡淡的金屬味。他似乎沒有在呼吸。

當迪來到幽暗的迴廊盡頭時，她轉向他，伸出她的手。有那麼短暫的一瞬間，他動也不動，那道藍色的目光定定地掃過她身上，從頭到腳地將她看了一遍。她知道他正在蒐集她，蒐集著當下那一刻。不是每一刻時光都可以被禁錮在玻璃櫃裡的。她心裡在想：*就是現在了。我就要吐了。*然後，他微微地點頭，將那只信封放在她的手裡。

光線和空氣是那麼地強烈。一看到樹叢，她立刻感激到想哭。不過，她不願意讓他再得到任何東西了。

「小心開車。」說完，他回到了他的木製宮殿。他已經得到了他想要的，而他對她也不再感興趣。她緩緩地走到她的車邊，自在地把信封放到她旁邊的乘客座上。她強迫自己用一種輕快的節奏把車開出林間。他也許還在看著她。迪踩在油門上的腳在抽搐，她的呼吸也在加速。

當她把車開出被濃密的樹林所包圍的車道，來到外面的馬路上時，她將油門踩到了底。引擎瞬間發出了尖叫。

她讓彷如黑色絲帶般的馬路帶領著她一路前進，直到森林被草原、馬匹和穀倉所取代，然後變成了一層樓高的商店街。空氣裡充斥著濃濃的汽油味。當她終於讓自己和那道冰冷的藍色目光之間相隔了好幾哩的距離時，她在一個休息站停了下來。她把頭靠在方向盤上，急速地呼吸。一輛輛大型卡車呼嘯而過，讓她的小車受到了劇烈的震動。她很高興卡車的轟隆聲蓋過了她所發出來的聲音。

最終，她的呼吸穩定了下來。迪坐起身。是時候弄清她買到的是什麼了。她抑制住一股噁心的感覺，打開信封，抽出裡面的照片。

就是它，那個熟悉的影像，只是缺少了標題：嫌犯的屋子遭到搜索。他就在上面，那個嫌犯用手遮住了直射眼睛的陽光。迪在報紙上看到這則新聞時，曾經問過凱倫這件事。

這個人有不在場證明，疲憊的凱倫是這麼告訴她的，而在他家的搜索也沒有找到任何東西。他們必須要尋找其他的線索。

「可是，那些在商店外面看到他的人有可能看錯了，」迪說。「他們很習慣看到他在那裡，所以就預期他會在那裡。你知道的，他們可能會想像在人行道上看到他們熟悉的畫面，即便他事實上並不在那裡。」迪明白這種可能，她比其他人都還要清楚。

「有監視錄影帶。」凱倫說。

「一直都有嗎？」迪問。「凱倫，那一整個下午都有錄嗎？」凱倫沒有回答，不過，她無須回答。迪可以從她弓著的肩膀看得出來答案是否定的。那時候，凱倫還會提供訊息給迪，那是在來自奧勒岡那個傢伙的事件發生以前的事了。

如果凱倫知道迪的手裡拿著什麼，她一定會很擔憂的。那張照片並沒有被裁切，不像它刊登在報紙上的那樣。也許，那是攝影師自己沖洗出來的。

這張照片的視野開闊了不少，原本被隱藏起來的場景邊緣都露出來了。迪的心在轟然跳動。她強迫自己不要急，要一一地看清照片裡的每一樣東西；她要好好地看、熟悉它、了解它。

照片裡的房子後面有一些樹。樹叢很濃密，那是生長在西北太平洋的樹木，高聳參天。有一名戴帽的女子，背對著鏡頭，牽著一條毛茸茸的㹴犬，沿著人行道走開。另一間稍遠的屋子，有幾張好奇的臉孔湊在窗口。都是些孩子。

迪在最後才把目光落到那個最重要的東西上面，彷彿在經過多年的失敗之後，她的理智無法接受自己成功了。角落的那個牌子很明顯，而且，上面的字可以清楚地被辨識出來：無用街。

迪首度了解到人們為什麼會暈倒，暈倒這種事又是怎麼發生的；那就像有一道白光在她的腦子裡亮起，像一道閃光，隨即是一陣黑暗的衝擊。現在，她知道那個嫌犯住在哪裡了，他甚至可能還住在那裡。她的呼吸又淺又快。那應該就夠了，不過，還不只如此。

「那天，我們去過那裡，」迪小聲地說。「老爸轉錯了彎。」她的嘴裡充滿了回憶和口香糖的味道。在那趟漫長的旅程中，她肯定嚼了三十片之多的口香糖。老爸要開車到湖邊，但是，他錯過了一個出口，結果，他們迷路了，在森林邊緣那個永無盡頭的灰色郊區裡繞不出來。然後，那一排排一層樓高的屋子逐漸被斑駁的維多利亞式房子所取代，野外的樹林氣息也越來越強烈。他們行駛在不知通往何處的街道上。她記得他們的車經過那個路牌，當時她還在想：*是啊，這種破地方有什麼用處*。那是一條死巷，她現在想起來了。老爸擦拭著眉毛，在咬牙切齒的詛咒聲中倒車離開。

不多久，他們就重新找到了 101 號高速公路，那條街道的名字也在迪的腦海深處變得模糊，和其他沒有用的資訊一起被束之高閣——他們停車加油時加油站人員的制服是什麼顏色、學校裡誰最喜歡她、誰在樂隊裡彈奏低音吉他。

迪確實也想到這是否只是巧合。不過，她心裡很快地推翻了這個想法。這一定有關聯，多多少少。一定有。

那個嫌疑犯看到他們緩緩駛過，因為迷路而一直在繞圈子嗎？他透過車窗看到露露臉上無聊的表情，然後跟蹤他們去到湖邊嗎？老爸甚至有和他說過話嗎？也許，他停下來向那個嫌犯問路。那樣一來，那個嫌犯就無須跟蹤他們了。他會知道他們的目的地，他可能直接就到了那個湖邊。迪很努力地試著要想起老爸在哪裡停過車。然而，雖然那天的某些部分已經烙印在她的腦海裡，融入在她的體內，但是，其他的部分卻一片模糊。那條街似乎只是另一條死巷而已。她和露露都還是孩子；她們感到百般無聊又悶熱。她們不知道這是她們最後幾分鐘的平靜，在那之後，閃電就會劈開這個世界，一切都將永遠改變。

理性叫迪要告訴警察。她應該要打電話給疲憊的凱倫，因為凱倫還在負責這個案子。露露是失蹤人口。沒有屍體被尋獲。（曾經有一陣子，迪認為失蹤總比死掉好，但是，隨著歲月的流逝，她開始懷疑。）

「不應該發生這種事的，」凱倫曾經對迪說。「我們之中大部分的人在我們的警察生涯裡從來都沒有處理過一個陌生小孩的綁架案。這會以你所無法預期的方式讓你失去耐性。有時候我會想，為什麼發生在這裡？為什麼是我？」

迪說：「我有個問題。你為什麼不好好做你該做的？」凱倫聞言，臉都漲紅了。

「露露不是第一個失蹤的，」迪說。「我查過了。你們在湖邊那一帶面臨了很大的問題。」也許，她們之間的關係真的就是在那時候變質了。不管有沒有變質，迪都應該立刻打電話給凱倫。

她不會打的。這是一份特別的禮物，是她個人的禮物。而且，她感到一股憤怒。如果，警方有把一切都告訴她的話，也許，她就會記起那條街的名字，並且在幾年前就把這些資訊都連結在一起。時間都被浪費了。

這張照片還透露了另一個秘密。迪用力地盯著那個嫌犯的襯衫。她湊得太近，以至於照片都變得模糊，她的眼睛也發出了抗議。不過，她可以看到衣服上面的字，就繡在胸前的口袋上。報社一定是在刊登照片的時候把那些字模糊化了。迪還是可以看得出一個名字。艾迪或者泰德，班納什麼的。

這種感覺就彷彿是在一場為時很久的打鬥中揮出了最後一擊。她掌握到了一個或者部分的人名，還有一條街的名字。迪發現自己正在哭，這也太不合理了，因為她此刻是那麼的確定。雖然很短暫，短到就像一個心跳的瞬間，然而在那個瞬間裡，迪感覺到露露就在自己身邊。車子裡充滿了肌膚溫暖的味道和防曬乳液的味道。一個柔軟、胖嘟嘟的臉頰就貼在她的臉上。迪嗅到了她妹妹頭髮的氣息，以及她呼吸裡的糖果味。

「我來了。」迪對她說。

# 泰德

今天是我去見蟲蟲先生的日子，所以，我上午就出門了。我是在網路的分類廣告上找到他的。他的收費不像別人那麼貴，因此，我承擔得起每兩週一個療程的費用。我約診的時間總是很早，向來都在所有人醒來之前——我猜，在沒有人想要去的時段。我很享受去和他見面的時光。我告訴他關於奧莉薇亞的事，以及我有多麼愛她，還有關於我看的電視節目、我吃的糖果和黎明來訪的鳥兒。有時候，我甚至會聊到媽咪和爹地。只不過說得不多。我不會談及蘿倫以及神靈的狀況，當然嘍。每一次，我都在那些蠢話題裡夾帶一些真正的問題。我打算緩緩地透露出那個大問題。我很快就會問到了。蘿倫的狀況越來越糟了。

偶爾，和他聊聊似乎有所幫助。反正，他幫我開了藥，那絕對有幫助。

去見蟲蟲先生需要走四十五分鐘的路，這我還做得到。今天並沒有下雨，不過，空氣中瀰漫著一股溫暖卻帶著腐臭味道的霧氣。車燈讓潮濕的路面罩上一層看似沒有活力的光澤，在人行道旁邊蠕動的粉紅色蚯蚓也在閃閃發亮。

蟲蟲先生的辦公室位在一棟看似積木的建築物裡，就是那種小孩隨手亂疊的積木。候診室裡空無一人，我很開心地坐在一張椅子上。我喜歡這種地方，一個讓你處於兩者之間的地方。走廊、候診室、大廳等等；這些房間裡似乎沒有什麼事情真的會發生。這緩解了很大的壓力，讓我可以思考。

空氣裡有強烈的清潔用品味道，那是一種人工草坪和花香的化學味道。我想，在未來的某個時候，幾乎沒有人會知道真正的草坪聞起來是什麼味道。也許，真正的草坪到時候都不存在了，人們得要在實驗室裡製造花朵。當然，屆時他們會把那些花植入清潔用品的味道，因為他們以為那種味道才是正確的，然後，一切都會如此循環下去。這是我在候診室和十字路口、或者站在雜貨店排隊時會出現的有趣想法。

蟲蟲先生出來示意我進去，他調整了一下他的領帶。我想，我讓他感到緊張。因為我的體型。大部分的時候，他都隱藏得很好。他的肚子像一個圓形的小軟墊，那種媽咪很喜歡的軟墊。他那頭金色的頭髮很稀疏。眼鏡後面有一雙藍色且幾乎圓形的眼睛。

很顯然地，我記不得他的名字。他看起來就像一隻友善的小椿象，或者一隻鍬形蟲。所以，我才會把他聯想成蟲蟲先生。

這間辦公室的顏色很柔和，裡面的椅子比實際需要的還要多很多。每張椅子的尺寸形狀和顏色都不一樣。那讓我陷入一種無法決定的困擾。我懷疑，這是蟲蟲先生用來判斷我情緒的方法嗎？有時候，我試著像蘿倫一樣地思考，然後猜想她會選擇哪一張椅子。也許，她只會把它們到處亂丟。

我選了一張凹陷的金屬折疊椅。我希望這個鄭重的選擇會讓他知道，我對自己的進步狀況是很認真以對的。

「你又掉了一些頭髮。」蟲蟲先生溫和地說。

「我想，是被我的貓在晚上的時候抓掉的。」

「還有，你的左手臂看起來瘀青得很嚴重。那是怎麼回事？」

我應該要穿長袖的，我沒有想到這點。

「我出去約會，」我說。「她關車門的時候，不小心夾到了我的手臂。」我還沒有真的有約會過，不過，我覺得如果我說出來的話，也許約會就比較可能會發生，就像一個能強迫我這麼做的咒語一樣。

「真不幸，」他說。「除此之外，你覺得那個約會順利嗎？」

「噢，是啊，」我說。「我過得很愉快。你知道嗎，我一直在看一個新的電視節目。是關於一個男人殺人的故事，不過，他只殺那些應該殺的人。換句話說，壞人。」

「你覺得這個節目吸引你的地方在哪裡？」

「它並沒有吸引我，」我說。「我覺得那根本就是胡鬧。你沒有辦法從人們所做的事情來判斷他們是什麼樣的人。即便你不是一個壞人，你也可能做壞事。壞人也可能在無意中做了好事。就我看來，你沒辦法真的知道。」我可以看得出來他正在歇口氣，準備要向我提問，所以，我很快地繼續往下說。「還有另一個電視節目，裡面有一個男人殺了很多人，但是，他在一次意外中頭部受傷，當他醒來的時候，他以為時間倒退了十年。他不記得他殺了那些人，也不記得新款的手機或者他老婆。他和曾經殺害那些女人的那個人已經不再是同一個人了。所以，那還是他的錯嗎，即便事情是發生在過去？」

「你覺得有時候你會無法控制你自己的行動嗎？」

小心，我心裡在想。

「還有另外一個節目，」我說。「是關於一隻會說話的狗。對我來說，那似乎比分辨好人和壞人要來得實際多了，在某種程度上。我的貓不會真的開口說話——這點我承認。然而，我總是知道她想要什麼。那就像說話一樣棒。」

「你的貓對你而言意義重大。」蟲蟲先生說。

「她是我最好的朋友，」我說。這也許是我到這裡的六個月以來，我對他所說的第一件真實的事。空氣裡出現一陣沉默，不過並不會令人感到不舒服。他在他的黃色便條紙上寫著什麼，不過，那一定是關於食品雜貨之類的，因為，說真的，我並沒有對他透露什麼。

「不過，我很擔心她。」他抬起目光。

「我覺得，她……」我猶豫了一下。「我覺得我的貓是，你會怎麼說？同性戀。同志。我認為我的貓喜歡母貓。」

「你為什麼這麼說？」

「她會看著窗外的另一隻貓。她總是看著她。她喜歡她，我可以看得出來。如果我母親知道我有一隻同性戀的貓，她一定會很沮喪的。她對這種事的感覺很強烈。」有那麼一會兒的時間，空氣裡充斥著醋的味道，我覺得我可能會吐出來。我無意要說這些事的。

「你認為你的貓——？」

「我不能再談這件事了。」我說。

「這個嘛——」

「不行，」我說。「不行，不行，不行，不行，不行。」

「好吧，」他說。「你女兒好嗎？」

我皺起眉頭。我曾經在無意中提到過蘿倫一次。那是一個大錯，因為他從那個時候起就不曾忘記過。「她很多時間都待在學校，」我說。「我不是很常看到她。」

「你知道嗎，泰德，這是你的療程。是很私密的。在這裡，你什麼都可以說。有些人覺得這裡是他們能夠表達自己唯一的地方。在你的日常生活裡，要和你最親近的人說出你的想法或感覺可能很困難。那種感受是很孤獨的。把秘密藏在心裡可能會很寂寞。所以，有個像這裡一樣安全的地方就變得很重要。你可以對我說任何事情。」

「嗯，」我說。「總有一天，我會樂於和某個人分享我某些部分的生活。不是你，而是某個人。」

他揚起眉毛。

「昨天晚上，我在電視上看到怪獸卡車，然後我在想，怪獸卡車簡直太棒了。它們又大、又吵，而且很好玩。如果哪一天我可以遇到一個對大卡車情有獨鍾的人一定很棒。」

「那是個很好的目標。」他的眼睛在發亮。看起來就像兩顆藍色的大理石。

我把我最無聊的想法在幾個星期裡都蒐集起來，好告訴蟲蟲先生。有時候，要想出足夠填滿一個小時的事情實在很累。不過，最後那件事是我突然想到的。

「在我的書裡，」他說。「我談到解離可以如何真正地保護我們……」

現在，把耳朵關起來是很安全的，所以，我不再聽他說話。蟲蟲先生喜歡談論他的書。他的書並沒有出版或什麼的。我認為那本書甚至還沒有完成。打從我認識他開始，他就已經在寫那本書了。我想，我們都有自己視之為最在乎的東西。對我來說，那就是蘿倫和奧莉薇亞。對蟲蟲先生而言，則是他那本永遠寫不完的書。

在那個小時結束的時候，他給了我一個棕色的紙袋，就像小孩帶到學校去的那種午餐紙袋。我知道那裡面有四盒藥，那讓我覺得好過多了。

我必須要說，我和蟲蟲先生的相處之道很聰明。我是在好一陣子以前萌生這個想法的，那時，拿著冰棒的小女孩事件才剛發生不久。

當時，蘿倫已經發低燒好幾天了。我想要幫她拿些抗生素，但是，我不知道要怎麼才能拿到。醫生絕對無法明白我們的狀況。我希望她可以自己好轉起來，可是，幾天過去了，她卻一直沒有好起來。事實上，她變得更糟了。我到網路上尋求方法，結果發現城市另一頭比較遠的地方有一家免費的診所。

「你覺得怎麼樣？」我問蘿倫。「告訴我詳細的狀況。」

「我很熱，」她說。「我的皮膚上有蟲在爬。我沒辦法思考。我只想要睡覺。就連和你說話都讓我覺得好累。」她的聲音聽起來有點刺耳。我小心翼翼地聽著她所說的每一句話。然後把它們背下來。

天黑之後，我走路進城到那家免費的診所。

我等了好幾個小時才等到他們幫我看診，但是我不介意。候診室裡空蕩蕩的，而且有一股尿騷味。不過倒是很安靜。我在那裡坐了一會兒，沉浸在我的思緒裡。誠如我之前所說，我在候診室的時候可以進行最好的思考。

當那個生氣的女士叫到我的名字時，我跟著她走進一個小隔間，有一個看起來很疲倦的醫生已經在裡面了。他問我有什麼症狀。我讓自己的聲音聽起來有點摩擦的刺耳感，然後緩緩地開口。「我很熱，」我說。「我的皮膚上有蟲子在爬。我無法思考。我只想睡覺，即便和你說話都讓我覺得好累。」我重複著蘿倫告訴我的話。我說得很完美。這個作法完全奏效！他開給我抗生素，並且吩咐我躺在床上多休息。我到隔壁的小藥局去拿了藥。鬆了一口氣的感覺讓我差點就在走道上跳起舞來。當我走路回家的時候，我一直保持著抬頭的姿勢——我讓自己看著身邊的世界。我看到一只漂亮的霓虹燈招牌，招牌上有一朵花，還看到一個小攤販在販售星星形狀的水果。我看到一名女子帶了一個紅色的大手提袋，裡面裝了一隻黑色的小狗。我緊緊地把那個裝有抗生素的紙袋抓在手裡。

當我抵達我住的那條街時，我已經很累了。我走了十哩路來回那家診所，或者不止十哩。我把抗生素藏在食物裡，讓蘿倫吃下去。在那之後，她很快就好轉了。我的計畫成功了！

當蘿倫的狀況變糟時，我知道我必須得到一些答案。不是關於她的身體，而是關於她的心理。所以，我才想到去找蟲蟲先生，假裝談論我自己，實際上卻是在問他關於蘿倫的問題。那就好像我取得那些抗生素一樣，只不過，這次的藥是一些資訊。

我回來了。我在我的街道上。我面前是一幢有綠邊的黃色屋子。我又來到吉娃娃女士的房子前面，而那股同樣的感覺又在我心裡升起，彷彿我幾乎知道些什麼。那就好像有螞蟻在我的腦袋裡，用牠們的小腳在行軍一樣。

我看到有東西釘在電線桿上。我走過去想要看一下，因為通常都是走失的貓。貓似乎很能幹，也很獨立，但是，他們需要我們的幫助。

這次，那不是貓。有一張影印到很模糊的臉孔重複出現在一根又一根的電線桿上，一直延伸到遠處。我花了一點時間才確認了那是誰。她看起來年輕很多，當然了，而且也沒有狗從她的手提袋裡探出頭來。她靠在一面有陽光的牆壁上，臉上帶著笑容。她看起來很快樂。同樣的照片貼滿了街上所有的電線桿。她的臉，一次又一次地重複出現，一直延伸到遠方。

上一次，電線桿上貼的傳單是拿著冰棒的小女孩。

當我進屋的時候，蘿倫正在等我。

「你去哪裡了？」她的呼吸很急促。

「冷靜，貓咪。你可能會暈倒。」這種事以前曾經發生過。

「你在和女人交往，」她尖叫著。「你就要離開我了。」她把我的手放進她尖銳的牙齒之間，然後一口咬了下去。

最終，我讓她睡著了。我試著要看怪獸卡車，但是，那天我已經筋疲力盡了。擁有情緒很辛苦。

夜裡，我突然喘不過氣地醒來。我的皮膚感覺到了黑暗，彷彿黑暗正在撫摸我一樣。那台錄音機應該要不停地重複播放才對，可是，它現在太老舊了，或者是我哪裡操作錯了。在一片安靜之中，我可以聽到蘿倫爬過地板。她尖銳的牙齒發出了喀噠喀噠的聲響。

「你這個壞人，」她低聲地說。「出去，出去，出去。」

我試著要安撫她，再度讓她安靜下來。她大聲地哭鬧，然後又咬了我一口，這次把我咬出血了。她反抗著我，哭了一整個晚上。

我說：「就算我在和誰交往，我依然最愛你。」

我立刻就知道我說錯話了。

「你就是在約會！你就是！」蘿倫不停地亂抓、持續在反抗，直到灰色的晨光透入屋內為止。

我帶著一身的疲憊和瘀青迎接早晨的來到。蘿倫很晚才睡著。我用這段時間來更新日記。這是媽咪灌輸給我的習慣。

每週一天，她會從頭到尾把房子檢查一遍。她很清楚檢查的動作必須要做兩次，因為人都會有疏失。她沒有遺漏掉什麼。每一點灰塵、每一隻蜘蛛、每一片裂開的磁磚。她把一切都記錄在那個本子裡。然後，她把那個本子交給我爹地，這樣，他就可以在平常日整修房子。她把那個本子稱之為修繕日記。她的英文幾近完美；如果她稍微弄錯了一個字的意思，那絕對會讓人感到很驚訝。爹地和我從來都不曾糾正她。因此，每個週六早晨，在黎明之後，我都會帶著那個本子繞屋子一圈。然後，在日暮之前的傍晚再重複一次。我會在房子的腹地範圍邊緣繞一圈，確定圍籬和其他東西都很完整，然後把圓圈縮小，再檢查屋子本身是否有損壞——鬆脫的釘子、鼠窩和蛇洞、白蟻的痕跡等等。這並不複雜，不過，就像我說的，這很重要。

後門的三道鎖大聲地被打開。咚、咚、咚。我等了一下。我從來都不知道什麼聲音會吵醒蘿倫。不過，她繼續在睡覺。日光讓人睜不開眼睛，泥土在腳下發燙，彷彿被烤過了一般，龜裂得像是蒼老的皮膚。那些餵鳥器空蕩蕩地吊掛著。樹叢之間完全沒有微風掠過，每一片葉子都在討厭的熱氣中靜止不動。那就好像死神把它的手指放在了街道上，將整條街壓得動彈不得。我再度把門在我身後鎖上，然後走到屋子側面放工具的小棚舍。

陰涼的小棚舍裡瀰漫著鐵鏽和機油的味道。不管走到哪裡，所有的工具棚子都有這種味道。關於氣味，我得要小心以對，因為，氣味是通往記憶的高速公路。太遲了；在棚內一個陰暗的角落裡，爹地無聲地矗立在那裡。他把手伸向一盒螺絲，以及盒子後面那只棕色的瓶子。小泰迪拉了一下他的手。他想要坐車出去，但是，爹地得先處理媽咪的問題。

我很快地拿了工具離開，鬆了一口氣地在灼熱的陽光底下眨眼。我把工具小棚鎖了起來。你待在那裡面，爹地。你也是，小泰迪。外面沒有你們的容身之處。

我很清楚地把每件事都記在本子裡。很顯然地，這不是同一本簿子。我用一本蘿倫的舊課本作為我的修繕日記。我把該記的東西都寫在地圖上方。

廚房的老鼠回來了，我在巴布亞紐幾內亞海岸外的那片淺藍色的大海上小心翼翼地寫著。浴室水槽——水龍頭滴水。聖經又從桌上掉下來了？！？！？為什麼？桌腳高低不平嗎？！？！？！

諸如此類的。臥室房門的鉸鏈發出吱吱的聲響；它們需要上油。客廳一扇窗戶上的夾板鬆了，需要用釘子固定好。屋頂上有幾片瓦片脫落了。是浣熊；牠們會破壞屋瓦。不過，我喜歡牠們靈活的小黑手。

我做我現在能做的，剩下的部分就留到這個星期的其他時候再處理。我得身兼蘿倫的媽咪和爹地。我喜歡維修這棟房子、填補破洞，彷彿要讓這個家滴水不漏一般。未經我的允許，沒有任何東西可以進出這幢房子。

當蘿倫醒來的時候，巧克力碎片鬆餅已經做好了。我個人覺得鬆餅很浪費時間，就像在吃發燙的毛巾一樣。但是，她很喜歡鬆餅。

我說：「先盥洗一下。我一直在外面工作，而你一直在用手騎那輛腳踏車。」她很聰明。她俯趴在腳踏車的座位上，雙臂不停地在呼呼轉動。蘿倫不會讓任何東西阻礙到她的去路。

「用我的手比較容易。」她說。

我親了她一下。「我知道，」我說。「而且你最近騎得好快。」

我們在廚房的水槽洗手，用刷子清理指甲的指縫。

蘿倫在吃東西的時候很安靜。昨天是很糟糕的一天；她讓憤怒把自己搞得筋疲力竭。她明天就要回去了，她即將離開的事實讓我們彼此都感到沮喪。「今天，我們可以做任何你喜歡的事情。」我不假思索地說。

她的注意力立刻提高了。「我想去露營。」

我感到一股無助。我們不能去露營。蘿倫知道的。她為什麼總是要逼我？總是要用力和我拉扯、糾纏，就像一頭牛腳邊的小狗一樣。難怪我會生氣。

不過，我同時也感到悲傷。這不公平。那麼多孩子都可以到森林裡去生火、露營等等。對他們來說，露營甚至沒有什麼特別的。也許，關於謀殺者的一切讓我感到難過，也許，那是因為我也對這棟房子感到了厭倦，總之，我說：「好啊。我們去露營吧。我們傍晚就出發。」

「真的？真的嗎，老爸？」

「是啊，」我說。「我說你可以做任何你喜歡的事，不是嗎？」

她立刻打從心裡開心了起來。

我把一些補給品塞進後背包。手電筒、毯子、防水油布、能量棒、瓶裝水、衛生紙。我聽到身後傳來洋裝摩擦的沙沙聲。噢，不。我緊緊地把眼睛閉上。

她的手落在我的頸背上，彷如冰冷的黏土。*不要讓任何人看到你是誰，媽咪這麼說。*

「我不會的，」我說。「我只想要給蘿倫一點小甜頭。只有這一次，我發誓。我會確保她永遠不會想要再去了。」

*你需要把它們移走。*

太陽緩緩地降落到林木線裡。我從屋子西側那個面對森林的貓眼看出去。當天光幾乎消失時，我揹起那只後背包，關掉屋裡的燈光。

「走吧，」我說。「把鋼筆和蠟筆給我。」

她數著一根一根的筆，放到我的手裡，我立刻將它們收好。它們都被清楚地數過了。

「我們出發之前，你需要先喝點水嗎？要去洗手間嗎？最後的機會了。」

她搖搖頭。她散發出來的興奮感就像一系列的小爆炸一樣。

「你得要讓我揹你。」腳踏車在森林地上是起不了作用的。

她說：「隨便。」

我們從後門出去，我將門在我們身後鎖上。在我們從屋子的陰影底下走出來之前，我小心翼翼地確認了街上的情況。路上空蕩蕩的。只有蠓蟲在昏黃的街燈下跳舞。隔壁的房子用它貼滿報紙的眼睛瞪著我們。更遠一點的街頭則是完全不同的景象。吵鬧聲和溫暖的燈光從被拉起的窗框裡流瀉而出。我聽到了遠處的鋼琴聲，還有淡淡的豬排味道。

「我們可以去敲門，」蘿倫說。「和他們打招呼。也許他們會邀請我們留下來吃晚餐。」

「我以為你想要去露營？」我說。「走吧，貓咪。」

我們轉身走向紫色天空下的樹林。穿過那扇木頭的大門，我們就置身其中了。手電筒在小徑上投射出一道寬闊蒼白的光束。

所有屬於城市的跡象，很快就被我們拋到了身後。我們已經被森林所包圍。森林正在甦醒。幽暗的空氣裡充斥著貓頭鷹的叫聲，還有喀噠喀噠的聲響和此起彼落的歌聲。青蛙、蟬、蝙蝠。蘿倫在顫抖，我可以感覺得到她的驚奇。我喜歡她這麼靠近我。我記不得上一次她讓我像這樣揹著她而毫不反抗是什麼時候的事了。她討厭自己無助的樣子。

「如果有人經過的話，你會怎麼做？」我再次問她。

「我會保持安靜，讓你負責說話，」她回答。「那股臭味是什麼？」

「臭鼬。」我說。那隻動物在我們身邊晃了一下，也許是好奇吧。隨著牠緩緩走進黑暗的樹林裡，那股味道也慢慢消失了。

我們並沒有走得太遠，大約只有一哩。在這條小徑幾百呎之外有一片空地。巨石和濃密的灌木叢將它隱藏了起來，你得知道怎樣才能找到它。我很清楚要怎麼走。這是神靈居住的地方。

雪松和野生百里香的味道瀰漫在空氣裡，就像酒一樣強烈。不過，圍繞著那片空地的樹叢並非雪松或者冷杉。而是蒼白纖細的鬼魂。

「老爸，」蘿倫低聲地說。「那些樹為什麼是白色的？」

「那叫做白樺樹，」我說。「你看。」我從樹幹上剝下一條銀色的樹皮給她看。她用手搓了搓粗糙的樹皮表面。我沒有告訴她那些樹的真名，其實它們叫做白骨樹。

我在西北角找到了我要的位置，然後將那塊防水油布鋪在地面上，白天的高溫讓泥土依然還很溫暖。我們坐了下來。我讓她喝了點水，吃了一根能量棒。透過我們頭頂上的樹枝，我們可以看見星星。蘿倫很安靜。我知道她感覺到了祂們。那些神靈。

「這種感覺很好，」我說。「你和我在一起。這讓我想起當你還小的時候。那是一段很美好的時光。」

「我印象中不是那樣的。」她說。我感到一絲挫折感。她總是把我推開，不讓我進到她的心裡。但是，我保持了冷靜。

「我比誰都愛你，」我告訴她。我是認真的。蘿倫很特別。我從來都沒有帶其他人來過這片空地。「我只想確保你的安全。」

她說，「老爸，我不能再這樣過下去了。有時候，我根本不想活。」

當我可以再次呼吸的時候，我盡可能地用一種平常的口吻說話：「我要告訴你一個秘密，貓咪。每個人偶爾都會有那樣的感覺。有時候，情況會變糟，讓你看不到未來。一切都籠罩著烏雲，就像雨天的天空一樣。可是，日子過得很快。情況不會永遠都一成不變，即便是不好的情況。烏雲會散去。烏雲向來都會消散的，我保證。」

「可是，我和其他人不一樣，」蘿倫說。她的聲音是如此尖銳，幾乎可以將我劃成兩半。「大部分的人都可以自己走到這裡來。我不行。這點是不會改變、也不會消散的。情況永遠都會是這樣。不是嗎，泰德？」

我皺了皺眉。這個問題沒有答案。我討厭她叫我泰德的時候。「讓我們看星星吧，貓咪。」

「你得讓我做些事，老爸，」她說。「你得要讓我長大。」

「蘿倫，」我的怒意開始升起。「那不公平。我知道你認為自己已經成熟了。但是，你依然需要被人照顧。記得發生在商場的事嗎？」

「那已經是好幾年前的事了。現在情況不同了。你看，我們現在在戶外，我也表現得很好。」話才說完，她很快就被咬了第一口。「有東西咬我。」她說。她的聲音裡只有驚訝，還沒有恐懼。

我也被咬了，就在我的腿上，在很短的時間裡被咬了兩次。我當然沒有感覺，不過，我看著腿部的肌肉腫成了紅色的包。現在，牠們爬得我們滿身都是了。蘿倫開始尖叫。「那是什麼？噢。天啊，老爸，發生了什麼事？」

「那是火蟻，」我說。「我們一定是坐在螞蟻巢上了。」

「把牠們弄掉，」她說。「好痛，幫我把牠們弄掉！」

我抓起後背包，揹著她跑過樹林。樹根和荊棘阻絆了我的腳步。當我們抵達小徑時，我停了下來，開始在我們身上用力拍打。我把水淋在我們暴露出來的肌膚上——臉和手。

「有螞蟻鑽進你的衣服裡嗎？」我問。

「沒有，」她說。「我想沒有。」她的聲音聽起來就要哭了。「我們可以回家嗎，老爸？」

「當然了，我的貓咪。」在回家的途中，我一路緊緊地抱著她。我注意到她沒有再喊我「泰德」了。

她說：「這是個笨主意，露營。謝謝你讓我們離開那裡。」

我說：「那是我的職責所在。」

這個意外讓蘿倫疲憊至極，因此，在我們到家之前，她就已經不省人事了。我在我們被咬的地方塗上乳液，小心地觸碰她熟睡中的皮膚。她的小腿上有一排鮮紅色的膿包，一直延伸到她的膝蓋窩，不過，也就只有這樣。我們在任何真的傷害造成之前就逃走了。我想，年輕人之所以會強烈地感覺到疼痛，是因為他們尚未了解到疼痛可以達到多麼深刻的程度。

早晨到了，是時候和蘿倫道別了。蘿倫緊挨著我。「我愛你，老爸，」她說。我的鬍子可以感受到她呼吸裡的濕氣。「我不想走。」

「我知道，」我說。她的淚水滴在了我的唇上。百感交集的情緒彷彿湧起的潮水。強烈到我必須閉上雙眼。「我們下週見，」我說。「別擔心，貓咪。你乖一點。那會讓時間過得很快，然後，在你意識到之前，你就又回來了。」

她的每一個啜泣都讓我感覺自己像是被扳手打中一樣。

我坐在沙發上聽著音樂，感覺糟透了。過了一會兒之後，我的手背感覺到貓鬚的輕撫，然後，一顆毛茸茸的頭擠進了我的手掌裡。

奧莉薇亞從她躲藏的地方出來了，她知道我需要她。

我帶著一加侖的殺蟲劑出門，走向樹林。森林在白天的時候看起來很不一樣，斑駁的光線灑在森林的地面上，彷彿一大把掉落的穀物。一隻鹿從樹葉裡探出頭來，睜大了眼睛，隨即跑走了。我很快就發現了為什麼，因為我看到了那個柳橙汁髮色的男子和他的狗從我身邊走過。那隻狗對著我齜牙咧嘴，就像平常那樣。牠還記得奧莉薇亞想要跑出屋子的那次。然後，我越過一個穿著紅色夾克在健行的家庭。我想，他們正在吵架。那幾個孩子的小臉很嚴肅；他們的爸爸看起來很疲憊。媽媽則一個人走在前面，彷彿她沒有同伴一樣。

我繼續往前走，經過了通往那片空地的路口，然後坐在樹樁上等待。他們在無聲中經過我面前。那個父親朝著我點了點頭。他們一定是在吵架。家人真是複雜。

當他們的紅色夾克消失在陽光下的樹林時，我才繞回到那片空地。那塊防水油布還在那裡。它皺巴巴地覆蓋在樹葉上，彷彿一隻怪物死掉後的皮膚。螞蟻在上面忙碌地爬過。這塊油布不能被留在這裡。它可能會引來人們的注意。我拿了一根長棍，把油布推擠成高高的一坨。然後將油布勾起，丟在我帶來的垃圾袋裡。

我跟著螞蟻部隊回到牠們主要的巢穴。牠們在陽光底下幾乎變得很透明，看起來彷彿無害的小東西。你絕對想不到牠們會造成那麼大的痛苦。「我很抱歉。」說完，我把殺蟲劑倒在蟻窩上，倒進那些洞裡，以及裝著那條油布的垃圾袋裡。

我不知道那些火蟻巢是否還在那裡，還在那個西北邊的角落裡。不過，我想應該還在。牠們是領域性的生物，聽到蘿倫的哭聲、聽到她被牠們螫到時所發出的痛苦尖叫，在在都讓我感到很難過。然而，那是必要的——她必須學到教訓。

我必須承認，蘿倫最近好多了。發生在商場的事件沒有再重複發生過了。

我站在林間空地的中央，同時也是那個佈局的中心點。一束陽光照射在那裡。我迎向諸神，感受著祂們的力量。祂們從森林的地面底下伸展出來。那就好像被好幾條細繩扯往不同的方向。媽咪是對的。等到我的手臂狀況好一點之後，我得要幫祂們找個新家。人們開始感覺到祂們了。那個健行的家庭已經太靠近祂們了。

當我爬上我前門的台階時，我注意到台階上光禿禿的。風把堆積在台階上的樹葉和其他東西都吹走了。這可不行。如果有人走近這棟房子的話，我得要聽到他們靠近的聲音。通常，我是這麼做的，我會把幾個聖誕節的裝飾品壓碎，將它們撒在台階上。這會在有訪客靠近時發出清脆的聲音，讓我得到足夠的警示。那麼做並不危險。人們都有穿鞋。我是說，我知道我前幾天曾經光腳走出去，不過，大部分的人不會這樣。事實就是如此。

總之，當我把玻璃的碎片撒在台階上時，我的眼角瞄到了一些動靜。我轉過身去看，希望是我弄錯了。但是，我沒有弄錯。隔壁那棟廢棄屋樓下的一扇窗戶上，原本貼在那裡的報紙已經不見了。在我的注視下，一隻白皙的手把更多泛黃的報紙撕開來，讓那扇失去遮蓋的窗戶彷彿一隻深邃的眼睛。窗框被往上推開，一隻手把一大把的灰塵揮出了窗戶。然後是一陣大掃除的聲音。

我走進自己的屋子，將大門在我身後鎖上。然後把眼睛湊近朝東的那個貓眼，也就是面對那棟空房子的貓眼。茂密的貓尾草貼在玻璃上，不過，我依然還可以看得清楚。我看到一輛白色的卡車停了下來。卡車側面用橘色的字體寫著EZ搬家。一名女子從前門走出來，輕鬆地跳下台階，然後打開卡車後面的廂門。她的嘴角帶著一種堅定的神情。那讓她看起來似乎比她可能的實際年齡要老。她看起來好像睡得不多。一個穿著棕色制服的男人從卡車的駕駛座下來。他們開始一起卸車。幾個箱子、燈具、一台烤吐司機、一張扶手椅。沒有太多東西。

那名女子朝著我所埋伏的方向看過來。她的眼睛似乎可以穿透貓尾草，進到我所在的幽暗房間裡。雖然她絕對不可能看到我，我還是蹲了下來。我的呼吸加快。這很糟糕。人們有眼睛可以看、有耳朵可以聽，而且，女人在觀察方面比男人還要謹慎。

我很沮喪，因而不得不到廚房調製一點公牛彈丸。我很遺憾地必須這麼說，這不是我發明的。你也許可找得到公牛彈丸的食譜，不過，我自己做了點調整，所以，我會把這個食譜錄下來。

在找了很久之後，我在床底下發現了那個機器。我一定是不小心把它踢到床下了。

班納曼的公牛彈丸食譜。把一點牛肉清湯煮滾，加入胡椒和辣椒醬調味。你可以添加一茶匙的芥末。我也喜歡加點芹菜鹽。然後倒進一小杯的波本酒。或者兩杯吧，也許。你應該要加檸檬汁的，不過，我家裡沒有任何的水果。

我喝了三杯之後才感覺好一點。然後吞下了我的藥，在我意識到之前，我已經愉快地在點著頭了。就像媽咪曾經說過的，如果你覺得痛，就吃點藥。如果你有傷口，就縫上幾針。每個人都知道這個道理。

媽咪曾經告訴我安庫的故事，安庫是住在媽咪家鄉冰冷墓園裡的神靈，祂們有很多張不同的臉孔。有好幾張臉孔是一件很嚇人的事。你要怎麼知道真正的你是誰？有時候，我會在晚上的時候看到安庫出現在我的房間裡，在黑暗中遊蕩；那是一個帶著一把長刀的老人，刀光就反映在他的眼睛裡。然後，他變成了一頭雄鹿，尖尖的鹿角上還沾著血跡。隨即又變成一隻凝視中的貓頭鷹，彷彿石頭一樣動也不動。他是我的怪物。我甚至記不得媽咪對我說過哪些關於安庫的事——或者哪些部分是我自己在夜裡加油添醋得來的。不過，一想到祂，我依然會顫抖。然後，我聽到奧莉薇亞在屋子裡拖著腳走路的聲音，這讓我想起來我很安全，安庫其實在很遙遠的地方。

當我神遊的時候，蟲蟲先生的話在我腦子裡一遍又一遍地響起，彷彿電報的紙條一樣。把秘密藏在心裡可能會很寂寞。奇怪的是，我一方面感到很寂寞，另一方面卻又擁有超過我所能應付的同伴。

在我差點就要睡著的時候，門鈴突然大聲作響，彷彿風鑽般地打破了寂靜。

# 奧莉薇亞

該死的門鈴響個不停，泰德又不肯起床。他每次去過樹林之後，回來總是很晚才睡覺。我可以聽到他打呼的聲音就像小鼓一樣。又來了。呼……。不，不像小鼓。更像是一把對準了腦袋的鋸子或釘槍。拜託，那個長有大拇指的人類得要醒來去開門。我做不到，不是嗎？我是一隻貓。我的意思是，搞什麼啊。

我衝上樓，踩到他的臉上，直到他醒來為止。他呻吟著把衣服拉到他的身上。床單上還留有他躺過的痕跡，我踩踏在那些線條上面，聽著他在下樓時發出了如雷般的腳步聲。然後是門鎖的聲音，咚、咚、咚。他打開了門。另一個聲音傳來，彷彿在懇求著什麼一樣。我想，那是一個女性人類。我自信滿滿地等待著。泰德會告訴這個人類應該往哪裡去！他最討厭別人按門鈴。畢竟，其他的人類都很危險。他太常這麼對我說了。

然而，令我驚恐的是，他讓那個人類進來了。大門關上，然後是鎖門的聲音。整棟房子都在震動。地毯在我底下滑開了。我扭動著身體，試圖用爪子抓穩地毯。屋頂上的木頭也發出呻吟和尖叫，連牆壁都在劇烈地震動。一切都要四散分裂了。

慢慢地，世界又安定了下來。但是，我無法從床底下的位置走出來。恐懼讓我凍結了，我的心依舊在大聲地怦怦跳。她陌生的味道瀰漫在屋裡，充斥在我的鼻孔裡。那就好像燒焦和黑胡椒的味道一樣。這個人類帶給我的感覺太多——她是誰？她想要幹嘛？

那兩個人類在樓下宛如沒事地在交談。我想，他們在廚房裡。我不想要聽他們的對話，我當然不想，然而，我無法不聽。這個女性人類打算住在隔壁。然後，她說了什麼關於把一隻貓放進洗衣機的事。噢，我的上帝啊。她是一個該死的神經病，就像電視演的那樣。

泰德的聲音帶著一種奇怪的語氣。那是——他感到興趣嗎？快樂？總之，太糟糕了。萬一他要她再來呢？萬一這種事情以後常常發生呢？這段對話似乎永遠不會結束，所以我就在想，哇，照這樣下去，他乾脆要她搬進來和他同住好了。過了很久之後，他們的聲音又回到了走廊上。他在送她離開。

就在那個女性人類要出去的時候，她說：「如果你需要任何幫助的話。」還有什麼關於手臂斷掉的事，不過我聽不懂。

最後，他終於把門在她身後關上。

哇。這可不對。太糟糕了，太糟、太糟了。那個刺耳聲來到了一個讓我的頭就要爆炸的程度。這違反了我們之間所有的信任——一旦沒有了信任，我們要怎麼辦？萬一那個女性人類是一個殺人犯呢？萬一她決定還要再來呢？我無法接受。

泰德上樓來了，他的床在我的頭頂上方發出了友善的嘎吱聲。當然嘍，他又回去睡覺了。他呼喚了我，不過，我實在太沮喪了，因此，我跑出了臥室。很顯然地，他什麼感覺也沒有，因為，幾分鐘之後，他又開始打呼了。

我走過客廳。那些貓眼彷彿眼珠子般地瘋狂地瞪著我。沒有什麼是安全的。我揉了揉舒服的地毯，但是，即便那麼做也無法像平常那樣帶給我安慰。我好難過，以至於我的眼睛也無法正常運作了。所有的顏色都不對了，牆壁看起來像是綠色，地毯則變成了藍色。

他必須得到教訓。這次，光是把東西打破已經不夠了。

我狠狠地從流理台上跳下來，對準了冰箱的門。最終，我用一隻貓爪勾住冰箱門把，把冰箱的門打開。這讓我發出了滿足的咕嚕聲。涼意從冰箱裡散出。在這種天氣底下，地板很快就會被浸濕了。啤酒會變溫。牛奶和肉都會餿掉。很好。看看我的碗！空的！讓他看看沒有食物是什麼感覺。

在那之後，我覺得好過多了。當我回到客廳的時候，我很慶幸地發現，我的眼睛又恢復了正常。我可以蜷縮在那張橘色的地毯上，然後小睡一會兒，說實在的，在經歷過這一切之後，打盹是我值得擁有的。

# 迪

她的腳下發出了碎裂聲。覆蓋在台階上的樹葉和塵土裡有一些鮮豔的碎片。彷彿一整盒的聖誕樹裝飾品被灑得到處都是一樣。這讓空氣裡增添了一種不真實的緊張感。

迪不確定當她看到他的時候，她是否立刻就可以認出他來。不過，真相會從他身上顯現出來，就像氣味一樣。

她按了三十或四十下的門鈴。她看到窗戶裡面有動靜，不過，卻沒有人前來應門，她不禁猶豫著是否應該要離開。這個想法讓某部分的她感到鬆了一口氣。不過，她不認為自己有能耐再重來一次。把它搞定，迪迪。她父親的聲音在她的腦子裡響起。那是在只有他們父女倆獨自生活的那漫長的半年裡，他們所秉持的嚴酷信念。克服困難、搞定它；無論再怎麼不愉快、無論你的心在夜裡如何地轟然作響，無論什麼事情會來到你的夢境裡。搞定它。就在她稍微挺直背脊的時候，她聽到屋裡傳來一陣沙沙作響的聲音。一個尖銳的小聲音，也許是一隻貓？然後，一個更大的聲音響起，那是一個巨大的身體在樓梯、牆壁和地板上引發的反應。

三道不同的鎖被扭開，前門隨即打開了一條縫。一隻惺忪的棕色眼睛出現在門縫裡，襯著一張覆蓋著毛髮的白皙臉孔。他的鬍子是紅色的，比垂蓋在他眉毛上的那些平直疏鬆的棕色髮絲要鮮豔——那樣的顏色很迷人，讓他散發出一種海盜般的瀟脫感。

「嗨。」她說。

「什麼事？」他的聲音比她預期的高。

「我是你的新鄰居。迪。我想要說——呃，嗨，還有，我帶了派給你。」她畏縮了一下，抗拒著想要說她是個詩人、不過對詩人這個頭銜卻沒有把握的衝動。因此，她只是遞出了一個盒子，裡面裝了不合季節的南瓜派，那是她在藥妝店買來的。盒子上有一些灰塵，她現在才看到。

「派。」他說。一隻白皙的手從門縫裡伸出來，把派接過去。在那一瞬間，迪以為他的皮膚就要在陽光底下發出燒焦的嘶嘶聲了。她沒有放開那個潮濕的南瓜派紙盒，這讓兩人突然陷入了短暫的拉扯。

「很抱歉打擾你，」她說。「不過，我家的水要下午才能接通。我可以借用你的浴室嗎？我開了很久的車。」

那隻眼睛眨了一下。「你可以問別人嗎？我現在不方便。」

「我知道，」迪露出一絲微笑。「新鄰居才剛到這裡，就已經開始惹人討厭了。抱歉。我試過了街上的幾戶人家，可是，我想大家都出門去工作了。」

前門打開了。那名男子僵硬地說：「好吧，如果你動作快一點的話。」

迪踏進了一個地底世界；那是一個深邃的山洞，孤獨的光柱灑落在一堆堆不知名的物體和參差不齊、殘破的東西上面。每一扇窗戶都釘上了夾板，光線只能透過夾板上的圓孔射進來。

她瞄著自己的左邊，看向客廳。當她的眼睛適應屋裡的陰鬱之後，她看到木頭地板上散落著一堆堆的書和舊毯子。泛黃的牆壁上有一些光禿禿的斑塊，想必曾經有照片或鏡子懸掛在那裡。牆壁是深綠色的，就像一座森林一樣。她看到一張破爛的躺椅，一台電視。地板上有一條骯髒的藍色毯子，看起來彷彿是用一顆顆小藥丸做成的。整棟屋子瀰漫著一股死亡的味道；不是腐敗或者血液的味道，而是枯骨和灰塵的味道；就像一座被人遺忘的古老墓穴。所有的東西都在衰敗之中。就連後面一扇窗戶上的門閂都已經鏽透了。深紅色的鐵屑散落在窗台上。迪的腦子裡響起那個疲憊的警探凱倫的聲音。紊亂的居家環境。未婚。社會邊緣人。

大門在她身後關上。她聽到三道門鎖一一歸位的聲音。她脖子後面的每一根寒毛都緩緩地豎了起來。

「小孩？」她朝著側躺在地板上的那輛粉紅色腳踏車點點頭。

他說：「蘿倫。我不常見到她，不像我所希望的那麼頻繁。」

「那一定很不好受。」迪說。他比她一開始想像的還要年輕，三十出頭，也許吧。十一年前，他應該還是二十幾歲。

「浴室就在走廊盡頭，」他說。「這邊。」

「很棒的音樂。」她跟在他身後說道。正在屋子裡某處播放的音樂是另一個讓她訝異之處，感人的鄉村音樂，歌手的聲音很迷人。她看到泰德的後腦上有一些光禿禿的疤痕，彷彿有一隻小手把一撮撮的頭髮都扯掉了。不知道為什麼，這給她帶來了一絲驚駭感。

迪在浴室裡用手捧了一把冷水，急切地吞下肚解渴。她可以聽到他就等在浴室的門外。同時也感覺到他的焦慮和動物般的呼吸聲。她很清楚地意識到自己身體的細節；她某些部分的皮膚是那麼地厚實，例如她的腳跟和她結痂的指尖，而其他部分卻是那麼地輕薄，例如她的眼皮。她可以感覺到自己前臂上豎起的寒毛、柔軟的眼球；還有她細長的舌頭和喉嚨，她鮮活的器官和有力的心臟，那顆心臟此刻正在將紅色的血液壓往她身體的各個部位。她的心臟正在急速地壓縮。而所有這些脆弱的東西，全都可以被搗碎或刺穿：鮮血可能會噴出；骨頭可能變成白色的碎片；眼球也可能被兩根拇指擠壓出來。她覺得她好像處在自己的身體之外，彷彿和身體脫離了，而水槽上方沒有鏡子的事實更加深了她這樣的感覺。

她沖了沖馬桶，然後洗手，打開浴室的門。

「我可以喝水嗎？」她問。「我快乾枯了。這裡向來都這麼暖和嗎？我以為這地方因為下雨而聞名！」他不發一語地轉過身，笨拙地走向廚房。

她在喝水的時候四下張望。「你打獵嗎？釣魚？」

「沒有。」過了一會兒之後，他才問：「為什麼這麼問？」

「你一定冰凍了很多東西，」她說。「所以才需要兩個冷凍櫃。」只有那台具有冷藏—冷凍綜合功能的小冰箱似乎有在使用。另一台——一個老舊的工業用冰櫃——櫃子的門是開著的，裡面空空如也，打開的蓋子就靠在牆壁上。

他看起來很尷尬。「奧莉薇亞喜歡在裡面睡覺，」他說。「我的貓。這冰櫃壞掉的時候，我就應該把它給丟了，不過，把冰櫃留下來讓她很高興，你知道嗎？她還發出了咕嚕咕嚕的撒嬌聲。所以，我就把它留下來了。很蠢吧，我想。」

她打量著冰櫃裡面。只見裡面擺放了一些柔軟的東西——毯子和枕頭。她可以看到其中一只軟墊上有一根毛髮——是棕色的，或者紅棕色。那看起來並不像貓毛。「奧莉薇亞住在戶外嗎？」迪問。她在廚房裡看不到用來盛裝食物或水的貓碗。

「不，」他貌似遭到冒犯地回答。「當然不是，那就太危險了。她是家貓。」

「我很喜歡貓，」迪笑著說。「不過，他們很煩。尤其是當他們長大之後。」

他笑了，然後帶著訝異，結結巴巴地說：「我想她正在長大，」他說。「我已經養她很久了。我小的時候什麼都不要，只想要一隻貓。」

「我們家的貓曾經睡在烘乾機裡，」她說。「那是我老爸的噩夢。他很擔心他會不小心把她當作毛衣，然後……」她模仿著快速旋轉的動作，假裝自己是一隻被嚇壞的貓，正在烘乾機裡透過玻璃往外看。

他又發出噗哧的笑聲，她隨即補上一種舞姿，宛如正在洗衣槽裡划槳的貓一樣。

「你真好笑，」他說。他的笑容看起來有點不對稱，有點變形，彷彿已經有一段時間不曾笑過一樣。「我總是很害怕奧莉薇亞會讓自己被關在裡面。現在，至少她不會窒息了。」他讓迪看冰櫃蓋子上的鑽孔。

「很漂亮。」她一邊說，一邊用手指摸著一條毯子。那是一條黃色的毯子，上面有著藍色蝴蝶的圖案，摸起來的觸感就像是小鴨子的背一樣。

他緩慢而穩定地把冰櫃的蓋子蓋上，這樣一來，她就得把手挪開。當他這麼做的時候，她注意到他前臂上褪色的瘀青，以及他腫脹的手。

「嘿，你受傷了。」她說。「怎麼發生的？」

「車門夾到我的手臂，」他說。「我是說，在車門關上的時候被夾到的。當時，我把車停在了一個山丘上。至少，它沒有斷掉，我想。」

她做了一個畏縮的表情。「一定還很痛吧。我的手臂也曾經斷過。那實在很不方便，你知道的，要開罐子或什麼之類的。你是右撇子嗎？如果你需要幫忙的話，就讓我知道。」

「噢，」他應了一聲。她讓空氣中的沉默持續了一會兒。「你是做什麼的？」最終，他開口打破沉默。

「我曾經想要當個舞者，」迪說。「我現在一事無成。」很奇怪，這是她第一次讓自己明確地承認這個事實。

他點點頭。「我曾經想要當廚師。人生啊。」

「人生。」她呼應道。

她在門邊和他握了握手。「再見，泰德。」

「我有告訴你我的名字嗎？」他問。「我不記得有告訴過你。」

「你的名字就在你的襯衫上。」

「我曾經在汽車修理廠工作過，」他說。「我想，我很習慣穿這件襯衫。」從事勞力活或者失業。

「總之，謝謝。」迪說。「你很親切。我不會再打擾你了，我保證。」

「隨時都可以來找我。」語畢，他露出一副警戒的模樣。他很快地把門在她身後鎖上。

咚、咚、咚。

她越過乾枯的院子，緩緩地走回去。當然了，他正在看著她離開。她感覺到他的目光重重地落在她的背上。她用盡一切力氣不讓自己拔腿就跑。這次的見面比她預期的更讓她震撼。她原本很確定他一定不會讓她進門。

迪用顫抖的雙手將自家的前門在身後關上，然後坐在蒙上一層灰塵的地板上，背貼靠在門上。她試著呼吸，試著讓自己冷靜下來，然而，她似乎已經把整個身體都交給了別人。她不停地緊握雙手，然後又鬆開。一股熱潮爬過她的頭皮。她的喉嚨發出鋸子般的聲響。她的心跳聲就在她的耳朵裡迴盪。恐慌發作了，她模糊地在想。你得振作起來。然而，這就好像在一座沙丘裡越陷越深；無論怎樣就是爬不出來。

最後，這種感覺終於褪去。迪咳嗽了幾下，她又可以呼吸了。她意識到屋子裡有一股辛辣味，乾草、胡椒木、籬笆條和臭蟲混合在一起的味道。戶外的東西跑進了室內，這裡不是它應該要存在的地方。她站起身，虛弱得像隻小貓，然後跟著這股氣味搜尋著源頭。在灰塵滿佈的客廳裡，有一扇窗戶的玻璃不見了。乾燥的樹葉散落在傷痕累累的地板上。有什麼東西曾經睡在這裡。不是臭鼬，她覺得不是，而是別的東西。負鼠或者浣熊。

「不，」她對著空蕩蕩的房間說。「這裡沒有空房。」她把一座小書櫃推到那扇破掉的窗戶前面，擋住了窗戶。她也許得要自己動手把那扇窗戶修好。她的房東似乎不喜歡惹麻煩的人。她不介意。他最好都不要來煩她。

她嘗試性地環顧著客廳，牆壁已經被陳年的香煙燻得變成了棕色，角落裡堆滿灰塵，她告訴自己，這是我家。這真的讓她笑了出來。這哪裡是家。她不記得最後一個讓她覺得像家的地方是哪裡了。也許是在她十幾歲出頭的時候吧，當時，露露還睡在她隔壁的房間，睡覺時還緊緊含著大拇指、還會打呼，呼聲甚至都穿透了房間的牆壁。

她很驚訝地發現瓦斯居然沒有被切斷。她在廚房那個嘶嘶作響的白色爐子上做了牛排、豆子和一顆烤馬鈴薯。她很快地把食物吞下肚，絲毫不覺得享受。她不在乎吃了什麼，不過，至少她還知道要照顧自己。她是在艱困中學到了這點的重要性。當她熄火之後，爐子還在發出嘶嘶的聲音，而且整間廚房都瀰漫著淡淡的瓦斯味。又一個要修理的東西。她明天會修理——或者她半夜就會死了。她決定交給命運來決定。

迪盤腿坐在客廳地板上，等待著暮色降臨。黑夜悄悄地湧入室內，彷彿潮水一般地蔓延到角落，在地板上溢開來。她凝視著黑暗，黑暗也回視著她。泰德窗戶上那一個個小圓圈亮了起來。其中一個圓圈裡有色彩和光影在閃爍——是電視，她猜。稍後，樓下的小圓圈變暗了，幾分鐘之後，樓上燃起了兩輪月亮。兩個光圈在十點鐘的時候熄滅了。看來，他很早就上床了——也沒有在床上看電視或看書。她又觀察了幾分鐘。雖然房子已經漆黑一片，但是，她覺得那棟房子並沒有在休息，這樣的感覺讓她無法釋懷。那股寂靜之中，有著某種焦躁不安。然而，在她的持續觀察下，什麼也沒有發生。她的四肢因為疲憊而抽搐；她的眼前一片漆黑。她也應該要睡了。還有很長的路要走。

浴室白色的舊磁磚上佈滿裂痕。一盞嗡嗡作響的霓虹燈吊掛在浴室上方，燈罩上蓋滿了飛蛾和蒼蠅的屍體。她把毯子和枕頭放在浴缸裡。這是地震時最安全的地方，她父親曾經這麼說過。反正，她也沒有床。迪把拔釘錘放在她旁邊冰冷的磁磚上。她閉上眼睛，將手伸向那把錘子，藉由這樣的練習來加強肌肉的記憶，想像著她自己剛從睡夢中醒來，想像著一道黑影俯視著她。

她試著讓自己冷靜下來。她想像著露露的臉，露露的表情千變萬化，就像遮住太陽的雲層一樣。

她閱讀著咆哮山莊。她只剩下幾頁就看完了。當她讀完的時候，她隨機把書從中間翻開，然後從那裡繼續往下讀。這是迪唯一閱讀的一本書。她喜歡看書，但是，你永遠不知道哪些書會對你產生哪些影響，而她承受不起讓自己失去防備。至少，咆哮山莊裡的人物明白生命是一種可怕的選擇，而你每一天都必須做出選擇。讓我進來，凱瑟琳哀求道。讓我進來。

當她把燈關掉的時候，四周陷入了一片飽和的黑暗。屋子在她四周呼吸，彷彿一個活人一樣，地板在呻吟，釋放著白天積存下來的熱氣。星星透過窗戶凝視著室內。這幢房子根本算不上是在市區裡——它幾乎位於森林之中。她是如此接近事發的地方。空氣裡多少保留著那件事的記憶。那件事的微粒被風吹散，飄落在泥土裡，在老樹上，也在潮濕的苔蘚裡。

她的夢裡充斥著炙烈的太陽和失去的恐懼。她的父母走過沙漠，手牽著手，徒步走在星空之下。迪不停地看著，然而，在那些紅色的鳥兒展翅飛翔之下，天光亮起，鳥兒的翅膀發出羽毛摩擦的輕柔聲。她在黑暗中坐得筆直，心臟飛快地在跳動。汗水沿著她的背和胸口流下。夢裡的聲音跟著她醒來。然後再度從樓下傳來。迪聽得出來那不是羽翼拍動的聲音，而是撓刮聲，像一根長長的指甲刮過木頭的聲音。

她握著拔釘錘的手掌已經汗濕了。她悄悄地下樓。她腳下的每一塊木板都在大聲作響。那道摩擦聲還在持續，尖銳的爪子或者指甲正在耙著木板。睡意和恐懼讓她感到暈眩，有那麼極短的一瞬間，迪覺得世界和世界之間似乎出現了嚴重的滑動。讓我進來——讓我進來。微弱的銀色亮光從沒有窗簾的窗戶流瀉到屋裡。月光灑滿了客廳。現在，那個撓刮聲加速了。迪覺得自己聽到撓刮聲後面還有別的聲音——尖銳的、斷斷續續的聲音。也許是啜泣。那座書櫃在晃動，彷彿它後面的那道力量正在憤怒中加劇加大。

「我會讓你進來。」迪小聲地說。她把書櫃拉到一邊。書櫃立刻在刺耳的呻吟聲中挪動了。她看到蜷縮在窗戶外面的東西正在盯著屋裡看。她手中的錘子掉落到了地上。她蹲下來，和那個孩子面對面，牠銀白色的皮膚在月光下看似斑駁，牠的嘴宛如一顆黑色的櫻桃，那對炯炯發亮的眼睛，彷彿一盞發散出死亡之光的電燈，牠的頭皮受到了撕裂的傷害，頭顱上的毛髮都被鳥兒拔光了。

「進來。」迪伸出手，低聲地說。

那孩子對她發出了嘶嘶聲，那是一種不真實的聲音，讓迪倒吸了一口氣。恐懼籠罩著她，她渾身冰冷，覺得自己的心跳就要停了。那個孩子張開了嘴，她揮出手，抓住迪的手臂，打算將迪拖離這個世界，去到另一個不知道有什麼正在等待著她的世界。迪看到一顆顆白色的牙齒宛如珍珠般地鑲嵌在有力的下顎裡。她也看到了那些既不鋒利又殘缺的手指。那張蒼白的小臉在不穩定的光線底下，看起來宛如水面上波動的漣漪。

她尖叫出聲，聲音打破了夢境，或者說是她當下所處的情境。迪看清窗口邊的東西並非一個死掉的女孩。那是一隻貓，正咧著嘴發出嘶嘶的聲音，那身虎斑的毛被月光染成了白色。那隻貓朝著迪張牙舞爪，她發現那隻貓受傷的貓掌上並沒有尖爪。她往後退，發出安撫的聲音。那隻貓轉身就要逃跑，不過卻又回過頭來盯著迪看了一會兒，那張尖尖的臉孔在陰暗中看起來十分怪異。然後，牠還是跑走了，敏捷地融入了黑暗的花園裡。

迪渾身發抖地坐在腳跟上。「只是一隻流浪貓，」她告訴自己。「睡覺前不要看恐怖的故事，哼，迪迪？沒什麼大不了的。沒什麼好擔心的。」這是她的一個老習慣——大聲地說出她父親會想要聽到的話，而把她自己真正的情感藏在心裡。沒有時間崩潰了。她再次想著露露。這麼做很有效。她的目的讓她冷靜了下來。迪的心跳也逐漸放慢了下來。

迪望著外面糾纏在一起的灌木叢，那裡現在已經是她的後院了。荒涼、難以穿越，在黑夜裡散發著一股氣息。任何東西都可能躲藏在那裡。它可以偷偷靠近這幢房子，接近窗戶。然後，伸出一根長長的手指……她注意到有些鄰居把他們的院子夷為了平地。也許是為了防止蛇和野獸在院子裡築巢吧。迪不禁顫抖。泰德的院子一片混亂。她注視著那些在他花園裡到處亂竄的荊棘叢。在月光底下，荊棘叢似乎正在輕輕地蠕動。她甩甩頭，感到噁心。在湖畔的那天幾乎把迪的一切都奪走了，不過，也在她心裡留下了某個東西。人們稱那是恐蛇症；一種對蛇的極度恐懼。迪在哪裡都看得到牠們，牠們蜷成一團的陰影無所不在。那股恐懼讓她的大腦和心臟運作都變得龜速了起來。

她慢慢地把雙手捧成杯狀，然後把手舉到唇邊，彷彿口罩般地蓋住自己的嘴。她對著掌心，低聲地重複著一個名字和一個問題。雲層掠過月亮，月光和陰影同時灑在她的臉上，讓她的淚水蒙上了一層光澤。

隔天早上，她回到了她在客廳窗戶邊的位置。她無時無刻都讓窗簾保持低垂，天黑之後也絕不開燈。她知道一扇點燈的窗戶在夜裡會閃耀得像燈塔一樣。這點，泰德似乎也知道。那些被夾板蓋住的窗戶，讓他的房子看起來彷彿是刻意在避開她，好面對森林。

她開始知道他的習慣。有時候，他會到樹林裡，一個晚上都不回來，或者好幾個晚上。其他時候，他會進城，他通常不會在城裡待太久，只是幾個小時或者一個傍晚。偶爾，他會醉醺醺地回來，有一天早上，他站在前院，吃著看似抹了花生醬的醃黃瓜。他注視著前方，兩眼空洞，只有下巴在機械式地咀嚼。院子裡有一些放置鳥食的平台，還有一些懸吊著的餵鳥器，不過，從來都沒有鳥兒來過。那些鳥兒知道些什麼？

她在網路上找到了一切她所能找到的資料。泰德有時候會把他觀測到的鳥類投稿到地方報紙的稀有鳥類專欄。他的母親是個護士。她很漂亮，一種不食人間煙火的舊式美貌。在那張畫質粗糙的照片裡，她用纖細的手指拿著她的證照。郡上的年度最佳護士。迪很好奇，擁有一個像泰德這樣的孩子會對她造成什麼影響。她還愛他嗎？她現在在哪裡？

迪第一次試圖跟蹤泰德進到森林裡時，他在小徑入口停下了腳步，然後在黑暗中等待。她聽到他在那裡呼吸。她不敢動彈。她相信他可以聽得到她的心跳。過了一會兒之後，他發出了一種聲音，宛如一頭動作遲緩的野獸，然後走進了森林之中。她知道她當時不能再跟下去了。他感覺到了她在那裡。

她忍不住地鬆了一口氣。黑暗的森林裡似乎充滿了蛇的足跡。她轉頭回家，然後吐了。

在那之後，迪轉而監視著那幢房子。畢竟，她不是為了他而來的。她耐心地等待著。咆哮山莊攤開在她的大腿上，不過，她並沒有在閱讀。她一刻不停歇地盯著那棟房子，把每一片舊隔板剝落下來的油漆碎屑、每根生鏽的釘子和每一片貼在牆壁上的杉葉藻以及蒲公英都牢牢記在腦子裡。

兩天後，她幾乎要放棄了。然後，在蟬、蜜蜂、蒼蠅和松鼠的啾啾聲，以及遠處割草機的嗡嗡聲之下，她聽到了類似玻璃破裂的叮鈴聲。她身上的每一根纖維都朝著那個聲音繃緊了。那來自於泰德的屋子嗎？她幾乎可以確定是的。幾乎可以完全的確定。

迪從地板上站起來，長時間的監視讓她渾身僵硬。她決定要過去。她覺得她聽到窗戶破了的聲音，她想到了竊賊的可能性，她只是關心鄰居而已……這是很自然的行為。

當她即將採取行動時，泰德沿街走了過來。他刻意走得很小心，就像喝醉或者受傷的人一樣。他手上還提了一個塑膠袋。

迪很快地再度坐下來。一看到他，她的視野邊緣開始模糊，她的手掌也變得滑膩，彷彿上了油一樣。身體對恐懼的反應和對愛的反應竟然如此相似。

泰德打開門，他的動作依然帶著那股怪異的謹慎。一會兒之後，空氣裡傳來了笑聲。也許是電視。透過那些笑聲，迪聽到了一個尖銳清晰的聲音在說：「我不想做代數。」

一陣低沉的男性咕噥聲接著響起。那可能是泰德。迪抑制著自己。她的頭在痛。此刻，瀰漫在兩棟房子之間的夏日氣息似乎就像是麵團一樣，又厚又難以穿透。一個年輕女孩開始唱起一首關於蝨子的歌。在她進行監視的每一天裡，除了泰德之外，迪沒有看過有任何人進出過那幢房子。

解脫和恐懼同時淹沒了她，這股感覺是那麼地強烈，讓她覺得自己彷彿在嘴裡嚐到了它們的味道，就像泥土和水一樣。她最糟的恐懼和最大的希望都被確認了。那屋子裡有一個從不出門的孩子。你現在所知道的只有這些，她嚴厲地告訴自己。一步一步來，迪迪。然而，她忍不住要往下想。蘿倫，她心想。露露。她的名字其實是蘿拉。露露、蘿拉、蘿倫。這些唸法是那麼地相近，幾乎就像一個疊著一個一樣。

在那一刻，對迪而言，那個唱歌的女孩聽起來儼然就是她的妹妹。同樣的音色，聲音中也同樣地都帶有一絲顫抖。

# 泰德

「我不想做代數。」蘿倫噘著嘴，那副凸著下唇的模樣快把我逼瘋了。

「不行，」我說。「不要再哭哭啼啼了，聽到了嗎？今天是代數和地理日，所以，不要再唱歌了，我們要做的是代數和地理。廚房餐桌、書本，現在就去。」我的聲音很尖銳，超出了我的本意。我很疲憊，而且，當她用那樣的語氣說話時，我就是無法忍受。她還真會挑日子。我剩下的藥量遠比我以為的還要少很多。

「我頭痛。」她說。

「你不要再像那樣扯你自己的頭髮了。」她抓了一小撮棕色的頭髮，啃咬著頭髮的尾端。然後又用力地拉扯著頭髮。現在，她的頭皮上到處都是斑塊。她最喜歡的事就是拔頭髮。我的、她的。沒有區別。「你要我早點送你回去嗎？乖一點，看在老天爺的份上。」

「抱歉，老爸。」她低下頭，靠近書頁的邊緣。她可能並不是在做代數，不過，至少她還知道要假裝一下。我們安靜了一會兒，然後她又開口說：「老爸？」

「嗯？」

「今晚我來做晚餐。你看起來很累的樣子。」

「謝謝你，蘿倫。」我得在她看到之前拭去淚水。我對自己如此易怒感到很難過。另外，她這麼說讓我忍不住希望這表示她開始對食物感興趣了。

當然了，她弄得一團糟。廚房裡的每一個鍋子都被派上了用場，當她把鍋底燒焦時，一股變質的刺激味充斥在廚房裡。

「不要再監視我了，老爸。」她說。「我做得來。」

我舉起雙手，往後退開。

麵條是半熟的，過稀的麵醬嚐起來沒有任何味道。麵醬裡有一點點冰涼的肉塊。我把她給我的食物都吃光了。

「這是我所吃過最好的晚餐，」我告訴她。「謝謝你，蘿倫。你用我今天買的牛頸肉了嗎？」

她點點頭。

「嗯，」我說。「你沒有吃太多。」

「我不餓。」她說。

「媽咪曾經說：『廚師永遠都沒有胃口。』」我告訴她。「你祖母。她常常這麼說。還有，『絕對不要罵一個女人是瘋子。』」

「她不是我祖母。」蘿倫靜靜地說。我沒有和她計較，因為，她今天已經很努力了。

晚餐之後，我清洗了碗盤，那花了我一點時間，然後，我們一起度過了一個安靜的傍晚。蘿倫坐在廚房的地板中央。這個夜晚似乎變得更熱，而不是更涼爽了。我們的皮膚都因為流汗而蒙上了一層水氣。

「我可以開一扇窗戶嗎，老爸？」

「你知道我們不能。」雖然我希望我們可以。空氣真的很熱。

她發出嫌惡的一聲「呃」，然後脫掉她的襯衫。她的內衣背心髒了；我們需要洗衣服。簽字筆在紙張上發出的摩擦聲帶來了安慰。當摩擦聲停止時，我抬起頭來。只見滿滿的蠟筆包圍在她身邊，彷彿大海一樣，五顏六色的簽字筆也像彩虹般地排開，全部的筆蓋都被打開了。

「蘿倫！」我說。「把蓋子蓋上，拜託你。簽字筆不會從樹上長出來。」但她卻盯著前方，眼睛閃閃發亮。

「你沒事吧，貓咪？」她沒有回答，不過，她輕微的喘氣讓我的心臟幾乎就要停了。當我把手放在她的眉頭時，她的眉頭既冷又濕，就像一塊石頭的底部一樣。

「嘿，」我說。「上樓去，我會讓你躺到床上……」

她張開嘴，一坨熱騰騰的嘔吐物從她的嘴裡噴了出來。蘿倫甚至沒有試著避開那團髒污，只是在她原本的位置上躺了下來。當我試著要移動她的時候，不該吐出來的東西又被吐了出來。我盡可能地幫她清理乾淨，並且讓她喝水降溫，同時也給了她阿斯匹靈和布洛芬，希望能控制住她發燒的程度，但她直接就把它們吐了出來。

「別這樣，貓咪。」我說，然而，奇怪的事發生了。我的聲音聽起來開始變得遙遠。一把白熱的矛刺中我，直接穿透了我的腸子。我的腸胃開始脹氣和灼燒。噢，天啊。我感到黑暗和痛苦雙雙降臨。我們一起躺在廚房的地板上呻吟，任憑體內在翻攪。

蘿倫和我病了一整個白天和夜晚。我們不斷地發抖和流汗。時間變慢了，然後停止，又啟動，彷彿一條蟲一樣地一吋一吋地爬行。

當不舒服的感覺開始消退時，我給了她一些水和我在一個櫥櫃裡找到的運動飲料。到了傍晚的時候，我在蘇打餅乾上塗抹奶油，一片一片地餵她吃下去。我們彼此互相扶持。

「差不多該走了。」我對她說。她的臉頰恢復了一點粉紅色。

「我一定得走嗎？」她低聲地說。

「乖一點，」我說。「下週見。」她動也不動地躺在我的懷裡。然後，她開始尖叫。開始抓我和掙扎。她知道我在騙她。

我緊緊地抱住她。「那樣做是最好的，」我說。「求求你，貓咪，拜託你不要反抗。」

然而，她依然在反抗，因此，我發了脾氣。「你被禁足了，直到我解禁為止，」我說。「這是你自找的。」

我的頭在旋轉，我的體內在熔化。但我必須要知道。我往垃圾筒裡看，那裡面有被我丟掉的牛肉，那些牛肉因為我沒有把冰箱門關好而餿掉了。只見白色的蛆在一坨棕色的物體裡蠕動。袋子裡的牛肉看起來比今早我倒掉時明顯少了很多。一股熱流湧上我的喉嚨，但我忍住了。

我把那袋垃圾拿到屋外，早在我丟棄那些牛肉時就應該立刻這麼做的。整個世界都在搖晃，空氣似乎凝結了。我從來都沒有病得這麼嚴重過。

蘿倫上一次嘗試做這種事已經是幾年前的事了。我覺得自己像個白痴，因為我以為我們是朋友。我不應該讓情況變得這麼鬆懈。

那捲錄音帶在沉寂中響起。空氣裡充滿了那個女人的聲音。我不喜歡這首歌。太多鈴鼓了。不過，我還是讓它繼續播放。

我小心翼翼地檢查所有的東西。刀子在高處的櫥櫃裡，就在它應有的位置上。筆記型電腦櫥櫃上的鎖也很牢固。不過，金屬的鎖面看起來——有些黯淡，彷彿被用汗濕的手掌握過了很多次，彷彿有人曾經轉動過它的密碼。我愛我的女兒。但是，我很確定她企圖要對我們兩人下毒。

當我數著簽字筆和蠟筆時，我發現少了一支粉紅色的簽字筆。更糟的是，當我把它們鎖進櫥櫃裡時，我看到我那張謀殺者的清單就躺在那些蠟筆盒上面。我並沒有把它放在那裡。當我把它拿起來時，我看到上面多了一個名字，一個用病態的粉紅色簽字筆寫下的名字。

蘿倫，那是她歪斜的筆跡。這就是我長期以來的恐懼。

我像一隻木蝨般地蜷曲在沙發上；我的視野逐漸變得模糊。我的胃在翻騰。毫無疑問地，我應該全都吐完了吧，毫無疑問地，這應該已經結束了吧。噢，天哪。

## 奧莉薇亞

我知道這不是她來的時候，不過，我還是從我的貓眼往外窺視。愛也是希望。灰色的天空、參差不齊的草地，還有一片三角形的、結了冰的人行道。外面看起來很冷。在這種天氣裡，當一隻家貓也還不錯。

電視機在我身後播放著。那是什麼關於黎明的街道和走路的節目。泰德有時候會讓電視開著和我作伴。有時候，電視會自己打開。那是一台很老的電視。你可以從電視上學得很多東西。我也很高興有電視的存在，因為它會淹沒時不時就在我腦子裡響起的那道刺耳的聲音。吱……，吱……。

我一定是打盹了，因為當我醒來的時候，有一個聲音在和我說話。一開始，我以為那是上帝，因此，我很快地坐直。是的，我在？

「我們得要探究創傷，」那個聲音說道。「直搗它的根源。重新審視它，以便將它清除。」

我打了個哈欠。這個人類有時候會出現在電視上，而且他很無趣。我不喜歡他的眼睛。圓圓的，像是冷冰冰的藍色貓眼。每當他出現在電視上的時候，我總覺得我可以聞得到他的味道，那讓我的尾巴感到刺痛。他散發出灰塵和酸掉的牛奶味。不過，那怎麼可能？你不可能聞得到電視上那些人類的味道！

白天的電視節目實在太糟糕了。我想，這是一個公共頻道之類的。我真希望我可以轉台。

我覺得我應該要有自己的電視節目，事實上，這會很有趣。我會把它叫做和奧莉薇亞聊聊近況，我會在節目裡描述我那一天吃的每一樣東西。我會聊關於我的愛以及她那雙老虎般的眼睛和她優雅的步伐。我也會探討打盹的種類和品質，因為打盹的形式實在太多了。短暫而深入──我把這種打盹叫做「許願井」。至於那種很淺的打盹，就像半睡半醒，不過卻可以持續好幾個小時的──我稱之為「滑板」。還有一種則發生在電視機前面，當電視正在播出一個好的節目（不是我的這個節目）時，你雖然進入了劇情，但也同時睡著了──這種就叫做「耳語者」。另外一種是你被撫摸到睡著了，你所發出的咕嚕聲和大地深沉的聲音混合在了一起……這種打盹的形式，我還沒有想到要如何命名。不過，每一種形式都很棒。

總之，我覺得能把我的經驗和所有寶貴的想法分享出來會很好。就好像我現在正在做的一樣，只不過是透過視覺的媒介，因為我是很上鏡頭的。

## 泰德

我好想念蘿倫。現在，第一個震撼已經結束了，我當然知道，她不可能是謀殺者。這並不是說她不會殺人，而是她無法殺人。她沒辦法出去。她要怎麼設置那些陷阱？在我不知道的情況之下把它們擺在那裡？不，不可能是蘿倫。她之所以把自己的名字寫在清單上面，是為了讓我感到沮喪。她總是喜歡那樣。

她得要暫時離開，直到我弄清要拿她怎麼辦為止。

等我再度要和蟲蟲先生見面時，我已經瘦了好幾磅。我在發抖，不過，我還可以在街上行走，不會步履蹣跚。那很好。我有一些問題要問。

在他把門關上之前，我差點就要開始講話了。

「我開始看這個新的電視節目，」我說。「一個很棒的節目。」

蟲蟲先生清了清喉嚨。然後挑剔地將他的眼鏡推到鼻梁上。他那副四方形的眼鏡有很厚的黑框，可能很貴。我很好奇他的生活是什麼樣子，對於一整天都要聽別人談論他們自己，他有沒有感到厭倦過。

「就像我之前說過的，如果你想要把我們的時間花在談論你所看到的電視節目——那也是你的時間。不過——」

「這個節目是關於一個女孩，」我說。「一個少女，她有這些，嗯，傾向。我的意思是，她很暴力。她喜歡傷害人和動物。她有一個很愛她的母親，而那個母親總是試著要保護她，避免她殺害別人。有一天，那個母親把她弄傷了，這樣一來，她就再也不能走路。我是說，那是一個意外，那個母親不是故意的，不過，那個女孩卻因此而恨她。她認為她母親是刻意這麼做的。在我看來，這很不公平。總之，因為殘障，所以那個女孩必須住在家裡。但她一直試圖要殺了她母親。那個母親窮極一生要掩飾她女兒的暴力傾向，並且在隱藏她的本性時保護著她。」

「聽起來很複雜。」蟲蟲先生說。

「我很好奇——如果這種事情發生在現實生活裡的話，那個母親可以做些什麼，來讓她的女兒變好一點？讓她不會做出暴力的行為？還有，這是遺傳嗎？我的意思是，是那個母親惹她生氣的嗎？或者，那是來自於她自己內心？」

「先天或者後天？這真是大哉問。我想，我需要多了解一點狀況。」蟲蟲先生說。現在，他用他那雙蟋蟀般圓鼓鼓的眼睛緊緊地盯著我。我幾乎可以看到觸角就在他的頭頂上晃動。

「呃，我不知道其他的事了。這個節目才剛開始，好嗎？」

「我明白，」他說。「你認為現在聊聊你女兒會有幫助嗎？」

「不會！」

他看著我。他的圓眼睛現在似乎變扁了，就像壞掉的錢幣一樣。「我們每個人內在都有一個怪物，」他說。「如果你讓你的那個怪物出來的話，泰德，它也許不會把你吃掉。」

突然之間，他看起來彷彿一個完全不同的人。一隻有毒的金龜子，而不是一隻無害的小蟲。我無法適度地呼吸。他是怎麼知道的？我一直都那麼小心。

「我不像你以為的那麼笨，」他安靜地說。「你把你女兒去人格化了。」

「那是什麼意思？」

「把她視為一個個人讓你難以承受，所以，你就把她的情緒說成是那隻貓的感受。」

「如果你幫不了我，你就直說。」我意識到自己在大聲吼叫。我深深地吸了一口氣。蟲蟲先生側著頭，定定地看著我。

「抱歉，」我說。「我太不禮貌了。我的心情不好。那個愚蠢的電視節目讓我覺得很沮喪。」

「你可以在這裡表達你的憤怒，這裡很安全，」他說。「我們繼續吧。」他又再度變得渺小而無害了。我一定是想像到了別的事情。他只是蟲蟲先生而已。

蟲蟲先生繼續聊著創傷和記憶，以及他慣常會說的那些話，不過，我並沒有在聽。我不斷在告訴他我沒有任何的創傷，但是他就是不聽。我已經學會在這種時候把他的聲音關掉。

我真希望我沒有對他發脾氣。我走神了，因而沒有得到我需要的答案。蘿倫讓我筋疲力盡。和一個企圖要殺了你的人住在一起真的很不容易。

電線桿上的傳單在風吹日曬的折騰下已經破舊不堪了。那個吉娃娃女士的臉逐漸變成了鬼魅般的存在。我看也不看地經過她家，我很害怕那棟房子可能會回視著我。我不由自主地抓緊了我從蟲蟲先生那裡拿到的那只棕色的小紙袋。

## 奧莉薇亞

窗戶一片漆黑，沒有星光，也沒有月亮。泰德出去了。這有多久了？兩天？三天？我覺得這有點不負責任。

廚房裡，我碗裡的生物毫無活力地在翻動。好吧，我不能吃那個。我從滴水的水龍頭上舔了幾口水。牆壁裡有什麼東西匆忙逃跑了。我好餓。

當然，我可以做點什麼來獲取食物……我嘆了一口氣。我不喜歡讓他出現，除非必要。我是一隻和平的貓。我喜歡陽光灑下的斑點，有時候也喜歡蹭來蹭去，還有在樓梯扶手上把爪子磨利的那種舒服的感覺。我是泰德的貓，我試著要讓他高興，因為上帝告訴我要這麼做，而那也是你會在一段關係中所做的事，不是嗎？我不喜歡殺戮。可是，我好餓。

我閉上眼睛，立刻就感覺到他了。他總是在等待，總是蜷縮在我的腦海深處，彷彿一灘黑色的墨水。

現在，輪到我了嗎？他問。

是的，我不情願地說。輪到你了。

我是泰德的貓，可是，我有我的另一種天性。我可以讓那一面主導一會兒。也許，我們內在某個地方都有著一個野性、秘密的自我。我的那一面就叫做黑夜。

他很俐落地起身。他是黑色的，就像我一樣，不過，他的胸前沒有白色的條紋。其實很難分辨，因為他是我的一部分，不過，我覺得他的體型比較大。也許，就像一頭山貓。那也很合理。他是記憶中我們曾經有過的模樣。他是一個殺手。

現在，我對他說：狩獵吧。

黑夜用他粉紅色的舌頭撫過尖銳的白牙。他踩著優雅的步伐，從黑暗中走了出來。

我發出了乾嘔。不知道為什麼，我現在正在浴室裡。浴室門是打開的，我可以看到走廊上的天光。外面依然一片漆黑，東方還沒有露出粉紅色。

我面前的磁磚上有一疊血淋淋的骨頭。它們被啃得很乾淨。我的肚子裡撐滿了肉。我懷疑那是什麼動物。也許是一直都在廚房牆壁裡唱歌的老鼠。也可能是一隻松鼠。閣樓裡有一個窩巢。有時候，我會聽到牠們發出的唧喳聲，以及跑過樑柱的聲音。我覺得牠們是松鼠，不過，也有可能是鬼魂。我從來不去閣樓。那裡沒有窗戶，而我只喜歡有窗戶的房間。黑夜就不在乎那種事情。

想到鬼魂就讓我沮喪，也讓我感到詭異。我面前這坨亂七八糟的東西看起來再也不像是老鼠的殘骸。這些骨頭看起來彷彿一隻人類的小手。

不知道什麼東西在天花板裡爬過。那聲音聽起來遠超過一隻松鼠的重量。我以最快的速度飛奔下樓，讓自己躲進我那溫暖的箱子裡。

泰德不知道有關黑夜的事——我是說，他無法分辨我們。我顯然無法向他解釋，因為我們之間有語言的障礙。而且，我要怎麼說？黑夜是我的一部分；我們是同一個身體裡的兩種天性。我想，這是貓的本性吧。

漫漫長夜還沒有過完，我依然感覺飢餓。

又輪到我了嗎？

輪到你了。

黑夜再次出動，他的步伐散發著喜悅。

## 泰德

那個金髮女子答應了。我好驚訝。你會以為她應該會更謹慎的。不過，我想，人們很信任別人。我們一整夜都在和對方通訊。真高興可以遇到一個和我一樣喜歡大海的人，她這麼寫著。對此，我也許沒有百分之百誠實，不過，當我們見面的時候，我會對她解釋的。

可是，我們要在什麼時候、什麼地方見面？我要穿什麼？她真的會來赴約嗎？這些問題一旦浮現之後，一切都變得可怕了起來。我低頭看著我的衣服。我的襯衫真的很舊了。那是我曾經工作過的那家汽車工廠的制服。原本的赭紅色已經褪色到幾乎變成了粉紅，它就像棉花一樣柔軟，有些地方甚至已經薄如紙張了。當然了，襯衫的胸口還有我的名字。這樣很方便，以防我忘了自己的名字，哈哈。不過，我覺得女人不會喜歡這件襯衫的。我的牛仔褲在歲月侵蝕下變成了灰色，上面還有深色的斑斑污漬，也許是番茄醬吧，我猜。雖然兩邊的膝蓋上都有破洞，但看起來卻一點都不酷。所有的東西都褪色得很厲害。我渴望有些色彩，就像我美麗鮮豔的橘色地毯一樣。

那個女人的藍眼睛和金髮讓我覺得自己糟透了。她怎麼能讓我經歷這一切？她為什麼挑中我來聊天，還要見面？我已經可以想像得到，當她看到我的時候會有什麼表情。她會轉身就走嗎？

媽咪和爹地從他們銀色的相框裡面看著我。那只相框很重，是紋銀的。我一直都在拖延這件事，不過，是時候了。我小心地把媽咪和爹地的照片取出來。然後在上面印下一吻，再把它捲起來，妥妥當當地把它塞進那個音樂盒的深處。那個損壞的小芭蕾舞孃躺在她的音樂棺材裡，一動也不動。

在媽咪走了之後，我學會了如何典當東西。銀湯匙；爹地的爹地給他的懷錶。現在，它們全都不在了。屋子裡到處都有光禿禿的補丁和空蕩蕩的地方。那個相框是最後一件了。

那間當舖陰暗地矗立在溫暖又佈滿灰塵的街上。店裡的那個人付錢給我，拿走了那個相框。那比我所需要的要少很多。不過，也只能這樣了。我喜歡這種地方，因為這裡的人不會多問。那些鈔票在我手中讓我的感覺很好。我試著不去想媽咪那張褪色的臉孔此刻正在注視著音樂盒幽暗的深處。

我往西走，直到我看到一家櫥窗裡展示著衣服的商店，於是，我走了進去。這裡有很多東西。桿子、傳單、餌料盒、橡膠靴、槍、子彈、手電筒、手提爐子、帳篷、淨水器、黃色的褲子、綠色的褲子、紅色的褲子、藍色的襯衫、格子襯衫、T恤、亮面夾克、大鞋子、小鞋子、棕色的靴子、黑色的靴子……我很快地打量了一下。我的心臟跳得太快。太多東西了。我無法選擇。

櫃檯後面的男子穿了一件棕色的格子襯衫和一件棕色的牛仔褲，搭配了一件綠色的外套，不過沒有袖子。他和我一樣都留著鬍子，甚至還有點像我，那讓我有了靈感。

「我可以買那些衣服嗎？」我指著他問。

「什麼？」

我是個很有耐性的人，所以，我重複了一次。

他說：「我穿的這些嗎？算你今天走運，這些我們都有存貨。我想，我搭配得不錯吧，哈？」

我並沒有特別喜歡他的衣服。不過，只要我不用穿著上面印有我名字的襯衫去約會就好，因為那活像幼兒園的孩子一樣。

「我要買你身上穿的那些，」我說。「如果你把它們脫下來的話。」

我的話讓他的脖子變粗，瞳孔縮小。哺乳動物在生氣的時候看起來都一樣。「聽著，老兄——」

「開玩笑的，」我很快地說。「嚇到你了，老兄。嗯，你有賣洋裝嗎？也許不同的顏色？例如藍色的？」

「我們賣的是戶外用品。」他沒好氣地看著我。看來，我似乎搞砸了。他不發一語地從貨架上取來衣服。我沒有試穿；直接把錢扔在櫃檯上就走了。

我提早到了那個地方，然後在吧檯找了一個位子坐下。我的兩邊都是開卡車維生、穿戴著卡車司機帽子或皮衣的人。我這一身新衣服，讓我看起來就像他們的同類，那就是我為什麼喜歡這個地方的原因。融入人群中的感覺很好。

這間酒吧就在高速公路出口，後面還有一排排的長凳。他們也烤肉。我覺得這樣很好，因為最近實在太熱了。他們把燈光吊在樹上，看起來很賞心悅目。女人就喜歡這種東西。不過，我很快地發現不應該約她在這裡見面。今晚在下雨——一場悲慘的熱雷雨。每個人都被迫坐在室內。而一旦沒有了那些長凳，沒有了溫暖的傍晚，沒有了樹上的那些燈，這個地方看起來就完全不同了。除了偶爾的打嗝聲，四周一片安靜。沒有音樂，頭頂上亮得刺眼的日光燈，在散落著空酒杯和啤酒罐的金屬桌上，投下了令人目眩的亮光。泥濘的靴子在油氈地板上留下了濕滑的痕跡。我原本以為這裡很有氣氛，你知道的，可是現在，我發現這個地方並不理想。

我點了一杯深水炸彈。吧檯後面有一面鏡子，那是我選擇這個地方和這個座位的另一個原因。因為我可以完美地看到酒吧大門。我的新衣服讓我發癢，不過，至少它們上面沒有我的名字！

她走了進來，身上已經被雨淋濕了。我立刻就認出了她。她看起來就和她的照片一樣。奶油色的頭髮、溫和的藍色眼睛。她四下張望著，當她環顧四周的時候，透過她的眼睛，我也把酒吧看得更加清楚。她是這裡面唯一的女子。酒吧裡有一股味道；我之前並沒有注意到。有點像是需要清潔的倉鼠籠——或者老鼠籠，也許吧。（不。不要想到那個。）

她走到一張金屬桌旁邊坐下。看來，她比大部分人都樂觀，也或許是更絕望。有時候，當她們看到資料檔案裡的那個亮著一口潔白牙齒、笑容燦爛的男人沒有在等她們的時候，她們就直接離開了。（我沒有用我自己的照片；我很快就學會了教訓。我是在某家會計公司的網站上找到我要用的照片。照片裡的那個男人假裝在簽署一份資料，不過，也同時笑看著鏡頭，露出了一口潔白的牙齒。）她向那個疲憊的女服務生點了一杯蘇打水。樂觀又具有常識。她的頭髮垂下來，將她的臉頰擋在波浪般的金髮裡。她穿了一件藍色的洋裝。有時候，她們會穿牛仔褲或者格子襯衫前來赴約，那不是我喜歡的。不過，這名女子做出了正確的選擇。那件洋裝並不飄曳，那不是一件薄紗洋裝，而是用某種比較厚的布料剪裁而成的，類似燈芯絨或棉布，腳上則穿了一雙靴子，而非涼鞋。雖然不是薄紗洋裝，不過，整體而言也很接近了。

在我們交換訊息的時候，我很小心地安排了這一切。我談到那位女歌手的專輯——那張叫做藍色的專輯。我告訴她，那是我最喜歡的一張專輯。而且，我也喜歡藍色，因為那是我女兒眼睛的顏色。當我們的對話逐漸增溫時，我告訴她，我之所以喜歡藍色，是因為她的眼睛也是藍色的。我是這麼寫的，就像一片平靜、溫和的大海。我只是在說實話，她的眼睛很溫和。當然，她很喜歡我這麼寫。

「我們見面的時候，我們何不都穿藍色的衣服？」我又寫道。「這樣，我們就可以認出彼此。」她覺得這是個好點子。

我的法蘭絨襯衫是棕黃色的。我還戴了一頂綠色的帽子。就連我的牛仔褲都是棕色的。我無法忍受她做出和第一個女人一樣的反應——進門，看了我一眼，然後就走出去了。所以，我騙了她。我覺得很不好受。不過，等一下當我走過去的時候，我會解釋的。就像我也會解釋我真正需要的是一個朋友，而不是一場約會。我會道歉，然後，我們會對此一起開懷大笑。或許我們不會。這些壓力都讓我的頭在轟隆作響。

她看著她的手機。她認為我不會來赴約了。或者應該說，那個有著一口潔白牙齒的男人不會來了。不過，她還是繼續等待，因為過了約定的時間還不到二十分鐘，而你向來都會給遲到的人二十分鐘的時間，這是普世的原則。而且，希望總是最後死亡的東西。也許，她只是在暖身，準備重新回到滂沱的大雨之中。她愁眉苦臉地啜飲著那杯蘇打水。那不是她慣常會喝的飲料。我又點了一杯深水炸彈。幾乎快可以走過去了，我告訴自己。我只需要喝完這杯飲料給自己壯膽。

在整整過了三十五分鐘之後，她站了起來。她的眼睛因為失望而變小。讓她如此傷心，我覺得很糟糕。我想要起身阻止她，但是，不知怎麼地，我沒有那麼做。我從鏡子裡看著她把一條藍色絲質的東西圍在脖子上。對於一條圍巾而言，那東西太窄了，更像是一條緞帶或者一條領帶。她把一張五元鈔票放在桌子上，然後離開了。她的動作十分果決，她的步伐也很快速。她走出酒吧，走進了彷如槍矛般垂直落下的大雨中。

酒吧大門在她身後關上的那一刻，我彷彿解脫了。我一口吞下自己的飲料，穿上夾克，跟了出去。我很抱歉自己讓她就那樣獨自坐在那裡，讓我的緊張擊敗了我自己。我想要把事情導正。我加快了腳步，在油氈地板上打滑著走出酒吧。我不能讓她走。我可以解釋，而她也會明瞭，我相信她會的。她的眼睛是那麼地善良，那麼地湛藍。我想像著我會幫她煮什麼菜。我會幫她煮我的巧克力咖哩雞。雖然並不是每個人都喜歡這道菜，但是，我打賭她會喜歡的。

我衝進了暴風雨之中。

雖然還是下午，不過，烏雲已經把一切都蒙上了一層陰影，讓時間看起來宛如黃昏。雨水像子彈一般地擊落在水坑裡。停車場裡停滿了卡車和廂型車，我無法看到她的蹤影。然後，我看到了，就在停車場的遠端，她就坐在一輛亮著溫暖車燈的小車裡。她的臉被雨水打濕了，或者她是在哭泣。她的駕駛座車門還沒關上，彷彿直到現在，她都還沒有決定要離開。她調整了一下圍繞在她脖子上那個藍色的東西，翻找了她的皮包，找出了一包面紙。她擦乾臉頰，又擤了擤鼻涕。她的姿態和勇氣都讓我十分感動。她毫不畏懼地出來和我見面——生活卻將她擊倒了，因為我並沒有出現——而我卻只是看著她。她正在擦拭自己的臉，準備重新振作起來。那是奧莉薇亞或蘿倫可以依靠的那種人。我正在尋找具有這種特質的朋友。一個會照顧她們的人，如果我消失的話。

我低下頭，走入滂沱的大雨之中，然後沿著停車場裡成排的車子走向她。

# 迪

「你說你會幫忙的。」泰德說。

「什麼？」週日一早，泰德就出現在迪的前門台階上。她的心臟開始轟隆作響。在那一刻，她相信他知道她是誰，以及她為什麼在這裡。鎮定下來，迪迪，她告訴自己。沒有人會在一個灰濛濛的週日早上遭到謀殺。可是，人們當然會在週日早上被殺。她打了個哈欠掩飾自己的恐懼，又搓搓眼睛以驅除睡意。

泰德動了動他的腳。他的鬍子看起來比平時更濃密、更紅，皮膚更蒼白，眼睛更小、更矇矓。「你說過，如果有什麼我做不了的事，呃，因為我手臂受傷，你就會幫我。也許你不是認真的。」

「當然是，」她說。「怎麼了？」

「這個罐子，」他說。「我打不開。」

「給我。」迪用力轉動蓋子，蓋子很快就打開了。那個空罐子裡面是一張紙條。上面用工整的粗體字寫著：我們出去喝一杯吧。

「真可愛。」她說。她面無表情，不過思緒卻在飛奔。

「我是指以朋友的身分，」他很快地說。「今天晚上？」

「喔。」她回應道。

「因為，我常常不在。」

「噢。」迪說。

「我可能很快就會開始多花一點時間在我的週末去處。」

「小木屋？」迪說。

「類似吧。」

「在湖畔吧，我猜。」她的心臟又在劇烈跳動了。「那是個很不錯的地方。」

「不是，」他說。「你不會知道那個地方的。」

「那麼，我們最好在你消失之前去喝一杯吧。」

「我會在101號高速公路出口的那間酒吧和你碰面，」他說。「晚上七點？」

「好啊，」她說。「我會到那裡和你碰面。」

「酷，」他說。「太棒了。莎喲娜拉！」當他朝著她退開時，他的步履有點蹣跚，以至於差點跌倒，不過，他及時穩住了腳步。

「好吧，」她進到客廳時對著自己說道。「我有約會了。」

那隻黃色眼睛的貓抬起頭來。她和迪彼此了解。她們誰也不喜歡被碰觸。

迪說：「看來就是今晚了，得在他把那扇窗戶修好之前。」她不知道她這麼說是企圖在說服誰。搞定吧。

下午六點半，在幾近黑暗的銀色天光下，迪蹲在她客廳那扇被百葉窗遮住的窗戶旁邊，監視著泰德的屋子。這樣的光線讓客廳罩上了一層絲絨的質感。看起來既神秘又特別。她等待著，就在她的腿抽筋之際，她聽到隔壁傳來三道鎖轉動的聲音。後門打開，然後又關上。三道鎖再度轉動。隨著泰德的腳步聲逐漸遠去，她聽到他的卡車發動了。她等了五分鐘，才顫抖地扶著牆壁起身。她無聲無息地從她的後門走出去，跨過圍籬，走進泰德的後院。院子裡叢生的蒲葦草讓人無法從巷子裡看到她。不過，她的動作最好還是快一點。她走到泰德客廳後方的窗戶，然後從外套口袋裡拿出一把錘子。她將釘子從覆蓋著窗戶的夾板上撬起來。釘子發出了頑抗的刺耳聲，不過，至少那塊夾板已經鬆了，於是，她一把將夾板扯開。這扇窗戶上的插銷已經生鏽了。她上次進屋時就留意到了。他一定是在把窗戶封起來之後，忘記插銷的問題了。她把窗框往上推。油漆的碎屑掉落在她的手上，彷彿雪花或者飄落的灰燼一樣。

讓我進去——讓我進去。只不過，窗邊的鬼魂現在已經換成了迪。她把一條腿跨過窗台。一旦進入室內，她立刻就強烈地感覺到被監視了。她站在綠色的客廳裡，呼吸著蒙上灰塵的空氣，然後，讓自己的眼睛適應黑暗。泰德的屋子有一股濃濃的蔬菜湯和陳年廢氣的味道。如果悲傷也有氣味的話，應該就是這樣的味道吧，她心裡想。

「過來，貓咪，貓咪，」她輕聲地說。「你在那裡嗎，貓咪？」沒有什麼動靜。她告訴自己，當她離開的時候，應該要把泰德的貓一起帶走。對那可憐的小傢伙來說，這裡毫無生活可言。有很短暫的一瞬間，她感覺到客廳的角落裡，有一雙發亮的眼睛正在看著她，不過，那只是反射在一個盒子上的街燈而已。那個凹陷的銀製盒子是沾滿灰塵的壁爐架上唯一的東西。壁爐架上有一塊沒有被灰塵覆蓋的地方，彷彿有一只相框還是什麼最近曾經被放在那裡過。

她很快地展開行動；時間不多了。她穿過客廳，來到廚房。那座冰櫃是打開的，冰櫃的門就靠在牆壁上。放眼所及，她沒有看到任何的地下室。她掀起地毯往下看，小心翼翼地踏了踏地板，試著找出一扇活板門。

她往樓上走去。地毯只鋪到二樓的樓層平台，沒有地毯的地方則是堆積著灰塵的地板。迪轉過身，側身經過那座矗立在冷空氣裡的大型衣櫥。衣櫥被鎖上了，上面也沒有鑰匙。沒有閣樓。

在那間比較大的臥室裡，購物袋沿著牆面堆放。衣服把袋子都塞爆了。還有一座櫥櫃，裡面除了一只壞掉的衣架之外，什麼也沒有。屋裡的狀況看似泰德好像才剛搬進來一樣，不過，這一團混亂散發著一種永恆的氛圍。這裡一直以來就是這樣，而且也將會繼續如此。

床並沒有整理過，上面的幾條毯子依舊停留在它們被踢開的那一刻。床單上散落著一把一分錢的硬幣。當迪往前靠近時，她發現那不是一分錢，而是一些深色的污漬或者什麼的。她讓自己聞了一下。陳年的鐵鏽味。血。

浴室和她記憶中的一樣，寥寥無幾的傢俱，一塊裂開的淺色肥皂、一把電動刮鬍刀，還有幾管藥局的黃褐色藥罐，裡面裝了各種不同的藥。水槽上有一片空白的牆壁，想必以前曾經掛著鏡子。她應該要拍照的，她默默地想，但是，她並沒有帶手機或者相機。她試著把這一切都記在腦子裡。她的脈搏在狂跳。

另外一間臥室裡有一張辦公椅和書桌。沙發上有粉紅色的毯子，牆壁上則畫著許多獨角獸的圖案，畫工的水平看起來有些參差不齊。這間房裡的櫥櫃也被鎖住了，只不過這裡的鎖是由三個數字構成的密碼鎖。迪彎下腰檢視著它們。隨即伸手輕輕地觸摸著其中一個密碼鎖的數字。

樓下的一片木板發出了一聲嘆息，讓迪的心臟彷彿被揪住了。有什麼東西在牆壁裡疾馳而過，她不由自主地發出尖叫。然而，她的尖叫聲一出口就化成了屏息。那些老鼠加速地跑過。事實上，那些聲音聽起來比老鼠還要大。也許是大型的家鼠。她靠在牆壁上，盡可能地要在加速的脈搏下好好思考。泰德會在酒吧裡獨自等多久？她想像著他回到家，站在黑暗裡，看著她。她想起他那雙茫然的眼睛和強壯的手腕。她應該要走了。

她躡手躡腳地下樓，每一秒都預期著鑰匙開鎖的聲音響起。她的呼吸變得急促，像在輕微地打嗝一樣。她覺得自己可能就要暈倒了，然而，這種前所未有的感覺也同時讓她感到興奮。迪瞥見一道陰暗削瘦的身影，正在從客廳的角落裡看著她，這讓她的心跳瞬間停止了一秒鐘。

「過來，貓咪，貓咪，」她小聲地說，企圖要打破室內沉重的沉默。「你要告訴我你在哪裡嗎？」然而，那個角落裡除了陰影和灰塵，什麼也沒有。那隻貓若非已經溜走，就是從來都沒有在那裡過。迪走向那扇窗戶，當那條醜陋又不顯眼的藍色地毯在她的腳下打滑時，迪發出了沙啞的叫聲。她爬出窗戶，因為頭撞到窗框而發出了詛咒，最後，她鬆了一口氣地把窗框拉下來，讓那幢房子在她身後再度封閉起來。夜裡的空氣既甜美又輕柔，漸趨黑暗的天空真是太美了。

她用顫抖的手抬起夾板。原本的釘子已經彎曲、生鏽、沒有用了。迪輕輕地把那些釘子拆下來。再用她口袋裡的釘子把夾板釘回原位。那些釘子既光亮又尖銳，那是從五金行新買回來的。釘夾板的聲音讓她聯想到了棺材，她立刻搖搖頭。沒有時間可以浪費了。她必須要精準地把新的釘子釘在舊的釘孔裡。她得要快一點，得在沒有人經過、沒有人聽到釘東西的聲音或者看到她從夜裡的爬藤中跌跌撞撞跑出來之前完成這件事。

她得要立刻離開。

當她回到自己的屋裡時，她發現她渾身都在顫抖，彷彿發燒了一樣。事實上，她真的感覺到冷。她點燃那個燒柴爐，蜷縮在爐邊，任憑抽筋和寒冷將她攫住。過去，當這種狀況發生時，她曾經以為自己生病了。不過，她後來慢慢了解到，這是她身體減壓的一種方式。

露露不在那幢房子裡。迪發現自己一直都想像著她妹妹就在附近。想像著她的呼吸就在旁邊。她甚至希望她妹妹能被囚禁在那裡。這樣的想法似乎並不公平，但囚禁至少代表她妹妹還活著。她覺得喉嚨似乎被切開了。她試著要整理思緒。如果露露不在那裡的話，她一定在別的地方。

「那個週末去處。」迪小聲地說。那就是答案，一定是。

她闔上雙手放在自己的嘴前面，低聲地對著掌心說話，同時看著柴爐玻璃後面因為溫度升高而變成了紅色的火焰。

我來了，她向她的妹妹保證。

## 奧莉薇亞

當那個聲音又響起的時候，我正在窗邊，尋找著那隻虎斑的身影。那就好像是綠頭蠅一樣，只不過更加地尖銳，彷彿有一根小針在我的腦袋裡。我衝過屋內。那個細小的聲音不停地發出哀叫，不停地在刺著我。我咬開一只沙發墊。又在臥室裡抓開一顆枕頭。它到底是從哪裡來的？

我把錄音帶重新播放一遍。我可以清楚地聽到那個刺耳的聲音也出現在帶子裡。這麼說，它不只是在我的腦子裡。它是真的。我有一種鬆了一口氣的感覺，不過，同時也完全不覺得輕鬆。我得要追根究柢。我想，我可以當個好偵探，你知道的，就像電視上演的那樣，因為我很有觀察力，而且——

最可怕的事情剛剛發生了。

我只是坐在這裡，抓著我的頭，試著要把那個刺耳的聲音從我的耳朵裡抓掉，就在那個時候，我聽到了鎖孔裡重複地發出鑰匙轉動的喀噠聲。那把鑰匙試了幾次，才插進了鎖孔。咚。前門的鎖一道一道地打開了。咚、砰。天哪，我心想，他這次真的醉得太厲害了。

「嘿，蘿倫，」他叫道。我發出咕嚕聲，然後朝著他小跑而去。他搓了搓我的頭，又搔了搔我的耳朵。「抱歉，貓咪，」他說。「我忘了。奧莉薇亞。」哇，他吐出來的口氣。

我希望你不會靠近任何明火，我告訴他。我總是在腦子裡和泰德說話。誠實很重要，即便他完全聽不懂我所說的每一個字。

他跌跌撞撞地走進屋裡，親吻了正從玻璃後面瞪著前方的那對父母，然後坐到沙發上。他半閉著眼睛。「她沒有來，」他說。「我等了一個小時。每個人都在看我。這個倒楣鬼坐在一間酒吧裡。一間酒吧裡。」他重複了酒吧兩個字，彷彿這是最糟糕的一部分。「只有你在乎我。」他用一隻潮濕的手掌拍拍我的頭。「我愛你，貓咪。你和我一起對抗這個世界。放我鴿子。那是什麼鬼決定？」他嘆了一口氣。那個問題似乎讓他很疲憊。他閉上眼睛。他的手垂落在他身旁，掌心向上，手指鬆散地蜷曲，彷彿在懇求一樣。他的呼吸越來越沉，緩緩地從他的肺裡進出。他睡著的時候看起來比較年輕。

在我們身後的走廊裡，前門在傍晚的微風中輕輕地搖晃。他沒有把門關好。

我跳下來。那道光束今天很纖細，是一種時尚的紫色。我走到門口，感覺到我的脖子在縮緊。當我來到門檻時，我依然還可以呼吸，不過，只是勉強而已。亮白的光線讓敞開的門口彷彿在燃燒一樣。一隻手重重地落在我的頭上。泰德笨拙地撫弄我的耳朵。他並沒有睡得太沉。

「嘿，」他說。「想要出去嗎，貓咪？你知道那很危險。外面很恐怖，你應該要待在安全的地方。不過，如果你想……」

我沒有要出去，我說。上帝告訴我不要出去，所以我就不會出去。

他笑了。「首先，我們得讓你看起來漂亮一點。幫你化妝。」

我開始往後退開，我知道這種氛圍，但是，他用強壯的手抓住了我，像一把虎頭鉗似地，把我抓到他旁邊。他鎖上門，咚、咚、咚，然後把我帶到廚房，世界在他不穩的腳步下都傾斜了。他從一個高處的櫥櫃裡拿出了一個東西。那把大刀發出了閃閃的晶光。當刀子劃過空氣時，我可以聽到輕微的颼颼聲。我開始奮力反抗，企圖要用爪子和牙齒去抓他。

他擰住我頸背的毛，一把將之拉了起來。那把刀子在劃過的時候發出了一道輕柔美妙的聲音。我那絲質般的黑毛一撮一撮地飛散在空氣裡。他打了一個噴嚏，然後繼續從我的脖子、背上和尾巴尾端割下一坨一坨的毛。他抓住我和那把刀，同時又揪住一撮毛，等於是在同一時間裡做了三個動作。他喝醉的時候精神就會集中。

然後，一切都停止了。抓住我的那隻手臂僵住了。泰德的表情凝結，他的眼神也不知去向。我從他的掌握中溜掉，小心翼翼地避開距離我脊椎上方只有一吋的刀子。我讓他站在廚房裡，手裡緊緊握著那把刀子，彷彿一尊雕像一樣。空氣裡飄散著一簇簇蓬鬆柔軟的毛。

我很快地從他身邊跑開。那道光束跟著我，此刻，黃色的光線纖細得有如一根鞋帶。被剪短毛髮讓我感覺到了冰涼的空氣。我可以原諒他攻擊了我的尊嚴和情感。上帝會希望我原諒他。然而，有些事是有限度的。他不應該拿我的外表開玩笑。我非常、非常地生氣。原諒我，上帝，但是，他只是一個自私的人渣。泰德必須要知道，他的行為是會導致一些後果的。

我走到客廳，跳到書櫃上。我把那瓶波本酒推下櫃子。酒瓶掉到地上，化成了數以千計美麗的碎片。那股酒臭味濃烈得有如瓦斯一樣，我的眼睛都被醺濕了。那讓我瞬間想起了某個不愉快的回憶，也許是我的某個夢境，在那個夢境裡，我被鎖在一個黑暗的地方，還有一個謀殺者把強酸倒在了我身上……這個記憶讓我的尾巴不自主地擺動了起來。

我又跳到壁爐架上，把那個怪物般恐怖的胖娃娃撞到地板上。她在一聲巨響下砸到地上，把她肚子裡的一堆小娃娃都掉了出來。他們全都碎在了地上。這是一場大屠殺。我試著要把那對父母的照片也撞下去。我知道我不會成功，不過，我就是控制不了我自己。我是一個樂觀主義者。我不知道他做了什麼，怎麼能讓那個相框牢牢地站在上面——用膠水黏住了嗎？銀色相框裡的那些松鼠看起來比以前更像一顆顆的頭顱。那個相框是銀製的；我很驚訝泰德居然沒有把它賣掉。也許他也移動不了那個相框吧！

算了，我有其他的點子。我很快地上樓來到他的臥室，然後跳進他的櫥子裡，在每一雙鞋子的其中一只上尿尿。

我知道上帝不會喜歡我這麼做，但是，我必須要取得正義。

現在，泰德在叫我了，但是，我不會去找他，雖然他的聲音裡充滿了黑色的尖刺。

## 泰德

我回來了，在一股撞擊的力道之下——氣喘吁吁地，彷彿肚子被揍了一拳一樣。我緊握著一把刀。那是一直被我藏在廚房那個高櫃後面的那把大刀。除了我之外，沒有人知道它在那裡。刀刃很寬，表面上閃爍著一層亮光。灰色的天光在長長的刀身上跳舞，讓刀子的邊緣散發出邪惡的光芒。它最近才被磨利過。

「不要急，小泰迪。」我低聲地說。這樣的押韻讓我發笑。

從最基本的開始吧。我在哪裡，現在是什麼時候了？在哪裡很容易弄清楚。我檢查了一下客廳。橘色的地毯，明亮又愉快。音樂盒裡的芭蕾舞孃驕傲地挺立在她的舞台上。夾板上的那些洞灰撲撲的，填滿了雨水。好，我知道了。我在家，在樓下。

要分辨什麼時候就稍微困難一點。冰箱裡面有半加侖的牛奶，變黃變酸了。一罐醃黃瓜。除此之外，就是一個白色的空間。垃圾桶裡有十六個空罐子。也就是說，當我不在的時候，我吃掉、喝掉了所有的東西。不過，我渾身上下卻驚人的整潔。廚房也很乾淨。我甚至聞到了漂白水的味道。

「貓咪。」我叫喚著。奧莉薇亞沒有過來。我滿腦子都是不好的念頭。她生病了，或者死了？後者為我帶來了恐慌。我讓自己慢慢地呼吸。放鬆。她只是躲起來了。

這次，我失去了好幾天的時間。我猜，三天吧。我檢查了電視。幾乎快中午了。所以，或多或少就是三天左右。

我在屋子裡四處走動，確定櫥櫃和冷凍櫃上的鎖都還在上面，也檢查著所有的東西。我不在的時候，家裡的一些東西被我破壞了。我抓壞了橘色的小地毯，把媽咪的俄羅斯娃娃摔成了碎片。當我檢查我的壁櫥時，我發現我有些鞋子濕了。下過雨嗎？我是涉水過河還是做了什麼？或者走進湖裡了，我的腦子小聲地說。我很快地抑制了這個想法。我需要喝一杯，不過，很顯然地，波本酒也被我打破了。算了。我拿了一瓶新的酒和一條醃黃瓜。

當我在吃的時候，我把醃黃瓜掉到了地上。就在我彎身要把它撿起來時，我看到了一道白色的亮光。冰箱底下有個東西。我知道那是什麼。它不應該在那裡的。

閣樓裡傳來啜泣的聲音。是那些綠色的男孩。他們最近都很安靜，可是現在，他們卻在製造騷動。「閉嘴！」我大吼了一聲。「閉嘴！我不怕你們！」可是，我怕。我深怕有朝一日，我會在閣樓裡醒來，被那些綠色的男孩和他們長長的手指包圍，然後，我會緩緩地消失，變成了綠色。我把那只白色的人字拖從冰箱底下勾出來，將它丟進垃圾桶裡。它帶有不好的回憶，就像被真菌爬滿了一樣。

我沒有把那把刀放回高櫃子裡。我在*夜色的覆蓋*下，將它埋在了後院。這不是一個很棒的表達方式嗎？那讓夜晚聽起來彷彿一張溫暖的毛毯，毛毯上面還佈滿了星斗。我在一棵接骨木底下找到了一個好位置。

我依然很沮喪，因此，我在電視機前面又吃了一條醃黃瓜，然後緩緩地冷靜了下來。我不能在這個時候罷手。我想，那些女人並不是適合我的朋友，可是，我不是一個輕易放棄的人。

## 奧莉薇亞

泰德又離開了。說實在的，他最近真的很喜歡到處遊蕩。

那個噪音很嚴重。吱……。我的頭就像一個迴盪著聲音的洞穴。我非常需要指引。我用一隻貓爪把聖經推到地上。聖經砰地一聲掉落在地，同時也打開了。我閉上眼睛，等待著。掉落的聲響是如此巨大，讓我的耳朵都要炸開了。整棟房子似乎連同地基都震動了起來。還有爆裂的聲音，彷彿世界或天空正在崩裂一樣。它不斷地累積成一股尖叫，我不禁自問，一切就要結束了嗎？太恐怖了！好嚇人！

終於，當它開始消退時，我感到鬆了一口氣。我發誓，我覺得自己就像個鹽罐子。我得要坐上一會兒，才能讓我的胃感覺舒服一點。

我靠向聖經。映入我眼簾的詩篇是：

> 埃胡德伸出他的左手，從他的右腿抽出了那把刀，刺進他的腹部。刀柄也跟著刀刃一起陷入，脂肪包裹住刀子，因為他並沒有把刀子從肚子裡抽出來；糞便隨即也釋放了出來。

好吧，如果上帝總是把一切都說得非常清楚的話，那麼，信仰就沒有存在的必要了，不是嗎？那個刺耳的聲音還在繼續。它聽起來幾乎就像是一隻哭著求助的小蜜蜂。今天，一切都感覺不對勁，彷彿有人在惡作劇，趁著夜裡把所有的東西都往左挪動了一吋。

有人開始在客廳裡說話，我猜，是泰德為了我而讓電視開著。

「我們應該重新審視創傷，」那個聲音在說。「你知道他們是怎麼說的。走出創傷唯一的方法就是徹底正視它。兒童時期的虐待必須被挖掘出來，攤開在陽光底下。」

也許那個刺耳的聲音是來自於電視。我之前曾經檢查過電視，噢，不下百次了。不過，我得要做點什麼。那個圓滾滾的大俄羅斯娃娃從壁爐架上面無表情地瞪著我看。把那些小朋友關在它的身體裡面，讓它看起來比以前更快樂。那對父母從火爐上面那個可怕的相框裡往下俯視。走開，我低聲地對他們說，可是，他們從來都不走開。

當我看到是誰在電視上時，我停了下來，耳朵都貼平了。又是他。那對圓滾滾的藍色眼睛骨碌碌地轉。他認真地對著某個我聽不到的問題點點頭。房間裡瀰漫著那股味道——壞掉的牛奶和灰塵。我知道他只是螢幕上的一張圖片，不過，不知怎麼地，感覺上他就在這裡。我好整以暇地坐下來，舔著一隻貓爪。那總是可以讓我覺得好過些。我可以把這個節目主持得比你好太多，我對他說。你根本沒有魅力。

他露出一抹微笑，彷彿是在回答我。在那之後，我再也不想和他說話。我不知道為什麼——電視又聽不到我在說話。能嗎？不過，那股味道實在太濃烈了。那不像人類的味道，而像是冰箱裡的東西被取出來，在室溫裡放了太久的味道。

然後，我在走廊上聽到了。那是一個微弱的聲音，有人正站在前門外面。我無聲地靠近。我可以感覺到有人就在那扇門後面。一個男性人類。他沒有敲門，也沒有按門鈴。那他在做什麼？那股臭味從門縫底下滲入，四處流竄，侵襲著我敏感的鼻子。那和電視傳出來的那股味道一模一樣。不知怎麼地，那個電視裡的人類也在我家外面。這個節目一定是事先預錄的。

那個人類把氣吐在了大門和門框之間。然後深深吸了一口氣。他一定是把臉貼在了門的縫隙上。就好像他正在嗅著前門一樣。他可以聞得到我嗎？泰德不止一次地警告過我，外面有多麼的危險。我想這就是他所說的。這感覺很危險。那個人類宛如硬幣大小的藍眼睛正在從客廳裡、從電視上瞪著我。「每個人的內心裡都有一個怪物。」他說。

我需要躲藏起來，躲到某個黑暗的地方。我爬上樓梯，沿著二樓的地板而行。在我的頭頂上，閣樓裡的一個鬼魂把一根長長的指甲往下探到了地板上，我立刻就跑開了。

我飛奔到泰德的房間，衝到床底下。我仍然可以聽到樓下電視裡那個有名的人類在喋喋不休地談論有關人們對小人類所做的壞事，他正在對著空蕩蕩的房間發表長篇大論。或者，他是透過大門在說話？

當我感到憂慮時，我會做兩件事情。我會諮詢聖經、打破泰德的某一件物品，或者，我會去睡覺。好吧，是三件事。我不打算再度接近聖經。那太嚇人了。而我這個星期已經把那個俄羅斯娃娃打破過一次，也把那個音樂盒打破了兩次。對此，我覺得很難過。

所以，我需要好好地打個盹。我想，我也得要原諒泰德。過去幾天，我都沒有真的和他講過話。可是，今天是一個可怕的日子，連我的尾巴都變得很奇怪。我需要被撫摸。

我無法入睡。我不斷地翻身，不斷發出咕嚕聲，然後又閉上眼睛。可是，不管我怎麼做都覺得不對勁，而且，我那不安的尾巴也不讓我休息。

## 泰德

奧莉薇亞和我坐在沙發上，看著怪獸卡車登場。我有一點擔心奧莉薇亞。她似乎很緊張，不像她自己。這讓我很不安。奧莉薇亞向來都不會有什麼狀況。那就是貓的特點，不是嗎？他們不會把事情放在心裡。

也許這是我的想像，因為我今天實在太想念蘿倫了。我知道她待在她現在所在的地方會比較好，可是，對於為人父母的人而言，要和自己的孩子分開實在是很痛苦的事。我打了電話給她，但是她為了懲罰我而不接電話。我很受傷。這比傷害我還糟糕，我的心就像被一把老虎鉗給扒開了。

我對那個鄰居女士的事依然感到很沮喪。我並沒有認為我們立刻就會變成朋友。然而，我以為我們至少可以試試看。我很好奇，不知道她穿洋裝會是什麼模樣。那種走起路來會在她腳踝周圍飄逸的薄紗洋裝。也許是藍色的。可是，我坐在那間酒吧裡，等了又等，她卻沒有出現。我看起來很蠢。大體而言，尋找朋友這件事進行得並不順利。

奧莉薇亞先聽到了。她消失在了沙發底下。我過了一會兒才明白。那個聲音並非來自於電視——而是充斥在四面八方。巨大的引擎在接近。也許是挖掘機或者牽引機？聲音太大、也太近了。它們在這裡幹什麼？街道這頭只有兩棟房子，然後就是森林。可是，它們繼續前進，越來越近。我走到一個貓眼，看到它們轟隆隆地經過，死亡般的黃色，巨大的下顎上沾滿泥土。它們沒有停下來。它們經過房子，朝著樹林而去。一名男子從車廂裡跳下來，把大門上的鏈子解開。那個動作有一種不好的、來真的的感覺。他把大門推開，好讓那些機器通過。然後，那輛挖掘機和推土機又開始咆哮，朝著森林小徑呼呼而去。

我跑出前門，沮喪讓我幾乎忘記我身後的三道鎖（不過，我還是記得了）。那個鄰居女士和其他的鄰居正站在人行道上，看著兩輛挖掘機在恐怖的轟隆聲中隱沒在樹林裡。

「怎麼回事？」我問她。我實在太擔心了，以至於一時之間忘了她有多麼沒禮貌。「他們不能到那裡去。那是野生動物保護區。是受到保護的。」

「他們要在森林小道邊設置新的休息站，」她說。「野餐區。你知道的，這樣，更多健行的人和遊客就會到這裡來。嘿，今早，我收到一些你的郵件，因為投遞錯誤。你要我稍後送過去給你嗎？」

我不理會她說的話，直接跟在那些引擎後面，跑進了樹林裡。當我瞥見它們時，我遠遠地跟著。過了一哩左右，它們駛離了小徑，開始衝進灌木叢裡。樹苗因而斷裂和倒下。那就好像聽著孩子在尖叫一樣。它們正在距離那片林間空地不到三百呎的地方撕毀土地。它們今天還到不了林間的那片空地，但是，明天它們可能就會抵達那裡。一名穿著亮橘色夾克的男子轉身看著我。我友善地揚起一隻手，隨即轉身走開，試著看起來像個普通人。即便在我遠離那裡之後，那些聲音依然跟著我回到了小徑。那些機器的下巴正在啃噬著森林。

我真是懊惱。我就知道——我讓諸神在林間的空地裡埋藏了太久。無論人們是否知道祂們在那裡，人們都感覺到了。他們彷彿受到了諸神的控制，而被吸引了過去。我無法判斷我的手臂是不是好多了。我想，也許好了點。瘀青已經消退了。總之，沒有時間了。我今晚就得將祂們移走。

整個下午是如此地漫長，在太陽下山之前，我覺得彷彿度日如年。不過，暮色終於降臨，讓天空染成了一片赤紅。

即便身處溫和的黑暗中，我卻再也感覺不到樹林屬於我了。在我還完全看不見那些挖掘機和工地之前，我就已經嗅到了它們的氣息——黑色的泥土被翻攪過了，遭到謀殺的樹也流出了樹液。那些引擎靜靜地站在被毀壞的林間，彷彿一大片黃色的蛆。我想要破壞它們。我思索著。把過氧化氫倒進瓦斯桶應該會很有效。不過，那樣做也會讓森林受到傷害，而我是不會傷害樹林的。

我站在空地上，環顧著那些白色的樹。我好難過。對於諸神而言，這裡一直都是個很合適的家。然而，如果祂們待在這裡，遲早會有人被吸引到此，然後，祂們就會被發現。我在某些事情上也許並不聰明，不過，我知道——沒有人會了解這些神靈的事。

我卸下肩膀上的鏟子，解開裝著工具的小袋子，然後開始挖掘。我曾經用神聖的佈局把祂們埋藏在了十五個不同的地方。每個位置都像星圖般地烙印在我的腦子裡。我絕對不會忘記。

我輕輕地刷去覆蓋在第一個神靈表面上累起的泥土。我把祂從肥沃的黑土中取出。諸神在祂們被埋藏的泥土裡提供了養分。我貼近耳朵，傾聽著。第一個神靈用彷彿雨水般的聲音低聲地訴說著秘密。「我把你放在我的心裡。」我小聲地說。

我輕柔地將祂放進一個垃圾袋裡，然後再放進後背包。接著，我走到下一站。那是位於東邊、靠近一塊看似手指的岩石。這個神靈很脆弱。我把鏟子放到一側，小心翼翼地用手挖掘。祂沒有被埋得很深。我喜歡時不時將祂挖出來看。我解開包裹著祂的塑膠膜。那件洋裝躺在我的懷裡，在微弱的月光下呈現著一抹暗灰色。但願我可以再次在陽光下看著祂，祂真實的顏色就像照片裡深藍色的海洋。不過，我當然再也不能在白天裡做這種事。我在牛仔褲上擦了擦手，然後搓揉著這塊布料。洋裝透過我的指尖在對我傾訴。每個神靈都代表著不同的記憶，也能挑起祂所蘊含的情感。我緊繃的眼睛在閃爍。這個神靈總是讓我感到悲傷。但也讓我感到類似一種興奮感的渴望。「我把你放在我的心裡。」雖然我只是在低語，不過聽起來卻很大聲。

下一個是靠近空地中央偏左之處的那個小化妝箱。我盡快地把箱子挖出來。化妝箱裡裝有一些鋒利閃亮的東西，還發出了一道令人不快的刺耳聲。

我不停地挖掘，每個神靈的聲音一一地在空氣中響起。「我把你放在我的心裡。」我一遍又一遍地低語。每一次都彷彿重新經歷了一遍：製造神靈的那一刻、那份悲傷。

最後，空地上終於什麼也沒有了。我止不住地顫抖。現在，祂們都在我的心裡了，而我的袋子也變重了。這個部分總讓我覺得自己也許就要爆炸了。我把地上的洞填滿，再將碎屑覆蓋在土壤上，直到被我挖掘過的地方看起來彷彿有土撥鼠曾經待過一樣，或者兔子。一切看起來都很自然。然後，我輕柔地拾起那個袋子。

我們往樹林更深處走去。樹林在湖的西邊來到了盡頭，因此，我換了一個方向。即便此刻，在經過了這麼多年以後，我依然不想靠近湖邊。

我必須找到對的地方。諸神不能隨便住在某個地方。我手電筒的燈光在常春藤和乾燥的灌木叢上跳舞。今晚是如此的溫暖，森林似乎不停地在釋放著熱氣。那些熱氣從雪松的樹幹裡盤旋而出，也從落葉裡向上湧出。我脫掉身上的毛衣。蠓和蚊子在我赤裸的手臂和脖子上方徘徊，彷彿灰色的雲層一般，不過，牠們並沒有停留。蝙蝠在我們身邊圍繞，牠們俯衝而過，柔軟的身體每每和我的臉頰擦身而過。樹枝在我的撥弄下彈開，為我們開出了一條通路。當我為了喘息而暫停腳步時，一條棕色的蛇熱情地從我靴子的頂端滑過。今晚，我是森林的一部分。我就在它的深處。

在我看到泉水之前，我早已聽到了它的聲音，那是一條從石頭上流過、明淨閃亮的涓涓細流。我分辨不出它的方位；水聲似乎來自於森林深處的四面八方，就像平時那樣。我關掉手電筒，站在黑暗之中。那只袋子動了一下，不自在地抵在我的背上。某個銳利的東西輕輕地碰到了我的脊椎。諸神正在說話。祂們想要一個家。我穿過勾人的刺藤和灌木叢，來到祂們告訴我的地方。此刻，天空中的半月熠熠生輝；頭頂上的雲層已經散去。即便沒有手電筒，我也可以看到森林在夜色裡的模樣，彷彿一座線條精緻的銀雕。

散發著微光的白色樹皮就在前方。白色的樺樹就生長在這裡，那些白骨樹。這就是我一直在等待的訊號；它讓我知道，我已經找到地方了。

泉水從潮濕的黑色石頭上躍起，細長的水流飛速而過，懸垂在蕨類的長葉上。蕨類上方有一面石牆，牆上有一道道的黑色裂縫。每個洞的大小和形狀剛好都可以容納得下一個神靈。一個一個地，我把祂們放進了祂們的新家。在我擺放的時候，我有點顫抖——要將這麼多的能量握在手裡真的很困難。

等我大功告成的時候，黎明已經將東方的天空染上了一片粉紅。我往後退開，看著我的成就。我感到諸神在那片石牆後面哼唱，伸展著祂們一縷縷的能量。白樺樹成群聳立，目視著這一切。我感到難過又疲憊。每一次這麼做，我都覺得自己被毀滅了。然而，這是我的責任。我必須照護祂們。這點，媽咪早已表達得很清楚了。

樹林正在醒來。在白天的時候走回去是一條漫長的旅程，回到家、回到日常的一切。我在鳥兒的歡唱下輕鬆地離開。「我想念你們。」我告訴鳥兒。不過，至少牠們很安全。那個謀殺者不可能到這裡來。我不假思索地經過那些黃色的機器。讓它們撕裂這片土地吧。諸神現在已經安全地在祂們的新家了。

我在冰箱裡發現了那個錄音機。我沒有……不，我甚至不打算試著去想起來。

沒有食譜。我覺得，也許我應該要說出來，以防我會忘記——我把祂們移走了。

我這麼做，也許只是因為我想要找人說話。和諸神在一起，讓我覺得比一個人獨處還要孤獨。蘿倫不在了，我需要一些東西來提醒我我是誰。我很害怕我會就那樣消失，永遠不再回來。這完全沒有讓我覺得好過一點。我覺得自己很蠢，所以，我會就此打住，不再往下錄了。

## 迪

每個住在無用街的人都從門縫底下收到了一張傳單。不過，當黃色的挖掘機像獅子般出現在路上時，她還是屏住了呼吸。它們巨大的金屬嘴巴上依舊沾著過去的殺戮所留下來的乾土。

迪從她的屋子裡走出來觀看。不知道為什麼，這麼做似乎比待在家裡安全。幾個其他的鄰居正瞠目結舌地站在附近。

一名橘色頭髮的男子走到一輛挖掘機前面。他對著司機大喊。他的大狗緊張地發出哀鳴，讓他不得不抓住牠的項圈。「我希望你不會用那個螢光漆在樹上做記號。」他對著司機大聲地說。他指著卡車上的一些金屬筒。「那是有毒的。」

那名司機聳聳肩，自顧自地調整著他的硬帽。

「我是個護林員，」那名男子說。那隻狗在他手中熱切地顫抖。「這對生態系統很不好。」

「反正總得要做記號的，」司機自在地說。「螢光在白天和晚上都很顯眼。」他點點頭，引擎又開始咆哮。挖掘機隨即像恐龍般地駛離了。

迪的脖子感覺到呼吸的搔癢，這讓她頸背的寒毛都豎了起來。他站得如此接近，當她在毛骨悚然下轉身時，他的鬍子差點就摩擦到了她的臉頰。她可以聞得到他的焦慮，就像有壓碎的蕁麻沾黏在了他的皮膚上一樣。泰德搖晃了一下。她這才發現他醉得很厲害。

「不，」他說。「他們不能這樣，他們不能這麼做。」

他又說了幾句話，迪也回應著他，不過，她不知道他在說些什麼。她的腦子在轟轟作響，讓她根本聽不到。她知道那個表情，那是秘密幾乎要被揭開的表情。此刻，泰德的眼裡就露出了那樣的神情。

當他跟在那些挖掘機後面跑上小徑時，她屏住了氣息。他在森林裡藏了什麼。迪知道自己不能跟蹤泰德。如果她現在跟上去的話，他就會看到，這樣一來，遊戲就結束了。她只能用力期待，他所隱藏的東西是不能在白天被取出來的。

她走進屋裡，在她的老位子坐下來，她不自覺地咬著下唇，直到嘴唇的皮都被咬碎了。她錯過機會了嗎？她目光炯炯地望著森林。

半個小時之後，泰德的身影出現在了那條被樹影籠罩的小徑。迪的心熱切地跳了起來。他的每一個動作都顯露著擔憂。他不停地搖頭晃腦，彷彿在和自己激烈地辯論一樣。不管他需要做的是什麼，他都還沒有做。她沒有錯過。他將會有所行動，就在今晚。

迪穿上登山靴，拿出毛衣和一件深色的夾克，還有能放得進她口袋的水和堅果。然後像石頭一樣地坐著，監視著泰德的房子。雲層掠過天空，太陽已經西沉到了林木線以下。黃昏彷彿灰燼般地蓋住了一切。

當她聽到那三道門鎖獨特的聲響以及後門吱吱作響的聲音時，她已經準備好了。與其看到，不如說她感覺到他在黑暗中離開了那棟房子。當他行經街燈底下時，她看到他帶了一只背包。背包裡塞滿的東西讓背包出現了奇怪的線條和尖角。工具，一把鋤頭，還是鏟子？他沿著街道走入陰影裡，從那裡開始，再也沒有街燈，只有柔和的夜色和頭頂上閃耀如五分錢硬幣般的月光。

她遠遠地跟著；他的手電筒像星星一樣地指引著她。當他停在樹林入口四下張望時，她也跟著停下腳步，躲在一棵樹幹的後面。他等了一段很長的時間，不過，她讓夜色證明一切，讓黑夜告訴他這裡只有他一個人。等他重新拾起腳步走進森林裡時，她立刻往前跟上。

當他們經過工地時，迪聽到前方的泰德停了下來。她也跟著按兵不動。這裡的樹很稀疏，也許通向了一片空地。她蹲在推土機之間。她聽到東面的前方傳來鏟子插進泥土的聲音。然後是一陣低語。她打了個冷顫。那一定是泰德，可是，他的聲音聽起來很奇怪，就像樹的聲音一樣，如果樹能開口的話。她的小腿和大腿都在抽筋，但是，她完全不敢移動。如果她可以聽得到泰德，那麼，他也可以聽得到她。月亮已經爬上了天空，夜晚似乎變得更加溫暖。對蛇來說，這是最完美的天氣。閉嘴，你這顆腦袋，迪嚴厲地想著。泰德可能在做什麼？她考慮著要往前靠近，但是，她的每一個舉動所發出的聲音都宛如槍響一樣。她坐在原地傾聽著。時間一分一秒地過去，她不知道過了多久，也許一個小時，或者更久。他的低語和鏟子挖掘的韻律聲，與黑夜的聲音交融在了一起。

終於，一陣靴子走近的聲音傳來，迪振作了起來。她意識到自己已經瀕臨睡著的邊緣。她靠著發麻的腿在挖掘機底下爬行。雖然，月亮被薄薄的雲層蓋住，不過，她依然可以看得到。他的背上背負著沉重的東西。他拿著那把鏟子，只見鏟子上面沾滿了泥土。她原本以為他打算把什麼埋進土裡。不過，事實上，他是把什麼東西挖掘了出來。她掙扎地站起來，盡可能地保持無聲，然後繼續跟在他的身後。

當她來到坡頂時，她望向西邊。月光在平靜的水面上閃閃發光。那座湖就在不到一哩之外的地方。泰德的房子和露露失蹤的地點之間隔著一個小時的步行距離，迪在心裡想著，她的內心彷彿在燃燒。就她今晚所見的情況看來，他完全有能力在背負重物之下，快速地把地面掩埋起來。而警方就那樣把他放走了。他們不在乎。怠惰、疲憊、無能……迪發現自己在發抖。她盲目地伸出手，抓住一根纖細的樹枝作為支撐。森林似乎瀰漫著低沉的嘶嘶聲。一條長長的肚子乾燥地摩擦過樹葉。恐蛇症，她告訴自己。你只是恐蛇症犯了，迪迪。不過現在，即便這個詞本身都像是一條蛇。那幾個字讓她覺得彷彿有條蛇就在自己的嘴裡。

她試著要邁出步伐。試著不要去想有什麼東西可能躺在她前方的地上等待著她。這裡沒有蛇，她一再堅定地告訴自己。所有的蛇都在地底下睡覺。牠們怕你更甚於你害怕牠們。然而，她的呼吸越來越急促。她的雙腳彷彿焊接在了地上。她很害怕森林，害怕迷失在樹林裡，害怕獨自和一個謀殺者待在黑暗之中。不過，她最害怕的還是那些彷彿正在抽搐的樹根，它們垂直的瞳孔正在月光下注視著她。

別傻了。走吧，她命令著自己的雙腿。那不是該死的蛇。快走，她努力地用意志力這麼想著。然而，她依然像癱瘓了一樣，動也不動地宛如大理石。她附近腐爛的樹葉堆裡有東西在沙沙作響。她幾乎可以感覺到那條長長的身體在迫近。

泰德晃動的手電筒燈光在前方閃爍，然後消失在了樹林裡。這裡只剩下迪一個人，以及在黑暗中向她靠近的那個東西。某個結實的身體正在滑動，持續地發出微弱的聲音。

迪張大了嘴，直到她的下巴拉緊、幾乎就要裂開為止。她發出了無聲的尖叫。本能讓她轉身，奔向回家的路。那個沙沙的聲音跟在她身後，快速地滑行，幾乎就在她的腳跟底下。

她鎖上門窗。手裡握著那把拔釘錘，坐在她的老位子上。她的呼吸聲在空蕩蕩的屋裡聽起來既響亮又沙啞。她看著用過的食物包裝紙和散落在地上的優格空罐。螞蟻在那些垃圾裡爬進爬出。我越來越像他了，她在想，真噁心。而且，我還是個膽小鬼。

泰德在黎明時分回來了。他打開他家的後門。當他進屋的時候，她聽到他在叫喚，「過來，貓咪。」他的聲音既放鬆又友善。迪寫了一張需要準備的物品清單。這會很困難，她的理智將會和她對抗，不過，等泰德下次再到森林裡去的時候，她將不再失敗。

# 奧莉薇亞

過去幾個星期，蘿倫都沒有出現。我想，她是和她的人類媽媽去度假了，或者其他什麼的？我不知道，當他提到她的時候，我都選擇把耳朵關掉。不再有粉紅色的腳踏車像死掉的母牛那樣攤在客廳裡，白板上也不再出現亂七八糟的鬼畫符，沒有尖叫聲，更沒有混亂。這份安寧、這份平靜——真是令人驚訝！簡直太棒了。

蘿倫不在這裡真的很好，因為泰德真的走出門了。蘿倫討厭他去約會。她總是對他尖叫。我的老天，她是最讓人不爽的小人類。

電視上那個眼睛死氣沉沉宛如藍色硬幣的人類也不見了蹤影。我想，在這件事情上，我讓我的想像力戰勝了我。我確實具有豐富又精采的想像力，所以，就算有時候我想像過頭，也沒有什麼好驚訝的。

如果那個刺耳的聲音能從我的腦子裡消失，那麼，一切就都完美了。它就像卡在我腦袋裡的一個東西，就像一根大頭釘或者一把刀一樣。吱……。

我想，我已經冷靜到可以再度諮詢聖經了。我有點緊張，因為上一次的經驗——房子搖晃得那麼厲害。那真的很嚇人。事實上，打從那次之後，我就再也沒有看過聖經一眼了。不過，我不能再繼續不理會它了。上帝不會高興的。我得要勇敢！錄音帶、錄音機，或者任何一個聽到我說話的人，祝我好運吧！

我緊閉雙眼地將聖經推下去，等待著衝擊發生。然而，撞擊的聲音和震動卻彷彿很遙遠，像在地底深處一般。當書頁翻開的時候，我看到的是：

……如果鹽失去了它的味道，它的鹹味要如何恢復？

它對任何東西都不再有用，只能被丟掉和被踐踏在人們的腳下。

現在，我可以聞到鹽和脂肪的味道。我衝上樓去找泰德。果不其然，他正在床上用一隻手吃著薯條。我縱情一躍地往上跳，堅定不移地落在了他的肚子上。上帝從來都沒有讓我失望過。

他倒吸了一口氣。「你嚇到我了，貓咪。」他一邊說，一邊扔開他另一隻手正在把玩的東西。那是一個藍色的東西，與其說是圍巾又太薄了，那更像是一條絲質的領帶或什麼的。我咕嚕了一聲，然後在他的肚子上安頓下來。最近，泰德和我共處得很開心。沒錯，我想，一切都恢復正常了。

# 泰德

今晚，過去就在眼前。時間的界線彷彿變形了。我聽到媽咪在廚房裡和吉娃娃女士講話。媽咪在告訴她關於老鼠的那件事。那是這一切的開始。我關上耳朵，調高電視的音量，但是，我依然可以聽到她的聲音。我記得關於老鼠事件的一切，這倒是很不尋常。大體而言，我的記憶就像瑞士起司一樣佈滿孔洞。

每一間教室都有一隻寵物。牠就像吉祥物一樣。有一間教室有一條看起來很嚇人的玉米蛇，那很酷，而且顯然比一隻有著紅色小眼睛的白老鼠好多了。

那個週末，臉上有痣的那個小孩原本應該要把那隻老鼠帶回家的，可是，他週五的時候沒有來上學。他母親說他感冒了，不過，每個人都知道他是去點痣。總之，他沒辦法帶那隻老鼠回家，而根據字母排行，我剛好是下一個。雪球是他的名字。我是說那隻老鼠，不是那個男孩。

我把雪球帶回家了。我得要偷偷把他帶進屋。媽咪絕對不會允許的。馴養的動物就是奴隸。然後，發生了那件事，所以，週一的時候，我沒有把老鼠帶回學校。

我沒有惹上麻煩。沒有人能幫得上忙或說點什麼。畢竟，那是一場意外——老鼠籠的門鬆掉了。我對於那件事感到很難過，不過，我同時也有其他的感覺，那些感覺就愉快多了。我發現了自己新的部分。我記得我們老師在那個星期一出現的眼神。他的眼裡有一份新的保留。他看到了我的本性。他看到我具有危險性。

我們的教室找了一隻倉鼠取代了雪球。我的老師改變了在週末帶倉鼠回家的機制——原本的規則變成了隨機抽籤，從一頂棒球帽裡抽籤來決定由誰把倉鼠帶回家。不知道為什麼，我的名字從來都沒有從帽子裡被抽出來過。最後，他變成了校長，那個老師。幾年之後，當我在我位於走廊的櫃子旁邊揍了某個人之後，他逮到了他的機會。我甚至不記得我揍的是誰。是揍還是踢？不過，那是我第三次打人，這才是重點，於是，學校把我退學。我知道，自從老鼠事件發生之後，那個老師就一直在等待機會把我逐出學校。

我看著那些卡帶。它們整齊地排列在書架上。我想起被我藏在走廊櫥櫃裡的那捲帶子。也許，如果我夠勇敢的話，我就會把那捲帶子播來聽。那是她最後所說的話。

思緒是供亡者穿越的一扇門。現在，我感覺到她了，冰涼的手指爬上了我的脖子。媽咪，求求你不要來煩我。

我必須要專注。我甩甩手，讓自己鬆弛下來，然後將掌心朝上。我看著自己的手——每一根手指、拇指的枕根，以及像皮革一樣乾燥的手掌。每看著一個地方，我就做一個深呼吸。這是蟲先生建議我做的嘗試，讓我訝異的是，它居然有效。

我解開存放筆記型電腦的櫥櫃鎖，啟動電腦。那名男子帶著笑容坐在辦公桌後面的照片出現在螢幕上。那看起來完全不像一張真實的照片。不過，如果人們過於寂寞的話，他們是不會在乎什麼是真的、什麼不是。我想，我應該對用了一張假照片感到難過，然而，如果我用了我自己的照片，就不會有人想要和我見面了。

我看著一排又一排的女人。螢幕上有那麼多的女人。幾次的約會不順利，並不代表其他的約會同樣也會不順利。不輕言放棄是很重要的。

我有個想法。我感覺到了。也許，我也許一直都做錯了。我一直把焦點放在淺金色的頭髮和藍眼睛之類的條件上，但是，我真正需要的是一個和我有更多共通點的人。一個單親家長。我改變了我的搜索，那些臉孔立刻就消失了，取而代之的是新的臉孔。這些臉孔大部分都更老。我試了幾個，不過，她們似乎比沒有小孩的女人更謹慎、更不積極。

終於，我找到了一個。她願意在今晚碰面。她很快就答覆了，在三秒鐘之內，連我都可以看得出來那是一個錯誤。那看起來太急切了。她會在下班後，和我在一家咖啡館見面。事實上，她看起來人很好。她有一張溫和的臉孔，下巴的線條也很柔軟，彷彿麵團一樣。她的頭髮看似很久以前染的，灰白的髮根已經顯露出來，參雜在死氣沉沉的黑髮之中。雖然時間有點趕，不過，她會試著找她妹妹幫她看小孩。她有一個十二歲大的女兒。

我自己也有一個女兒，我告訴她。蘿倫。你女兒叫什麼名字？

她告訴了我，我打字回覆道，那是一個很美的名字。能和另一個單親家長聊天真的很棒。因為，有時候的確會感到寂寞。

我懂！她回覆我。有些時候，我只能哭泣。

如果你妹妹不能幫你照顧小孩的話，你可以把你女兒一起帶來。我告訴那個女人。我會很樂意見到她。我也可以帶蘿倫去。（我當然不能帶蘿倫一起去。不過，我永遠都可以說她身體不舒服。）

哇，你真善解人意，她說。我可以看得出來你是個好人。

我會穿藍色的襯衫，我繼續打字告訴她。也許你也可以穿藍色的，這樣，我就可以認出你。

好，聽起來很有意思。

也許不要穿藍色牛仔褲，因為每個人都會穿藍色牛仔褲。

好……

你有藍色的洋裝嗎？

我已經有一陣子沒有洗澡了，因此，我沖了個澡，一邊幫那個正在演唱著美麗旋律的女人和聲。我也多吞了幾顆藥。我可不想搞砸這個約會。

在我出門之前，我很快地喝了一瓶啤酒。我在打開的冰箱前面將啤酒一飲而盡。廚房的流理台上有一些黑色的糞便。老鼠的問題越來越糟糕。我不介意有老鼠，只要有貓可以處理得了牠們的話，可是……有時候，對於問題，你什麼都不做，問題就會自然解決。但有時候則完全相反。我應該把日記拿出來，記上這點。不過，沒時間了！

當我離開屋子、把三道門鎖在我身後鎖上的時候，街道上漆黑又安靜。那個吉娃娃女士的房子依然空蕩蕩的。在我經過房子前面時，那棟房子拉了我一把，那股奇怪的拉扯就像那棟房子想要我進去一樣，彷彿某個神靈正在傳送出一縷縷的能量。

## 奧莉薇亞

泰德又出去了。已經過了一天一夜。我渴望著我那幽暗舒服的箱子，不過，他當然又在那上面堆了一堆東西。我一次又一次地舔我的碗，以至於我的舌頭都出現了金屬的味道。噢，當然嘍，那個刺耳的聲音依舊存在，充斥在我的腦子裡。最近，它起起落落地，但是從來都不曾離開過。有時候，我幾乎可以想像我在那些聲音裡聽到了一些話。現在，我還可以忍受。不過，飢腸轆轆的感覺卻更嚴重了。這種感覺正在啃噬著我的胃。

電視正在播出某個令人毛骨悚然的節目，是關於一個殺人犯在停車場裡跟蹤一個女孩的故事。漆黑的停車場正在下雨，飾演那個女孩的女演員演技很不錯。她看起來很害怕。我不喜歡這種劇情，所以，我離開了房間。不過，我依然可以聽得見：奔跑，還有尖叫。我希望她逃走了。說句實在話，誰會看這種垃圾節目。讓我來告訴你，世界上確實有變態的人。感謝上帝，我的泰德完全不像那樣。

我好餓。

我在屋裡四處走動。那道光束懸浮在我身後。它今天十分萎靡不振，看起來灰撲撲的，那似乎很符合現況。你沒辦法吃它。我已經試過了。我已經吃掉了這個地方所有能吃的東西。我甚至推開了垃圾桶的蓋子，可是，那裡面只有骯髒的衛生紙而已。自從那次晚餐事件之後，泰德每天都會把垃圾拿出去清倒兩次。總之，我還是把衛生紙給吃了。

我在房子裡巡邏，偵測著鮮血的味道。我甚至還去了地下室的工作室，其實，我不太喜歡那裡，因為那裡沒有窗戶。工作台上的引擎彷彿一隻在聚光燈底下發亮的海中生物。各式各樣的盒子沿著牆壁堆放。我爬上盒子，探進去打量。大部分的盒子都是空的，或者塞滿了舊零件。即便處在焦慮之下，那些紙板盒都讓我發出了幾聲滿足的咕嚕聲。我不能讓自己在舒適的地方停留下來。

我爬到沙發底下，瞄著散熱器的後面。我走到泰德的床底下，那裡只有被成團的灰塵所包圍的啤酒罐。我拉開他的抽屜，翻遍他的襪子、四角褲和內衣。我也翻找了櫥櫃深處。但是，我什麼也沒找到。沒有血，甚至連蘿倫的味道都沒有。

我在閣樓的門口停了下來，我的尾巴在恐懼下豎得筆直。裡面沒有聲響。我強迫自己靠近一點。然後將我細緻如天鵝絨般的鼻子貼到門底下的裂縫，深深地吸了一口氣。灰塵，除了灰塵以外，什麼也沒有。我再次傾聽，不過，閣樓裡很安靜。我想像著靜止的空氣，想像著厚重的樑柱發出了嘆息，想像著被遺棄的東西從盒子裡四散而出。我打了個冷顫。一想到一間處於黑暗中的空房間，就不由得讓人感到恐怖。吱……，我的腦子裡又在唱歌了。如果上帝賦予了這個不時出現的噪音什麼使命的話，我希望祂會很快地揭示這個使命。

我發現我並沒有查看冰箱底下。在努力了幾次之後，我用爪子勾出一塊走味的餅乾。呃。餅乾都軟了。

當我嚼著餅乾的時候，我瞄到充滿塵埃的黑暗中有個東西。我輕輕地將貓掌滑過去，小心翼翼地把爪子伸展到它們的極限，伸進瓶蓋和軟綿綿的灰塵毛球之中。我用一根爪子勾住那個東西。那是一個柔順的表面，我的爪子直接就穿透了它。一個小身體，那是第一個跳進我腦子裡的想法。一隻老鼠？噢……可是，那不是肉，而是更薄、更可以被穿透的東西。我把那個東西拉到光線底下。那是一只小孩的白色人字拖。那一定是蘿倫的。雖然蘿倫哪也不能去，但她有時候還是喜歡穿著鞋子。

*好吧，這沒什麼大不了的*，我告訴自己，*只是一只人字拖而已*。不過，充斥在我鼻孔裡那股濃濃的鐵鏽味卻在告訴我另一個故事。我很不情願地將它翻面，然後，我在拖鞋的另一面看到了。鞋底已經發硬了，上面覆蓋著乾掉的深棕色物質。因此，我在想，*那也許是果醬或番茄醬，又或者其他什麼東西，也許不是血*。但是，我的嘴裡瀰漫著那個味道。我想要吃掉它。那個刺耳的聲音越來越尖銳，越來越響。

我把那只人字拖放在我的兩隻前爪之間，然後盯著它看，彷彿答案就寫在上面一樣。那也許和我沒什麼關係。一定是蘿倫把自己弄傷了。她的腳沒有任何感覺，她對待她的腳向來都很粗心大意。不過，我忍不住想起細小的骨頭，以及黑夜在我喉嚨深處留下的那股味道。還有，他最近有多麼頻繁地掌控我——我有多麼經常地讓他這麼做。我的尾巴膨脹成一根不安的瓶刷。正常來說，這種情況就是我會尋求上帝指引的時候。但是，我沒有。不知道為什麼，我並不希望祂在這個時候關注我。

廚房的其他地方都沒有血。這點，我很確定。事實上，廚房乾淨得很不尋常。我可以嗅到漂白水的味道。這實在太詭異了，因為泰德從來都不打掃的。

你在嗎？我問。

他的眼睛在黑暗中閃著綠色的光芒。輪到我了嗎？

不是。

也許是吧。他走上前來，帶著點淘氣，試著要換由他來掌控。我做出了反擊——不過，老實說，這比我記憶中還要困難。他越來越強壯了嗎？

你……我停下來，舔了舔嘴唇。我的舌頭感覺有點乾澀，彷彿木頭一樣。我們弄傷蘿倫了嗎？

沒有，他說，我的身體起了一陣暗黑的漣漪，每當黑夜笑的時候，我都會有這種反應。當然沒有。

噗。然而，我的放心可能只是短暫的。那麼，為什麼，我問黑夜，冰箱底下會有一只沾血的人字拖？

他聳聳肩，我整個腦子隨即開始上下震盪，彷彿波濤洶湧的大海一般。她弄傷了自己？他說。小孩嘛。

也許吧，我說。但是，她最近為什麼都沒有出現？

向你解釋這些事並非我份內之事，他說。去問別人吧。他轉身打算走回黑暗裡。

哼，你真是幫了大忙！我在他身後大吼。我還能問誰啊？

我並沒有覺得安心。事實上，正好完全相反。黑夜太強壯了。我脖子那一圈毛都豎了起來。

泰德搖搖晃晃地走進了廚房。燈光突然亮起。我沒有發現居然已經天黑了。他把我捧在他的懷裡。

「你找到了什麼？」他從我這裡拿走那只沾血的人字拖，然後僵硬地看著它。「我以為我把它扔掉了，」他說。「它為什麼沒有被丟掉？我不要它留在這裡，我不希望你看到它。」語畢，他把那只人字拖放進他的口袋裡，然後把我抓起來。他的呼吸溫暖地掠過我的毛。我一邊蠕動一邊尖叫，但是那一點用都沒有。

他把我放進那個箱子裡。箱蓋被闔上了。我聽到他把東西堆在蓋子上。他從來不會在我待在箱子裡的時候這麼做。我很客氣地在裡面扒了幾下，因為這顯然有什麼誤會。我沒有辦法出得去。但是，他繼續在堆放東西。泰德把我困住了！他為什麼要這麼做？我扒了又扒，但是，我得到的回答只是一片沉默。泰德走了。他把我鎖在了黑暗裡。我試著不要恐慌。他氣消了之後就會讓我出去。而且，我很喜歡我的箱子，不是嗎？

我無法睡覺。頻頻在抽搐中醒來，我相信有人和我一起在箱子裡。我感覺到對方就在我身邊，在黑暗中騷動著。

# 泰德

我不記得自己在幾歲的時候發現我的媽咪很漂亮。我想，應該不到五歲的時候吧。我之所以意識到這件事，並不是因為我看到她有多美，而是因為我看到了其他孩子和家長的表情。當她到學校來接我的時候，停車場總是停滿了車，他們全都會看著她。

那帶給我很複雜的感覺。很顯然地，其他的媽咪和她不一樣。我媽咪擁有光滑的肌膚和一雙大眼睛，當她看著你的時候，那雙眼睛裡似乎只有你的存在。她不穿寬大的牛仔褲或毛衣。她總是穿著一件藍色洋裝，裙襬在她小腿邊窸窣作響、彷彿海洋一般，有時候，她也會穿著隱約露出胸型的薄襯衫。她講話很輕柔，從來不像其他的媽媽那樣大聲吼叫。她抑揚頓挫的子音和扁平的母音充滿了異國風情。他們對她的注目讓我感到很驕傲。不過，那些目光也同時讓我心生醋意。我既希望他們看她，又不想要讓他們看她。等到我開始搭公車之後，情況就好多了。

我在學校裡很保護她。不過，當媽咪下班回到家時，我總是很嫉妒。我很擔心她在醫院裡照顧的那些孩子會把她的精力耗盡，什麼也不留給我。

從某個角度來說，事情就是那樣。當他們讓她離開的時候，她的心都碎了。每個人都知道，到處都在削減經費。預算很緊。爹地告訴我不要去惹媽咪。他說，她需要一些空間。她似乎真的黯然了不少。她身上那股自然散發出來的光芒減弱了。當時，我大約十四歲。

那個吉娃娃女士和媽咪很要好。每天早上，如果她們沒有輪班的話，媽咪都會走到她家。她們會一起喝黑咖啡、抽維吉尼亞薄荷香菸、一起聊天。天氣好的時候，她們會坐在隔著紗窗的陽台上。如果天氣不好或者寒冷的話——大部分的時候都是這樣的天氣——她們就坐在餐桌旁邊，直到香菸的煙霧和她們交換的秘密讓空氣混濁到可以被刀一把切開。我之所以知道，是因為她們偶爾會在週末的時候聊到忘了時間，以至於我得要去把媽咪找回家做午餐。也許午餐只是把嬰兒食物的罐子打開，不過，那仍然是女人的工作，這是爹地說的。那時候，他已經喝酒喝得很兇了。

在媽咪被解雇之後，吉娃娃女士非常地憤怒，她甚至比媽咪還要沮喪。吉娃娃試著要讓媽咪反抗。「你是最好的，」她說。「你對小孩很有一套。他們解聘你真的是瘋了。這是一種犯罪。」她那雙棕色的大眼睛充滿了信念。吉娃娃女士向來都精力旺盛。「你可以寫信給醫院的董事會，」她對媽咪說。「別這樣。你不能就這樣善罷甘休。你是醫院的重要資產。」

爹地和我附和著她。「你是最好的，媽咪，」我說。「他們不知道他們能擁有你是多麼地幸運。」

「事情就是這樣，」媽咪用她向來溫和的方式說。「你得心懷感激地接受不幸。」

我在學校已經開始出現問題了，但是，我的父母還沒有開始對這件事認真以待。我猜，因為我在家很乖，他們一定以為是學校搞錯了。我很樂於幫忙，也很有禮貌，或者至少一直試著在這麼做。「泰迪似乎跳過了青春期，」媽咪會搓揉著我的臉頰這麼說。「我們很幸運。」

有一天早上，吉娃娃女士在我出門上學前到家裡來。當時，我正在廚房流理台吃麥片。媽咪穿著她那件藍色的薄紗洋裝，只要她一動，洋裝就會在她身後輕輕地飄逸。吉娃娃女士自顧自地在一張凳子上坐下，然後在她的咖啡裡加了三包甜味劑。蒸氣圍繞在她的頭上。她喜歡喝燙口和甜到死的咖啡。她把她的狗從她的袋子裡拿出來，放在流理台上，牠有一張光滑的深色臉孔，看起來很聰明。牠嗅了嗅咖啡杯，然後在藍色的香菸煙霧中眨了眨眼睛。

「你怎麼能這麼做？」媽咪問道。「你怎麼能囚禁那個可憐的東西？你看不到他眼裡的痛苦嗎？飼養野生動物真是太殘酷了。」

「你的心腸太軟。」吉娃娃女士說。（當然，我現在明白了，這是在吉娃娃之前的事。當時，她還是臘腸狗女士，所以，我會這麼稱呼她。）

臘腸狗女士看了她一眼，然後媽咪說道：「我們到另一間房間去吧。泰迪，把你的數學作業寫完。」

她們走到客廳，然後，她把廚房的門關上。我聽到她在說：「噢，那隻狗。我不忍心看著他。還有，不要讓他坐在我的餐椅軟墊上！那很不衛生。」

我把我的數學作業拿出來。我頭很疼。我的數學作業已經在那裡放了好幾天了，就像我頭顱前面的一隻蟾蜍一樣。我瞪著作業看，感覺作業在漂浮。我的腦袋搏動成這樣，讓我很難保持專注。我昨晚似乎有試著做了一些數學習題，雖然我可以看出大部分的答案都錯了。我嘆了一口氣，拿出我的橡皮擦，臘腸狗女士的聲音飄進又飄出。廚房的那扇松木門實在太單薄了。

「有件事很煩，」她說。「整個星期都在開這些大會議，昨天還有警察到醫院來。他們打算要詢問我們每個人，在那間護士休息室裡一個一個地問。這實在很不方便。那表示我們得要到員工餐廳喝咖啡。要搭電梯下三層樓，然後再上三層樓回來。我的休息時間就這樣耗光了。」

「天哪，」媽咪說。「他們到底想要知道什麼？」

「我不知道。他們還沒問到我；他們是按照字母順序傳喚的。那些女孩們不肯說。當她們被問完出來的時候，看起來都有點沮喪。」

「你知道嗎，」媽咪說。「我並沒有感到驚訝。」

「沒有嗎？」我幾乎可以聽到臘腸狗女士充滿期待地往前靠。

「你想想看，所有關於錢的事。那些錢都到哪裡去了？我會很想知道。我們使用的病房還是同樣的病房，預算也是原來的預算。為什麼突然之間資源就不夠了？」

「哇，」臘腸狗女士吸了一口氣地說。「你覺得醫院裡是不是發生了……詐騙或什麼之類的事？」

「我不知道，」媽咪以她一向溫和的態度說。「我沒有立場說什麼。不過，我懷疑，就是這麼回事。」

我聽到那位狗女士用舌頭發出了嘖嘖的聲音。「我永遠都搞不懂，他們為什麼要解雇你，」她說。「我已經說過很多次了。現在，這就說得通了。」

媽咪沒有回答，我想像著她在搖頭，臉上掛著那一貫溫柔、嘲弄的微笑。

不知道為什麼，我開始感到沮喪。因此，我爬進那個老舊的冷凍櫃裡。把櫃子的蓋子在頭頂上方闔上，然後立刻就覺得好多了。

在那之後，我失去了一些時間。當我回來的時候，我依然在那個冷凍櫃裡，或者更可能的是，我又再次回到了那裡面。我聽到臘腸狗女士的聲音，香菸的菸味從客廳鑽過廚房的門底下滲透進來。廚房有點不一樣。原本放在窗台上的鬱金香已經不見了。牆壁也變得比較髒。

「這是個醜聞，」媽咪的聲音響起。「扔石頭！他們打破了這條路上的每一盞街燈。我覺得是那些家長的錯。孩子們需要教導。」

我推開廚房的門。那兩個女人抬起頭，驚訝地看著我。媽咪穿了一件綠色的襯衫和休閒褲。透過窗戶，外面看起來很冰冷，只有赤裸裸的樹枝。坐在臘腸狗女士旁邊的那隻㹴犬已經不是一隻臘腸狗了。牠抬起牠棕色和白色相間的頭，在香菸的煙霧之中眨眼。現在，她是㹴犬女士了。

「去吧，泰迪，」媽咪溫和地說。「沒什麼好擔心的。把工作申請書填好。」我關上門，回到廚房，流理台上那份鎮上汽車修理廠的工作申請表格已經填了一半了。

那不是同一天，而且我也不再去學校了。我因為在櫃子邊揍了那個男孩，而被學校開除了。反正，媽咪覺得我待在家裡還比較好。對她來說，我是個幫手。過去，我從來沒有一次喪失過那麼多時間。我試著要蒐集在我腦子裡閃爍、宛如浮光掠影般的記憶。我想，我現在是二十或二十一歲。媽咪現在在日照中心工作，不在醫院了。不過，事實上，她也不在日照中心了，因為她剛才又被革職了，因為人們實在太壞了。

我感到身體的不同。我的體型變大了。我是說，大很多。我的手臂和腿變重。我的臉上長了紅色的毛髮。身上的疤痕也更多了。我可以感覺到疤痕就在我的背上，在我的T恤底下發癢。

「墨嘻嘻嘻——哥，」那個㹴犬女士的聲音透過門傳來。「我每天都要在早餐時來一杯雞尾酒。上面插一支雨傘的那種。」她期待那個假期已經期待了好幾星期了。「那個人很好的亨利會和我一起去。就是在Stop and Go[1]幫人打包的那個人。二十五歲，你認為怎樣？」

「你真可怕。」媽咪說。這句話聽起來既像讚美，又像批判。我思索著二十五歲有多大，而那個㹴犬女士又有多大？真噁心。她一定快要五十歲了。

「塞薇亞也這麼想，」㹴犬女士說。突然之間，她聽起來很難過。「我從來沒想到，我女兒長大之後會這麼主觀。她曾經是最貼心的小寶貝。」

「我很幸運能有泰迪，」媽咪的話讓我對她充滿了愛。「他向來都很有禮貌。」

我很好奇爹地在哪裡，然後，我記起來了。爹地走了，因為我打了他的頭。我想起骨頭撞擊到我的關節時發出的破裂聲，以及我手上的那些瘀青。每當這種時候，我都很慶幸自己對疼痛沒有感覺。他覺得很痛。我知道爹地活該，但是，我不知道他為什麼活該。我突然想起來了。我打他是因為他對媽咪大聲吼叫。他辱罵她，說她瘋了。

「嘖，」媽咪的話打破了我的思緒。我抬起頭看著她，很高興她在這裡。「你用那把刀割傷了自己，泰迪。」

我把刀子放回抽屜。我不記得有把它拿出來過。「沒事的，媽咪。」

「不要和你的健康開玩笑，」她說。「你需要消毒，再縫上幾針。我去拿我的工具包。」

不，當時並沒有發生這件事。是我現在記錯了。絕對不要罵一個女人是瘋子。我感到媽咪冰涼的手就在我的臉上，也聞到樹林在春天散發出來的那股多愁善感的味道。不，那也不對。我試著要找出那天的脈絡。我幾乎就要發出氣餒的喘息了。我企圖要想起的這件事具有某種重要性。但是，它不見了。

媽咪第二次帶我到森林裡，是因為那隻老鼠雪球。我在客廳，對著籠子在哭。他的殘骸躺在角落裡發亮。籠子裡的木屑變成了棕色，一撮一撮地聚集在一起。那樣小的一個東西居然有那麼多的血。我記得鼻涕和恐懼的味道。我把我那條黃色的毛毯緊貼在臉上，結果毯子都濕透了；毯子上面的蝴蝶圖案在悲傷下閃閃發亮。

我抬起頭，只見她站在門口，無聲地看著我。她穿著那件飄逸的藍色洋裝，那件她稱之為茶歇裙的洋裝。我不知道該怎麼辦。我要如何解釋？

「不要看我，」我說。「不是我做的。」

❶ Stop and Go美國本土的區域型連鎖便利商店。

「是的，是你做的。」

我尖叫著，從壁爐架上抓起那個俄羅斯娃娃。我把娃娃朝著她丟過去。大大小小的娃娃飛得到處都是。不過，全都沒有丟中她的頭。它們撞到她身後的牆壁，裂成了碎片。我再度尖叫，然後拾起那個音樂盒。但是，纏繞在我體內那股不好的感覺讓我感到害怕。我讓那個音樂盒掉到地板上。音樂盒在深沉的一聲巨響下破掉了。

「看看你做了什麼。」她很冷靜。「你把我的一切都奪走了。西奧多。奪走了，奪走了，奪走了。你鬧夠了嗎？」

我點點頭。

「到我的櫥子裡去拿一個鞋盒，」她說。「先把裡面的鞋子拿出來。然後，把籠子裡所有的東西都倒進那個盒子裡。」還好她給了我很清楚的指令。我需要這些指令，我無法思考。我的腦子同時因為慚愧和興奮而發光。可憐的雪球。不過，我發現了一件深沉而秘密的事。

我用一隻手小心翼翼地拿著那個盒子。媽咪牽著我的另一隻手。她拉著我往前走，不過並不嚴酷。「快一點。」她說。我們從前門出去，沿著街道往前走。

「你沒有鎖門，」我說。「萬一有人跑進去呢？萬一他們偷了我們的東西呢？」

「隨他們去吧，」她說。「只有你和我才重要。」

那爹地呢？我心裡在想，不過沒有說出口。

當我們到達通往樹林的入口時，我往後退。「我不想進去那裡。」我又開始哭了。「我怕樹林。」我記得那隻木頭小貓發生了什麼事。今天，我會被要求把什麼留下來呢？也許，媽咪得要留下來，而我會被迫獨自回家。這個想法讓我喘不過氣來。

「你不需要害怕，泰迪，」她說。「因為你比任何住在這林子裡的東西都還要令人害怕。此外，等你遠離熱氣之後，你會覺得好一點。」她捏了捏我的手。她的另一隻手裡握著她的園藝鏟，那支有粉紅色握把的小鏟子。

我們沿著小徑前進，小徑上的亮光和陰影就像花豹的皮膚一樣。她說得沒錯，在這裡，在這些涼爽的樹底下，我確實覺得好多了。不過，我依然感到難過。那隻老鼠是那麼小，而我知道，我們要善待小東西。因此，我又哭了。

我們來到一片林立著巨石和銀樹的空地，那些樹木宛如噴出的水柱或光柱。我知道，只要我踏進那個圓圈裡，這裡就會有事情發生，就在今天。這是一個蛻變之地。連接兩個世界之間的牆壁很薄。我可以感覺得到。

媽咪在一小片陽光底下，用她粉紅色的鏟子挖了一個洞，然後，我們將那隻老鼠還殘留下來的部分埋了進去。那些骨頭被剔得很乾淨；它們在嫩草的襯托下閃耀到幾乎變得透明。當肥沃的土壤灑落在那只鞋盒頂上、將它掩蓋住時，事情發生了。我看到曾經只是一隻老鼠的東西蛻變了。它的殘骸變得珍貴而強大。它是死亡的一部分，現在，它也是泥土的一部分了。它變成了一個神靈。

她坐下來，拍拍她身旁的泥土。我記得當她托起我的臉時，樹液和她的手所散發出來的味道。當時一定是春天。「你認為我對你很嚴厲，」她說。「你不喜歡我訂下規矩，不喜歡我提醒你事情的真實面。你也不喜歡我照顧你的健康，不讓你養寵物或者像一般美國男孩那樣吃熱狗，你不喜歡我們沒錢看醫生，以至於我得自己幫你縫合傷口。儘管你抱怨，但我還是這麼做了。我照顧你的健康，因為那是我的責任。在我照顧你的身體之際，我一定也要關心你的心靈。今天，我們發現你生病了，你的心靈。

「你也許已經向自己保證，你以後絕對不會再做那種事。你在想，你只投降了這一次……也許，未來會證明這點是真的。但是，我不認為如此。你的病是一種古老的疾病，它在我們家族裡已經存在很長一段時間了。我父親——你的外祖父——也有。我曾經希望那個疾病也跟著他死了。也許，我以為我可以為它做出補償。一個新的世界、一個新的生活。我成為一名護士，因為我想要拯救人們的性命。」

「那是什麼？那個疾病。」

她看著我，她的目光就像一片溫暖的海洋。「那讓你想要傷害活著的生命，」她說。「我看到過，那天晚上，我跟蹤我父親到那個古老的地方，也就是位在Iliz底下的那個墓園。我看到他保存在那裡的東西……」媽咪用手蓋住了自己的嘴，然後朝著她的手掌重重地呼吸。

「Iliz是什麼？」我問。那聽起來不是什麼好東西，就像惡魔的名字一樣。

「那是教堂的意思，」她說。「Iliz，」她輕輕地又說了一次，彷彿她的舌頭正在把這個字記住。過去，除了英文以外，我從來沒有聽過她說其他的語言。那時，我才了解到還有另外一個她，一個由過去塑造出來、鮮為人知的她——就像一個鬼魂和一個活生生的人結合在了一起。

「你喜歡那裡嗎？」我問。「你想念那裡嗎？」

她搖搖頭，有些不耐煩。「『喜歡』、『想念』——這些都是軟弱的字眼。那種地方就是那樣。無論你對它們有什麼感覺都不重要。

「在這個國家，所有人都害怕死亡。但是，死亡就是我們的本質。它是一切事物的中心。這就是洛克羅南。在教堂裡，安庫被刻在了祭壇上。我們把牛奶留在墳墓旁邊讓祂飲用，而擁有眾多不同面容的安庫，每次都會以不同的臉孔現身前來。墓園就是村落的中心。那裡是我們聊天、求愛和爭吵的地方。沒有遊樂場或公園讓小孩玩耍。墓碑與墓碑之間，就是我們玩躲貓貓的地方。生活就在死亡中進行，兩者並肩而立。

「不過，這兩者有可能太接近了。它們之間的那道線變得模糊不清。因此，當人們在夜裡聽到來自教堂的聲音時，他們保持沉默，因為事情就是那樣的。當狗失蹤的時候，他們說，事情就是那樣的。生命中有死亡，死亡中有生命。但是，我並不接受這種說法。」她停了一下。「一天早上，那個和動物睡在一起的男孩：小豬，沒有來敲門拿他的那杯牛奶和麵包皮。所以，我就去找他。他不在馬廄裡。稻草上有些血跡。一整天，我都在找他。除了我之外，沒有人在乎他發生了什麼事。我也找過水溝，以防他被經過的車撞到水溝裡，我也去檢查了雞舍，怕他會在溫暖的雞群中睡著——還有其他很多地方。但是，我並沒有找到他。

「那天下午，我父親在穀物店找到我，直接給了我一個巴掌。『還有飯要煮、衣服要洗。你不應該偷懶。』

「『我在找那個叫做小豬的男孩，』我說。『我擔心他出了什麼事。』

「『到廚房去，』我父親說。『你忘了自己的責任。我真為你感到丟臉。』我父親看著我。我在他的眼裡看到了兩盞熊熊燃燒的蠟燭。

「那天晚上，當他出門的時候，我跟著他越過農田，進到了村子，再到墓園，去到教堂底下的那個地方。在那裡，我看到他真實的本性。他完全生病了。

「星期天的時候，我在教堂裡告發了他。我在教徒面前站起身，告訴他們他所做的一切。我對他們說，如果他們不相信我的話，就自己去那個地方看看。他們並沒有去看。因此，我發現他們原來早就知道了。」她暫停了一下。「他們寧願閉上自己的眼睛，寧願偶爾失去一隻狗，甚至一個流浪的孩子。一直以來都是如此。事情就是那樣。歷代同住在一起的人會發展出一種外人難以理解的共同信仰或習性。然而，當我大聲說出真相時，他們終於被迫採取行動。

「那天晚上，我在大火中醒來。有五個人臉上蒙著頭巾，手中握著火把。他們把我從我的床上抓起來，拖到屋外。我父親則被他們綁在床上。然後，他們把房子點燃。那晚，出現在安庫臉上的是我父親的臉。

「我跪倒在地，並且感謝他們。然而，世界突然變成一片漆黑。我想，他們擊中了我的頭。接下來，我所知道的是，我們開著我父親的廂型車在路上顛簸。車子裡依然散發著他的菸草味。他們連夜開車載著我。到了早上的時候，我們已經抵達了一座城鎮。『你瘋了，』他們說。『把你的故事說給鵝卵石和泥土聽吧。我們這些正常人沒有時間聽你說故事。』然後，他們把我留在了那裡，在那座陌生城鎮的街道上。沒有錢，也沒有朋友。我甚至不懂那裡的語言，我只會說我家鄉的話。」

「他們為什麼要那樣做？」我想要傷害那些人。「那不公平！」

「很公平！」她微笑地說。「我注意到了。我說了出來。我打破了洛克羅南的沉默。我了解那份沉默。」

「你發生了什麼事？」我問。「你都吃什麼？你睡在哪裡？」

「我用了我所擁有的，」她說。「我的臉、我的健康、我的腦子、我的意志。我很會照顧病人，也很會縫合。所以，我並沒有過得太糟。不過，任何人都可能會去踢一隻街上的流浪狗，而我就是流浪狗，直到你父親來到那座城鎮。如果不是他的話，我可能還在那個地方。是他把我帶到了這裡。

「我感覺到安庫跟著我飄洋過海，越過陸地，來到這個遙遠的海岸。一旦他看到了你，他就不會放你走。在洛克羅南，我們都知道這種事。這個被人稱為新世界的地方已經忘了這樣的說法。當他展開雙臂、換上我的臉孔的那一天，我將會準備好了。」

她的話並沒有讓我感到難過，因為對我而言，很顯然地，媽咪永遠都不會死。我只是為自己感到害怕。我看著被翻過的泥土，在那底下躺著一個神靈，一個曾經是雪球的神靈。「我會發生什麼事？」我小聲地問。

「有朝一日，也許再過不了多久，或者等到你長大時，你會想要再那麼做。你也許會抵抗，然而，最終，你將會一次又一次地臣服於那股渴望。你遲早會想要獵捕比老鼠更大的東西。也許是狗，然後是牛，然後是人。這就是事情發展的過程。我曾經親眼目睹。不管怎麼發展，你的本性終究會出現，而你也會變得毫不在乎。這終將導致你的毀滅。總有一天，在你做得太過頭、過頭到理智無法控制時，他們就會抓到你。警察、法院、監獄。你不夠聰明，無法躲開他們。他們會發現你的本性，然後，他們會傷害你，把你關起來。我知道你撐不過的。因此，你一定要小心。你絕對、絕對不能讓他們看到你真實的面目。」

在某方面而言，聽她說了這些事讓我感到如釋重負，我一直都覺得自己哪裡有問題。我就像自己在她的烘焙紙上描出來的圖畫一樣，那是一張描壞了的圖，烘焙紙底下的漫畫書滑掉了；那些線條在紙上東倒西歪，描出來的圖變成了原圖的怪物版。

「你明白嗎？」她問。她停留在我臉頰上的手指既輕柔又冰涼。「你絕對不能告訴任何人這件事。你在學校裡的朋友、你的父親，都不行。這必須是只有你我才知道的秘密。」

我點點頭。

「不要哭，」媽咪說。「跟我來。」她用她強壯的手臂把我拉起來。

「我們要去哪裡？」

「我們哪裡也不去。我們只是走一走，」她說。「當你的情緒太強烈的時候，你一定要到樹林裡來走一走。」不知怎麼地，她的聲音裡不知不覺地出現了那種護士的語氣。「運動對心靈和身體都有好處。我建議每天運動三十分鐘。那有助於你掌控你自己。」

我們默默地沿著小徑走了一段路。媽咪的藍色洋裝在微風中飄曳在她的身後。她在樹林裡看起來就像來自神話裡的東西。

「如果他們知道你真實的模樣，他們會罵你是『瘋子』，」她說。「我痛恨那個字眼。答應我，你絕對不會罵一個女人是瘋子，西奧多。」

「我答應，」我說。「我們現在可以回家了嗎？」我想到了雪球粉紅色的爪子和眼睛。於是，淚水又湧了上來。我的心裡依然還有很多的情緒。

「還不行，」媽咪說。「我們要繼續走，直到需要哭的感覺退去為止。等那樣的時候到了，你就會讓我知道。」

「你在教堂裡看到了什麼？」我低聲地問。「媽咪，是什麼？」

「我看到它們在籠子裡，」她說。她並沒有看著我。「我父親的寵物。」

當我們走路的時候，我用兩手抓住了她的裙子。我的手因為剛才挖掘那個墳墓而弄得髒兮兮的。因而在那件藍色的薄紗洋裝上留下了指痕。「謝謝你沒有對我生氣。」我說。我是指她的洋裝、那隻老鼠、所有的事。

「生氣，」她所有所思地說。「不，我沒有生氣。長期以來，我都害怕你也有這樣的因子。現在，這件事已經確認了。我發現我反而鬆了一口氣。我不再需要把你視為我的兒子。也不需要繼續在內心裡尋找一份我無法感覺到的愛。」

我熱淚盈眶地大聲哭泣。「你不是那個意思，」我說。「求求你不要那麼說。」

「這是事實。」這回，她真的低頭看著我了。她的眼神既遙遠又嚴肅。「你是怪物。不過，你是我的責任。我會繼續做我能為你做的，因為那是我的責任，而我從來都不害怕我自己的責任。我不會允許你被別人說成是『瘋子』。尤其是在這個國家，人們喜歡動不動就用這個字眼。」

她耐心地等我哭完。當我的淚水減緩時，她給了我一張衛生紙，以及她的手。「來吧，」她說。「繼續走。」我們沒有轉身回家，直到我的雙腳發痠為止。

我用了一堆膠水和一本關於時鐘的書，試著要修復那些俄羅斯娃娃，甚至還有那個音樂盒。它們都壞到難以修復。媽咪把那個音樂盒保留了下來，不過，她把那些娃娃扔進了垃圾桶，它們就那樣永遠消失了；我再度失去了她的一部分，那是我永遠也無法取回的；也再度弄壞了一個永遠無法修復的東西。

我一直想把我的醋漬草莓三明治食譜錄下來，不過現在，我沒有這樣的心情了。

## 奧莉薇亞

終於有了光線。泰德的手落在我身上，將我從黑暗中舉起來。他的呼吸裡散發著一股濃濃的波本酒味。

「嘿，貓咪，」他的氣息吐在我的毛上。「你準備好要乖一點了嗎？我希望如此。我好想念你。過來和我一起看電視。你知道嗎，我會撫摸你，而你也會打呼嚕，這樣不是很好嗎？」

我掙開他的手，用我的爪子劃過他的臉。我抓到了他的手臂和胸口，感到棉布和肌肉被劃開，感覺到了鮮血。然後，我立刻跑到沙發底下，躲了起來。

他呼喚著我。「求求你，」他說。「出來吧，貓咪。」他取來一個盤子，倒進兩根雞爪，放在房間中央的搖椅旁邊。他發出唧唧喳喳的聲音，然後叫著我，「過來，貓咪，貓咪，貓咪……」那些雞爪真的好香，可是，我還是動也不動。我又餓又渴，然而，我的憤怒更甚於那些飢渴的感覺。

我甚至覺得我已經不認識你了，我說，雖然他聽到的肯定只是一陣嘶嘶聲。最後，他放棄了，這是典型的他。他永遠也無法對任何事情負責任。

當他走開的時候，有東西從他褲腳的翻邊掉了下來。那是一個白色的小東西，不過，我看不出來是什麼。那個東西在地上彈起，我的尾巴跟著抽搐了一下。我想要去追它。泰德並沒有注意到有東西掉了。

我聽到廚房裡傳來啤酒罐被打開的聲音，然後是他嚥下啤酒時，喉嚨發出的咕嚕聲，以及他爬樓梯時，沉重地拖曳著腳步的聲音。那個錄音機又活了過來。那個悲傷的女人開始用拉長的聲調唱著一首關於跳舞的歌。現在，他要躺到床上了，音樂正在播放，他會喝到罐子裡滴酒不剩為止。

我躲在沙發底下，雖然那一團團的灰塵讓我的鼻子發癢。我得要把這件事記錄下來。好吧，很顯然地，我得要去找從泰德褲子裡掉出來的那個東西。我無法抗拒。貓就是那麼好奇，你知道嗎？

我躡手躡腳地走向它，肚子緊貼著地板。它的氣味彷如潮水般地湧來。每當黑夜和我共處過之後，我都得把留在我手掌和下巴的氣味舔掉，這個味道就和那股氣味一樣。因此，我知道這不是什麼好事。

我把那個小東西叼在嘴裡。原來，那是一個方形的紙團，紙團被折疊了很多次，看起來就像一顆小子彈。我在想，泰德為什麼要把它放在他褲腳的折邊裡？好奇怪。

我安全地退回沙發底下，把玩似地用一隻爪子打開那張紙團。事實上，那不是紙，而是一小塊白色的樹皮，輕薄又美麗。不過，它被用來當成了紙。我看到它乳白色的表面上有一個用粉紅色簽字筆寫下的字眼。我凝結了，因為，我認得這些凌亂的字跡。我太常在廚房的白板上看到它們了。

那是蘿倫的字跡。在粉紅色簽字筆寫成的那兩個字上方，有三個形狀不一的棕色斑塊。我的鼻子告訴了我那是什麼。血跡。

我數度把那個東西推開，試著假裝它不存在。然後，我又把它抓回來，重新再讀一次，每一次都希望那兩個字變得不一樣。可是，它並沒有不一樣。它就在那裡，還是同樣的字。

救我。

## 泰德

我就著波本酒瓶在喝酒，沒有時間倒在杯子裡，也沒有時間加冰塊。酒液順著我的臉頰流下，酒精的味道刺痛了我的眼睛。災難、災難、災難。我得要阻止一切。我被監視了。甚至被侵犯了。如果不是媽咪把我訓練得這麼好，我有可能沒有發現。我在早上拿著日記本進行例行檢查時並沒有發現，這證明了媽咪是對的。一切似乎都很正常。窗戶很牢固，夾板也都緊緊地釘在窗戶上，每個貓眼都很清楚。我的心情因此很好。

我在傍晚的例行檢查中太過匆忙。我買了一些甜甜圈和一瓶新的波本酒。六點的時候，電視上有一輛巨大的怪物卡車開過。我很期待一天的結束，因而沒有那麼用心檢查。誰能怪我？總之，當我正要走回後門時，我的眼角瞄到了一個東西。

如果不是太陽剛好在那一刻從雲層裡以那個角度露出來的話，我也許不會注意到任何事。然而，太陽就是那樣出現了，所以，我看到了。就在那裡，有什麼東西在閃爍。那是一個小光點，就在覆蓋著客廳窗戶的那塊飽經日曬雨淋的夾板上。

我走入緊貼著屋子的那片雜草和荊棘叢。我緊抓著日記，試著要保護它。這個星球上有什麼東西不想在我的皮膚上留下刮痕嗎？不過，要在荊棘叢裡前進並沒有我想像的那麼困難。有些荊棘被折斷了，悲傷地懸吊在那裡，彷彿有什麼東西最近才剛從它們中間穿過一樣。地上的荊棘也有一部分斷掉了，看起來就像曾經被踩踏在腳下一樣。一絲不安在我心裡攪動，宛如鍋子裡的湯匙一樣。

當我走到窗邊時，我扯了一下夾板，不過，夾板很牢固，依然牢牢地被釘住。我往後退開看著夾板。不太對勁，可是，是哪裡不對勁？就在那個時候，太陽再度露了臉。陽光照在釘子上面。釘子發亮得有如剛從店裡買來的一樣。

於是，我知道有人來過這裡。他們穿過荊棘、毒橡樹和多刺的灌木叢，爬到房子旁邊。他們小心翼翼地把釘子從窗框上拔出來，掀起夾板。我必須假設，在那之後，他們抬起窗框，爬進了屋裡。最後，他們又爬出來，將夾板釘回原處，然後離開。他們很成功。我可能永遠都不會知道。然而，他們沒有想到要用回原本的舊釘子。相反地，他們把那些發亮的釘子釘在原本的位置上。我看不出來這是什麼時候發生的事。這些想法讓我的脖子彷彿被人重複痛毆了一樣。我無法呼吸。

他們現在正在監視我嗎？我環顧四周，不過，除了一台割草機在某處嗡嗡作響之外，四周一片寂靜。

我從荊棘叢裡走出來，朝著後門而去。我感到有一道看不見的目光正重重地壓在我身上。我沒有跑——雖然我很想——我身上的每一塊肌肉都想要跑，連我的皮膚都因為逃跑的衝動而發癢。一到了室內，我立刻輕輕地把門在身後關上，然後上鎖。咚、咚、咚。然而，這個聲音再也不等於安全了。我走到客廳的窗邊。我的手指找到了窗框頂上的門閂。門閂在我的手中摸起來很鬆動。當我轉動的時候，立刻就有一撮鐵鏽從上面掉了下來。在我住在這棟房子的那麼多年裡，那個金屬扣不知何時已經鏽透了。我無法得知它是何時變成這樣的，不過，就算現在知道了，又有什麼幫助？

我當然從來都沒有打開過那些窗戶。我忘了窗戶其實是可以被打開的。那是一個錯誤。一道屏息聲響起，我發現那是我自己發出來的。我在客廳裡踱步，胡亂地踢著那條起毛球的藍色地毯。我一直都很害怕會有這樣的一天。在老鼠事件過後，媽咪曾經在森林裡告訴過我，這一天終將會來臨。她就是在那天了解到我真實的本性。他們會來抓你，泰迪。我曾經很努力地希望她是錯的。

他們看到了什麼，那些入侵者？他們在監視我嗎？在我準備我的雞肉葡萄沙拉時，還是在我看電視的時候，或者在睡覺的時候？不過，唯一一個真正的問題是，他們看到了蘿倫和奧莉薇亞嗎？他們不可能看到。如果他們看到的話，我應該已經知道了。因為那會導致某些後果。

媽咪會說，從可變因素去思考。我的鄰居、警察——他們很多年都沒有來打擾過我了。那麼，是什麼改變了？

那個鄰居女士。她是新來的。她就是變數。她不想當我的朋友。她在酒吧放了我鴿子。我一邊瞪著她的房子，一邊在思考。

我原本打算對蘿倫解除禁足令，讓她這個週末回家來——不過，那顯然不行了。而且，暫時也不可能有約會了。那不安全。

「蘿倫不能出來玩。」我隨著音樂唱起歌來。然後，我發現那似乎有點過分，因此又停了下來。我一直以來都太愚蠢了，但是，從現在開始，我會小心。

一次處理一件事，我在心裡這麼想。首先是蘿倫，然後，我會弄清楚那個入侵者的事。也許是那個鄰居女士，也許不是。

我想，我聽到吉娃娃在街上叫的聲音，因此，我將眼睛湊近貓眼往外看。也許她回來了！那我就少了一件需要擔心的事。狗吠聲再度響起——那聲音比吉娃娃更深沉、更響亮。那個髮色有如柳橙汁的男人出現了，他正朝著樹林在遛狗。他看著我的屋子，在那一瞬間，我們的眼神好像相遇了，他彷彿看到了我。不過，他看不到我的，我告訴自己，他不可能透過貓眼看到我。他不住在我們這條街上，那他為什麼總是到這裡來？他是謀殺鳥兒的人嗎？還是那個入侵者？或者兩者都是？我坐下來，背靠著牆壁，心臟快速地在跳動。我的神經正在歌唱，彷彿被擊中的金屬一樣，我覺得好焦慮。

波本酒，讓我冷靜下來吧。我站在院子裡喝酒，看著那個鄰居女士的屋子。就讓她看到我吧。

# 迪

搬到無用街之後，她一直都沒有做過這個夢。今晚，她一入睡立刻就做了這個夢，彷彿是在回應某個期待已久的提示。

迪在湖畔踽踽而行。傾斜的樹映照在湖面上，勾勒出深色發亮的倒影。蜻蛉吻過水面，讓湖水起了一陣陣閃爍的漣漪。頭頂上的天空散發著一股空虛的悲傷感。她腳底下尖銳的沙子宛如上百萬片的玻璃碎碴。她的腳在流血，但她並沒有感到疼痛。或者，她的心已經太疼，以至於她沒有留意到腳底被割傷了。她繼續往前走。迪願意做任何事，只求讓自己可以停下腳步、轉身、醒來。然而，她得要走到那些樹林、鳥兒和鳥巢那裡，沒辦法，就是得這樣。她必須要看到。

林木線越來越近，周遭的一切讓空氣產生了震動。她看到鳥兒了，小巧又漂亮，彷彿樹林間彩色的飛鏢。牠們並沒有在鳴叫。只是沉默地有如池塘裡的魚一樣。湖泊在她身後消失了，此刻，她來到了樹底下的陰影處。松樹的針葉散落在森林地面上。松葉在腳底下是那麼地柔軟，就像剛挖掘過的墓土一般。鳥兒在她的頭頂上無聲地飛過。迪走進天幕底下的那片空地，它就在那裡，那株白色的樹。那是一棵白樺木，纖細又迷人。一個錯綜複雜的鳥巢就搭建在兩根樹幹的交會處。一隻有著金色眼睛和同色鳥喙的赤紅色小鳥停在了鳥巢上。她小心翼翼地編織著被她帶進鳥巢裡的一撮乾草，她將會把蛋下在柔軟的鳥巢裡。

迪開始呻吟。她企圖要讓自己醒來，因為接下來是最糟糕的部分。但是，她醒不過來。她被那棵樹、那個鳥巢和那隻鳥所吸引，她朝著他們越走越近，即使她並不想這麼做。她用夢中的手掩蓋住自己夢中的嘴。即便在夢裡，一個人的胃似乎也可以感覺到難以承受的噁心。

她試著要轉身逃跑，然而，無論她轉到哪裡，到處都有赤紅色的鳥兒在那些白樺樹之間揮動著翅膀，用牠們的鳥喙叼著不是草的草束，用她死去妹妹的頭髮鋪排在牠們的鳥巢裡。

迪醒了過來，因為有一個柔軟的東西正在輕拍著她的臉頰、額頭和鼻子。當她睜開眼睛時，觸目所及的是一團黃褐色的毛和一對黃色的眼睛。那隻虎斑貓靠得很近；牠的鼻子幾乎就要貼到迪的鼻子了。那隻貓再次用牠天鵝絨般的拳頭拍著迪的鼻子，確保迪真的已經不再尖叫了。

「抱歉，貓咪，」她說。「你在這裡做什麼？」

那隻貓往後坐在自己的臀腿上，定定地看著迪。她既單薄又邋遢，耳朵因為打架而撕裂。她有一雙淡黃褐色的眼睛。迪覺得她算不上是一隻漂亮的貓，不過，她絕對是一個倖存者。

那隻虎斑側著頭，發出一陣帶著疑問的呼嚕聲。

「真的嗎？」迪不敢相信地問。但那隻貓只是繼續定定地打量著她，每個人都知道貓的那種表情意味著什麼。

迪在廚房的一只櫃子裡找到一個鮪魚罐頭。她把罐頭倒進盤子裡。那隻貓優雅地吃著鮪魚，一邊揮動著她的尾巴。

「你有名字嗎？」迪問。那隻貓不理不睬，只是用她粉紅色的小舌頭舔了舔自己的嘴唇，然後蹓躂到客廳裡。迪先把那只盤子拿去沖水，然後才跟著到客廳裡去。雖然只是短短的幾秒鐘，然而，等她來到客廳的時候，那隻貓已經不見蹤影。她走了。

迪知道她妹妹並沒有以一隻流浪貓的模樣回來找她。當然不會。如果會的話就太瘋狂了。不過，她無法不覺得是那隻貓將她拉出了夢境。那隻貓在幫她。

迪走到她位於窗邊的老位子。外面的世界蒙上了一層黯淡而神秘的光線。她不確定現在是黎明還是黃昏。她已經有好一陣子沒有按時睡覺了。她倒吸了一口氣，她的心因為震驚而慌亂了起來。

泰德正站在他的前院。波本酒從他的鬍子上滴下來。他緩緩地舉起一隻手，一隻中指。他的眼睛似乎穿透了陰影。迪不安地蠕動，彷彿他的目光已經碰到了她。

她知道他不可能看穿玻璃，看到陰暗的屋內。不過，她覺得恐懼的羽毛就像那些紅色鳥兒的翅膀。隨著恐懼而來的是一股挑戰的衝動。我這就來找你了，她無聲地對泰德說。你也感覺到了。

她的手機突然響起，讓她在尖叫中跳了起來。她很驚訝她的手機竟然有電，而且還開著。她上一次用這支手機已經是很久以前的事了。迪看了一下來電顯示，隨即做了一個鬼臉，接聽了電話。

「嗨。」她說。

「迪莉拉。」凱倫聽起來比平時還要累。「你好嗎？」

「噢，你知道的。」迪說。她沒有多說什麼。她讓凱倫自己去猜。

「你最近都在哪裡？」

「我不停地在搬家，」迪說。「如果我待在一個地方不動的話，我就會開始亂想。」淚水在她回答的時候湧上眼眶。她不是刻意要哭的。她生氣地抹了抹刺痛的眼睛。實話就像水銀一樣滑溜。它總是能找到方法從你的嘴裡溜出來。振作起來，迪迪。搞定它。「我現在人在科羅拉多。」科羅拉多離這裡夠遠，是很安全的距離。

「如果你有什麼需要，就讓我知道。」

很多話堆積在她的喉嚨，讓她感到刺痛，然而，迪硬是把它們吞了回去。迪只需要凱倫給她一樣東西，但凱倫一次又一次地失敗了。那就是露露。

「你好嗎？」她沒有提出任何要求，只是淡淡地問。

「華盛頓這裡有一波熱浪，」凱倫說。「已經好幾年沒有這麼熱了。」自從露露失蹤的那年開始就沒有了，不過，她們兩人誰也沒有說出來。「總之，我知道每年的這個時候對你來說都很難熬。所以，我想我應該聯繫你。」

「聯繫還是調查。」迪說。她知道凱倫此刻想起了奧勒岡的那個人。

「什麼？」

「沒什麼。謝謝你，凱倫。」

「我一直都掛念著你。我發誓，前幾天我還在鎮上一家雜貨店看到你。人的腦子是會惡作劇的，嗯？」

「是啊，」迪說。她的心在劇烈跳動。「那裡的世界容不下我，凱倫。我不會回去的。」

「我懂。」凱倫嘆了一口氣。「答應我，你會打電話給我，迪，如果你需要幫助的話。」

「我會的。」

「好好照顧自己。」電話掛斷了。

迪一邊發抖，一邊覺得自己真是倒霉。凱倫有可能追蹤她的手機嗎？也許，不過，凱倫為什麼要那麼做？迪並沒有做錯什麼。

她得要更加謹慎。如果凱倫知道她在這裡的話，一切就搞砸了。她不能在白天的時候出門到鎮上去了。她得要搭公車進城去買日常所需。她小聲地暗自發誓。當迪再度望向窗外時，泰德已經不見了。

## 泰德

入侵者就是那個謀殺者嗎？我想了又想，但是卻怎麼都想不通。自從那次商場事件以後，我已經沒有這麼害怕過了。那是我最後一次差點被人發現——被人看出真正的我。

蘿倫哭著給我看她襪子上的破洞。她已經長大到她所有的衣服都穿不下了，而她又討厭我幫她選的衣服。哪一個為人父親的可以拒絕自己的女兒買衣服？因此，即便我知道那是個錯誤，我還是答應了。

我選了一個靠近市郊、比較老舊的商場，我們在一個星期一的下午過去，希望那個時間商場不會有太多人。蘿倫在我們出發之前非常興奮，以至於我覺得她就要尿失禁了。她想要把所有粉紅色的東西都戴在她的頭髮上，不過，我覺得應該要有點限度。

「我只是不能被人看到我和你在一起。」我用一種花俏的女性聲音說道，結果逗得她咯咯發笑，這顯示出她的心情很好，因為她對我的笑話從來都沒反應。我戴著棒球帽、太陽眼鏡，穿著中性顏色的普通衣服。我知道這趟購物之行是個冒險，我們應該盡可能地不要引人注意，對此我也感到憂心忡忡。

在開車前往商場的路上，蘿倫表現得很好，她只是看著窗外，偶爾自顧自地在唱歌，她唱的是那首關於蝨子的歌。她沒有做出什麼她以前曾經嘗試過的愚蠢行為，例如企圖要抓方向盤，讓我們開進水溝或者撞牆之類的。我允許自己期待這次的購物之行會很順利。

當我們到達商場時，一開始，我們甚至看不到商場在哪裡，因為停車場實在太大了，而我們選了一個很遠的停車位。蘿倫沒有什麼耐心，她不想再回到車上，因此，我們就用走的。那一定有半哩之遠，而且時間已經接近中午了。我們越走越近，那個宛如巨大方盒子的建築物也越來越大。建築物上面寫著幾個花俏的字，那些字大到彷彿巨人的簽名。蘿倫拉著我往前走。

「快點，」她說。「動作快點，老爸。」

等我們走到門口的時候，我已經汗如雨下了。建築物裡冰涼的空氣和大理石地板讓人感到寬慰。我選了一個好地方；這裡幾乎沒有其他人。只有一些帶著小孩、怒氣沖沖的女人。還有看起來愁眉苦臉、彷彿沒事可做的男人。

我站在一面印有地圖的巨大塑膠板前面，試著要弄清商場的平面圖。不過，我實在太焦慮了，因此，平面圖在我眼中全都化成了線條和顏色（那是在我認識蟲蟲先生和吃藥之前的事）。蘿倫什麼忙也幫不上，她只是到處跑，東看西看地想要一次把所有的東西都看盡。

我走向一名身穿棕色制服、胸前別著一只名牌的女子，然後開口問她。

「不好意思，當代休閒專賣店在哪裡？」

那名女子搖搖頭。「那間店已經關門了，」她說。「我記得幾年前就關門了。你為什麼要找那間店？」

「我女兒，她十三歲，」我說。「她想要買些衣服。」

「她說要去當代休閒專賣店買衣服？她是剛從多年的昏迷中醒過來嗎？」

那個女人實在太沒禮貌了，因此，我轉身就走。「這裡沒有那間店。」我告訴蘿倫。

「沒關係，」她說。「這裡不是很棒嗎，老爸？」她的聲音很大，我看到一名滿臉倦容的母親朝著我們看過來。

「如果我們要買衣服的話，你就得聰明點，」我告訴她。「你不要開口。待在我身邊，不要發脾氣，按照我說的做。同意嗎？」

她微笑著點點頭，什麼也沒說。蘿倫雖然有她的缺點，不過，她並不笨。

我們沿著店面走，看著各種各樣的東西。這裡可以看的東西太多，我們可以花上一整天的時間在這裡。鋼琴的旋律從白色的柱子裡流瀉而出，迴盪在大理石的地面上。還有一個正在噴水的噴泉。我可以看得出蘿倫很喜歡這裡，說實話，我自己也很喜歡。像這樣走在一起，公然地在外面逛街，就像尋常的父女一樣，這種感覺真的很棒。我在美食廣場幫我們買了橙色朱利葉斯❷。燒焦的糖和醬油的味道在空氣裡對抗，不過，沒有半個人坐在用餐的位子上。

我們走進一間空蕩又充滿回音的百貨公司，我挑了一些襪子和背心。我自己的全都是無聊的

---

❷ 橙色朱利葉斯（Orange Julius）是一家美國飲料連鎖店，以泡沫果汁飲料而聞名。

白色，至於蘿倫，我幫她選了粉紅和黃色。背心上還有獨角獸的圖案。

為了讓她開心，我開始幫那些站在櫃檯後面、一臉無聊的店員編造一些名字和故事。那個暴牙的女孩叫做梅寶．沃辛頓，為了幫她弟弟實現他的夢想，讓他成為一名冰上舞者，她總是在加班。那個臉上有兩顆大痣的男生叫做蒙迪．邁爾斯，他剛從他位於加拿大的那個冰釣小村落直接搬到了這裡。

「那兩個金髮女孩是姊妹，」我說。「她們住在不同的寄養家庭，最近才又找回了彼此。」

「我不喜歡這個故事，」蘿倫小聲地說，她有些不高興。「太不厚道了，老爸。換一個說法。」

「你今天真是隻挑剔的貓咪，不是嗎？」在我努力想要幫那兩個金髮女孩編出更好的故事時，蘿倫用力拉了拉我的手。我轉過頭，只見附近一個架子上吊著一件緊身褲。那是一件亮藍色的緊身褲，上面還有亮晶晶的金色閃電。蘿倫屏氣地看著它們。

「我想你可以試穿看看，」我說。「不過，我得和你一起進去更衣室。」

架上所有的緊身褲都太小了。我無助地四下張望。那兩個女售貨員向我們走來。近看之下，她們其實長得並不太像。只不過同樣都有一頭金髮而已。

個子較高的那個女孩說：「需要我幫忙嗎？」

「你們所有的緊身褲都在這裡了？」我問。

「我想是的。」她說。

「你確定嗎？」我可以看得出來蘿倫有多喜歡這些緊身褲，如果她無法擁有它們的話，她會多麼地失望。「你們後面還有更多嗎？」我對她露出我最棒的笑容，然後告訴她蘿倫需要的尺寸。那個矮個子的女孩詭異地笑了一下。

「有什麼好笑的嗎？」我問。在那個當下，我希望那個露出詭異笑容的女孩是真的在寄養家庭長大，而且被迫和她的家人分開。所幸，蘿倫的注意力已經轉回到那些緊身褲上面，所以，她並沒有看到那個女孩的反應。

那個較高的女孩沒有理會她的朋友，然後以專業的語氣說道：「我可以去查看看。」我注意到她左邊的眼皮抽搐了一下，有點類似妥瑞症的眨眼。也許，患有這樣的病症讓她成為了一個比較好的人。過了一會兒之後，她回來了，她的前臂上掛著好幾件緊身褲，彷彿一名帶著白色餐巾的時尚服務生。「這些也許穿得下。」她說。

更衣室很長、很安靜，垂掛著白色的布簾。

「走開，老爸。」當我們進到一個隔間裡時，蘿倫說道。

「你知道我不能走開，貓咪。」

「至少——不要看。拜託你。」因此，我闔上了眼睛。只聽到一陣沙沙作響的聲音，隨即是一片安靜。然後，她難過地說：「全都不合身。」

「我很遺憾，貓咪。」我說。我是真的感到遺憾。「我們會幫你找到別的。」

「不要，」她說。「我累了。我們回家吧。」

我們把緊身褲留在那裡，它們傷心地堆在地上，彷彿一片藍色的天空和閃電。我們跟著綠色的出口標示走過空無一人的貨架通道：皮製品、女用內衣，最後在彷彿走了好幾哩之後，來到了傢俱區。

當我們走到百貨公司出口時，我聽到了跑步的聲音。有人在叫著：「不要走！」我轉過身，那個高個的金髮女孩正在穿過展示的客廳區，向我們跑來。

「抱歉，」她說。「這是什麼玩笑嗎？」她的聲音在顫抖。她的眼皮也抖動得很厲害。

「怎麼了嗎？」我問她。

她拿出一塊藍色和金色的布料。「這個。」說著，她把緊身褲的內面翻出來。我看到緊身褲內面縫著白色伸縮布的襯裡。蘿倫把那片襯裡當成了一張白紙。她用她最喜歡的粉紅色簽字筆在上面寫著：

救救我。泰德是一個綁架犯。他叫我蘿倫，但那不是我的名字。然後，她在那些字的下面畫了一份通往我們家的地圖。地圖畫得很好。她一定是在我們開車前來的路上一直都在小心地觀察。

「這些鬼東西一點都不好玩，」那名女子說。「你認為失蹤的小孩可以拿來開玩笑嗎？」

我可以感覺到她的叫罵讓蘿倫開始感到沮喪，因此我說：「我很抱歉。我不知道為什麼會發生這種事。很顯然地，我會付錢。」我把一張二十元和一張十元鈔票放在那個金髮店員的手上，那遠比那些緊身褲的價格要多很多，然後從她手裡把緊身褲拿走。她對我們搖搖頭，嘴唇嚴肅地抿成了一條線。

我們穿越沒有人的停車場，往回走向我們的車。太陽高掛在天空裡，熱氣也在柏油路上閃爍。當我們走到車邊時，我說：「進去，把你的安全帶繫上。」蘿倫不發一語地遵照了我的指示。

我打開冷氣。冰涼的空氣開始拭乾我眉毛上的汗水，我讓冷空氣撫慰著我。當我終於相信自己可以好好說話時，我說：「這件事，你一定計畫很久了。把簽字筆給我。」

「我把它落在那家店裡了。」蘿倫說。

「不，」我回應道。「你沒有。」

她從她的襪子裡抽出那支簽字筆，遞給了我。然後，她開始默默地哭泣。那讓我很傷心，就像一根叉子插進了我的心臟。「你得要明白，你的行為是會引發後果的。」我說。

蘿倫的背因為嚴重的啜泣而起伏。淚水源源不斷地沿著她的臉頰流下來。「求求你，」她說。「不要把我送走。」

我深深吸了一口氣，然後說道：「六個月。接下來的六個月，你都不能回家。」

蘿倫發出一陣呻吟。那讓眼淚也從我自己的眼睛裡噴出。

「這是為了你好，」我告訴她。「這對我的傷害和它對你的傷害一樣大。我一直試著要好好教養你。但是，我失敗了。我現在明白了。損毀財物、徹頭徹尾地說謊。你必須要了解到，你不能要那種花招。萬一那個女人信以為真了呢？」

接下來的分離是如此地痛苦，以至於我試著要將這段日子從我的腦子裡拭去。我們誰也不再提起這件事。在那幾個月裡，清晨出現在我院子裡的鳥兒變成了我更大的安慰。我需要有別的目標讓我去愛。

在那段黑暗的時光結束之後，蘿倫回來了，我也做了適度的預防措施。我總是把門鎖上三道鎖，並且把我的筆記型電腦鎖起來。在把簽字筆收起來之前，我一定會先數過一遍。這並不容易，但我確保了她的安全。

在那之後，蘿倫似乎改變了。她雖然還是很吵，不過，那種吵鬧卻很空虛，像是更年幼的小孩一樣。我想。我女兒學到了她的教訓。

今天傍晚，我覺得很沮喪，因此，我做了薄荷熱巧克力。

泰德·班納曼的薄荷熱巧克力食譜。將牛奶加溫。把巧克力剁碎，放入溫牛奶中，讓它們融化。加入薄荷甜酒，你喜歡加多少就加多少。你也可以添加波本酒。現在是晚上，你哪裡也不會去！以上所有的材料應該會混合成滑順的黏稠物。如果你喜歡的話，你也可以加入剁碎的新鮮薄荷。將液體倒入一只帶有手把的大玻璃杯。如果你沒有這樣的杯子，馬克杯也行。（我就沒有這種杯子。）然後，在表面上添加打發的鮮奶油和巧克力豆，或者搗碎的餅乾。你需要湯匙才能吃這個成品。

我喜歡慢慢地製作，一邊攪拌巧克力，一邊思考，那就是我現在正在做的事，然後，我把另一隻手插進了口袋。我經常這麼做，我是指思考，我的手指在口袋裡摸到了一張紙。我把它拿出來，皺了皺眉。謀殺者。這是那些鳥兒被殺之後，我所做的嫌疑犯清單。當時，我把它放在蘿倫的粉筆下面，鎖進了櫥櫃。它怎麼會跑到我的口袋裡？清單上多了一個名字，在蘿倫下面。我不認得那個筆跡。

媽咪。

這是一個很殘忍、又很嚇人的玩笑。如果有誰不可能殺害那些小鳥的話，那就是媽咪了。而她已經不在了。

我撕掉那張清單，把它扔進垃圾桶。現在，就連薄荷熱巧克力都起不了作用了。

## 蘿倫

請前來逮捕泰德，他涉嫌謀殺和其他罪行。因為他的關係，我做了一點社會研究的功課，所以我知道這個州有死刑，等我完成錄音的時候，我會試著把這捲錄音帶從門上的信箱投遞口扔出去。希望有人會發現它。

泰德到樹林裡去的時候向來都會帶著刀子。也許，我會對他動手，也許，他會對我動手。不過，一切都將在樹林裡畫上句點，那裡是他埋藏其他東西的地方。我們會像一根小蠟燭般地熄滅，除了平靜的黑暗之外，什麼也沒有留下。我還滿期待那天的來臨。我是痛苦的組成，是為了死亡而存在，我就是痛苦的化身。除了死亡，我的存在並沒有其他的目的。

他以為當我在那裡的時候，我聽不到他。但是，我可以。或者，當他把門關上的時候，他就忘記了我的存在。他是一個笨蛋，就連他的那些食譜也一樣的蠢。他並沒有發明那個醋漬草莓三明治。即便我都可以從烹飪網站上得知這個東西。我聽到他在和那隻貓說要製作一個——什麼？——情緒日記。真是愚蠢。不過，那也是我想出這個點子的原因，所以，我猜我很幸運。我不是人們口中的學霸，不過，我懂得做計畫。

我在走廊上的櫥子裡找到了那個錄音機。那是他唯一不上鎖的櫥子。我猜，那是因為裡面空空如也，只有成堆的舊報紙。不過，我發現了那個機器，錄音帶也還在裡面，於是我想，我的機會來了。

此刻，我坐在黑暗之中，因此，如果他來的話，我可以把所有的東西都放回到我發現的地方。那捲錄音帶很舊了，上面還貼有一張黃色和黑色的標籤。標籤上有她手寫的字跡。說明。我沒有聽那捲錄音帶；我知道那裡面是什麼。我的肚子感覺到一陣灼熱。我很高興用自己的錄音蓋過她的。雖然，我也很害怕。

我很好奇，當一個普通人是什麼感覺——不會時時刻刻都處在害怕之中的普通人。也許，每個人時刻都害——喔，天哪，他來了——

# 奧莉薇亞

我一直試著要把我的想法錄下來，但是，那個刺耳的聲音實在太大了。它已經變成了一陣尖叫聲。我的頭感覺就要裂開了。我做不到，我就是做不到。

吱……，金屬和金屬摩擦的聲音正在折磨著我可憐的腦袋、我柔軟的耳朵、我細緻的骨頭……那就像有一支音錘在我的腦子裡一樣。因此，當那個聲音開始說話時，起初，我並沒有聽到，因為它被那陣刺耳的聲音蓋住了。

「奧莉薇亞，」那個聲音說。「奧莉薇亞。」蝴蝶振翅的聲音都比它大。吱……。

哈囉？我從沙發底下探出來。你在哪裡？我問。我想，這根本沒用，就如同我和電視說話一樣，因為絕對有一個人類正在叫我的名字，而他們根本聽不懂我的話。

「奧莉薇亞，在這裡面。」

我的心跳發出了巨響。我就要發現什麼了。如果我發現的話，我就再也不能裝作不知道了。有一部分的我想要回到沙發底下，忘了眼前的事。但是我不能。那樣做是不對的。

我認得那個聲音，也聽得出它來自哪裡。我從來都沒有這麼希望自己錯了。

我走向我位於廚房的那個箱子。當然，那不是一個真的箱子，只不過我把它稱之為箱子。那是一個老舊的箱式冷凍櫃。我喜歡睡在裡面——漆黑又安靜。不過，有時候，泰德會把東西堆在它上面。很重的東西。就像現在這樣。

我把耳朵湊近。那個高八度的刺耳聲就像一個女人在唱歌劇一樣。不過，我還是可以聽得到她的聲音。

「哈囉？」她說，聲音裡含著淚，彷彿在低語一樣。「奧莉薇亞？」她說得有氣無力，聽起來很虛弱、很傷心，但是，我絕對沒有聽錯。我想像著她的模樣，蜷縮在黑暗之中，就在那裡面。我可以聽到她潮濕的呼氣聲。

「他因為我做了一頓糟糕的晚餐而發脾氣，」蘿倫的聲音從通氣孔裡詭異地傳出來。「他很生氣。我記得他唯一一次這麼生氣的時候，是我們去商場的那一次……」她正在無意識地喘著氣，那是人們在哭得筋疲力盡之後不由自主的反應。

我的腦子沒辦法好好運作，它跑得飛快，就像牆壁裡的老鼠。我的毛也像鵝毛筆一樣地豎立了起來。

*冷靜，奧莉薇亞，我告訴自己。不知怎麼地，她把自己給鎖在了那個冰櫃裡。莽撞的小孩……*

「我沒有把自己鎖起來。」蘿倫說。

我微微地跳了起來。*你可以聽得到我？*我問。*你懂得貓語？喔，我的上帝啊！*

「聽著。泰德把我關……」

這真是個愚蠢的意外，我如釋重負地說。我敢打賭，當他發現的時候，他一定會覺得很難……好了。別緊張。我會去叫醒泰德，這樣，他就可以放你出來。

「不，拜託你不要叫醒他。」她的聲音就像在尖叫一樣，如果尖叫同時也可以是低語的話。太可怕了。我曾經發現沾了血跡的小人字拖以及用潦草字跡寫下的救我。我感覺到一股涼意從我的尾巴竄向我的脊椎。蘿倫發出一連串的喘氣聲，彷彿她正試著要振作起來。

你不能永遠都待在那裡面，蘿倫，我很務實地說。那是我的地方。事實上，你這樣有點自私。總之，你媽媽或學校會來找你……你有去上學嗎？抱歉，我忘了。

「不，奧莉薇亞，」她小聲地說。「拜託你想一想。」我看著那個冷凍櫃，打量著它的尺寸。然後再看看泰德為我在蓋子上鑽的那些氣孔。那些氣孔是為我鑽的嗎？我感覺答案正在緩緩地穿透那扇厚重的金屬門和密封的橡膠圈。這個認知開始在我的器官、血肉和骨頭裡糾結。

你哪裡都沒有去，當你離開的時候，我說，其實，你就在這裡。

「當你不能進來的時候，就意味著我在這裡，」她說。「我猜，我們是輪流待在這裡面的。」

我在想：當泰德和我忙著我們自己的事情時，蘿倫就靜靜地躺在黑暗裡傾聽著。我已經超過一個月沒見到你了，我說。

「這次我待了很久。」她的聲音沒有任何情緒。「我很壞。我企圖要用壞掉的食物讓我們中毒。有時候，置身在這裡，在黑暗裡——很難分辨出自己是死是活。我很納悶。時間就那樣流逝了。然後，我透過牆壁聽到了你，所以，我就在想，不，我還沒死……」

噢，我說。噢，噢。

「我一直試著要和你說話，」她說。「當他綁在我嘴巴上的衣服沒有綁得太緊時，當他睡著而音樂又沒有太大聲的時候，我就得趕緊找機會。我寫了紙條。我把它們塞進他的口袋裡、他的褲子裡，任何我可以搆到的地方……你沒有發現那些紙條，但是，我猜他也沒有，所以那還算不錯。還好他向來都喝得很醉。」

我徒勞無功地揮舞著手腳，然後開始轉圈圈。對不起，我真的、真的很抱歉……

她嘆了一口氣，我聽到她呼吸裡的那股哽咽。「你總是感到抱歉，」她聽起來比較像是原本的她自己了。「總是企圖要讓他好過一些。」

噢，他怎麼可以這樣？我說。把他自己的女兒像這樣關起來……

她發出疲憊的笑聲。「長大吧，奧莉薇亞。我不是他女兒。」

可是，你叫他老爸。

「當我聽話的時候，他叫我貓咪——那表示我是一隻貓嗎？」

我覺得不寒而慄，連尾巴都繃緊了。他叫我貓咪，我說。

「我知道，」她說。「這些年來有過很多的貓咪。」

我回想起泰德發現我的那個晚上，一隻在樹林裡的小貓，就在那個晚上，那道光束把我們羈絆在了一起。他的小腿覆蓋著新沾上的爛泥。車子的後座有一股難以描述的味道，彷彿座椅上的東西剛被清空一樣。他用一條柔軟的藍色兒童毛毯把我包起來。毛毯上還有黃色的蝴蝶圖案。我想，也許我早就應該要懷疑，他帶著一條兒童毛毯、小腿沾滿泥濘地出現在夜晚的樹林裡，他在做什麼。

我問：你在這裡多久了？

「我不知道，」她說。「從我很小的時候起，我就在這裡了。」

這麼長的一段時間，我說。那就好似看著一面鏡子，卻發現它其實是一扇門。我真想給泰德一些顏色瞧瞧，我真的想這麼做。噢，上帝啊，我小聲地說，真是太可怕了。

「你不知道什麼才叫可怕，」蘿倫說。她的聲音介於一種低語和尖叫之間。她深深地吸了一口氣。「我只說這麼一次，」她說。「然後永遠不會再提起。」

「很久很久以前，我和我的家人住在一起。我已經記不太清楚了。那是很久以前的事，當時我還很小。我記不太清楚他把我抓來的那天發生了什麼事，除了那天天氣熱到足以在人行道上煎蛋之外。我想，我媽曾經用過這種說法，不過，我也不確定。蘿倫不是我真正的名字。我不記得我的真名了。

「我還記得他把我帶到這裡的那天。我喜歡這棟房子，它佈滿了灰塵，又很骯髒，而媽媽從來都不讓我在骯髒的地方玩耍。我喜歡夾板上的那些貓眼；我覺得它們就像是船上的舷窗。我對他這麼說，而他也說我很聰明。他告訴我，他叫做泰德。他會在我父母離開的時候照顧我。我不覺得有什麼不對勁。我怎麼會覺得呢？這種事以前也發生過，我被丟給別人、鄰居之類的其他人照顧。我的父母常常去參加派對。我母親總是在傍晚出門前先到我的房間親吻我，對我說晚安。我記得她的味道。天竺葵。我曾經把它們叫做『天豬葵』。天哪，我小時候真的很笨。我想，那就是我為什麼淪落在此的原因。我在說什麼？」

你正在告訴我關於那天的事，泰德——抓了——你的那天，我說。每個字感覺上都像是我舌頭上的一顆小石礫。

「噢，對，」蘿倫說。「那天，我好熱，我的泳衣或者內衣或什麼的讓我發癢。我向泰德抱怨，說我快要被煮沸了。也許，我的話讓他產生了這個想法。他告訴我，廚房的冰櫃裡有冰淇淋，我可以去拿來吃。廚房裡頭一團亂，水槽裡堆滿沒洗的盤子，流理台上也堆滿外帶的食物。我喜歡這樣，他似乎不是一個普通的大人。

「那個大冷凍櫃就在角落裡，上面還有一把掛鎖。我在車庫和地下室裡看過很多這樣的東西。不過，從來沒有在廚房裡看到過。那把掛鎖並沒有被鎖上，因此，我兀自掀開蓋子。滿心期待會有一股冰凍的空氣拂上我的臉，但卻什麼也沒有。然後，我看到那個冷凍櫃的插頭並沒有插在牆上。我感覺到我的手臂底下有一雙手，接著，我就飛了起來，隨即落到那個冷凍櫃裡柔軟的毯子上。我也有自己的毛毯。（他讓我保有那條有著藍色蝴蝶的黃色毛毯。那條毯子很柔軟，不過現在已經被磨舊了。）雖然冷凍櫃裡聞起來有一股陳年的雞騷味，不過，我依然不害怕。但是，冷凍櫃的蓋子被蓋上了，我獨自被留在了裡面。黑暗中有一些星星，宛如天空中被刺穿的傷口。那就是他在蓋子上鑽的那些透氣孔。我大聲叫喊著，要他讓我出去。

「『你現在安全了，』他說。『這完全是為了你好。』

「我記得他的名字，我也知道名字對大人來說很重要，所以我試著說：『拜託你讓我出去，泰德。』不過，那時候，我還沒有辦法好好地發出『德』的音。所以，我就把他的名字說成了『泰伯』。當他沒有讓我出去的時候，我覺得那就是原因——因為我把他的名字唸錯了，所以他很生氣。我花了不少時間才弄清楚，不管我把他的名字唸成什麼，他都永遠不會讓我出去。

「起初，我在這個箱子裡住了很久一段時間。他把水從那些洞滴進來，我張開嘴就可以喝到。他也用同樣的方法給了我幾塊糖果。有時候則是餅乾或者一根雞爪。他把音樂放得很大聲，沒日沒夜地在播放。唱歌的是一個悲傷的女人。我以為也許我所在的地方，就是主日學的人們曾經警告過我們的地獄。但是，地獄應該到處都是火才對，而我所在的地方卻又濕又冷，冷到了骨子裡。過了一陣子之後，我對這些再也沒有感覺了，即便是那股味道也一樣。時間不再是一條直線，而是一片混沌。

「我必須要為我的身體和心靈學會一種新的語言。一種箱子的語言。也就是說，我不再走路，而只是以一吋或兩吋的方式移動著我的腳。那是一段旅程。我再也不能像過去我所喜歡的那樣跳上跳下或者跳舞，我只能收縮和舒張我的拳頭。偶爾，我會咬自己的臉頰，好嚐嚐鮮血的味道。我假裝那是我的食物。

「如果我發出噪音或者踢到盒子的側面，滾水就會從那些洞流進來。雖然我看不到，但是，從皮膚脫落的方式，我知道我身上的燙傷很嚴重。有點像是蛇皮，不過氣味很難聞，而且，那股疼痛讓我想要死了算了。

「有一天，音樂停了。我的上方出現了一大片亮光。我得要緊閉眼睛，因為實在太亮了，我在黑暗中待得太久了。我聽到他說：『我們來把你弄乾淨吧。』

「他把我從箱子抱出。我哭叫著，因為我以為會有更多的滾水等著我，然而，水龍頭裡流出來的卻是冷水。我想，他是讓我站在了水槽裡洗澡。洗完之後，他在我燙傷的地方塗抹上舒緩的東西，然後再蓋上紗布。

「『我幫你在窗戶上釘了木板，』他說。『這裡很昏暗。你可以試著睜開眼睛。』

「我睜開了眼睛——起初只是張開一條縫，然後，我瞇起了眼睛。房子很暗、很大。所有的東西都在震動和搖晃。我的眼睛已經忘了如何衡量距離，因為我在箱子裡待太久了。

「他給了我一個三明治——火腿、起司和番茄。那是我幾個星期以來第一次吃到蔬菜，我的身體因此有了生氣。過去，我會把番茄推到我的盤子邊緣。現在想起來不由得想笑。當我吃飯的時候，他把那個箱子清乾淨，並且在裡面放上新的毯子。那讓我發抖——我想要尖叫。那意味著我將得回到那裡面。就在我吃完三明治的那一刻，他又開始播放音樂。那個女人。我真恨她。

「『進去，』他說。我搖搖頭。『我幫你把裡面弄得很舒服。進去。』當我不肯的時候，他就把裝在一個一加侖罐子裡的東西倒進箱子底部。那東西散發出一股酸味，讓我的喉嚨感到刺痛。『現在，那些毯子都濕透了，』他說。『真是浪費我的時間。』語畢，他把我抓起來，放回箱子裡，然後蓋上蓋子。我聽到掛鎖鎖上的聲音。我永遠也不會忘記那個聲音。尖銳、響亮，就在我的耳畔。*喀噠*一聲，就像一把刀切過了一顆蘋果。

「冷凍櫃的底部浸滿了醋。那些醋在我燙傷的皮膚上就像火一樣。那股臭味卡在我的喉嚨，讓我的眼眶都濕了。他從那些透氣孔灌進更多的熱水。情況很不妙，空氣彷彿變酸了。

「『當音樂響起的時候，你就進去，安靜地待在那裡，』他說。『不准磨磨蹭蹭。不准爭辯。只要音樂在播放，你就得待在裡面，乖乖地保持安靜。』

「我不知道這種情況重演過多少次。我想，我很不擅長記取教訓。最後，並非我放棄了。而是我的身體好像就那樣開始服從他了。現在，當音樂響起的時候，無論我有多麼想出去，我都無法離開這裡。如果房子著火了，我也辦不到。

「我比其他人更能忍受，所以，我也撐了更久。」蘿倫說。在那一瞬間，她的聲音帶著一絲驕傲。「泰德說那是因為我的*心理問題*。可是，光靠心理問題是無法倖存的。我想要活下來。我打算要出去，而你得要幫我。」

她所說的一切，我都聽不懂。我試著要集中精神。*我當然會幫忙*，我說。*我們會把你弄出去*。

「我們得試一試。」她說。她聽起來是那麼地成熟而疲憊。這讓這一切都真實了起來。我的尾巴感覺到一股恐懼。

泰德在樓上的臥室裡發出了呻吟。他的頭應該很痛。床在他翻身的時候吱吱作響。他的腳重重地落在地板上。我聽到他光腳踩在磁磚上緩緩走動的聲音。蓮蓬頭隨即就打開了。

「奧莉薇亞，」他口齒不清地叫著。「貓咪。」音樂更大聲了。

「你得要去他那裡，」蘿倫說。「你必須表現得很正常。」我聽到一個很細微的聲音，可能是啜泣聲。她很努力地不讓自己哭出來。

我走上樓，進到浴室裡。浴室裡瀰漫著蒸氣，水花都濺到了磁磚上。我知道有些貓不喜歡水，但是，我一直都很喜歡這裡。那些有趣的氣味、空氣中一縷一縷的蒸氣，還有溫水的味道。

他站在嘩啦啦的流水底下，頭髮扁平閃亮得像一隻海豹。他一如既往地穿著他的背心和內褲。濕透到近乎透明的布料發皺地沾黏在他身上，彷彿不合身的第二層皮膚。他的身體從來都不曾暴露在光線底下。那些疤痕在濕透的衣服底下，彷彿一道道的山脊。我幾乎可以看到，醉意在蒸氣中一波波地向他湧來。

我一遍又一遍地找尋著跡象，想要找出我們之間已經發生重大改變的某些跡象。然而，他似乎就像平常那樣，就像他回到過去、陷入過去時那樣。

「泰迪和媽咪及爹地到湖邊去了，」他把額頭靠在牆壁上說道。他的聲音很小、很遙遠。「杯子裡的可樂很冰涼。冰塊在杯緣碰撞的聲音彷彿音樂一樣。然後，爹地說：『全都喝光，泰迪，那對你會有好處的。』」

他呻吟地關掉蓮蓬頭，彷彿那是一個很痛苦的動作。他走進臥室。我跟在他身後，仔細地看著他，宛如我以前從來都沒有見過他一樣。也許我沒有。他垂下頭，背微微地在起伏。我想他在哭泣。

現在，我的任務是在他身邊發出咕嚕聲，用我的頭磨蹭他，直到他笑出來為止。然而，現在，房子的牆壁似乎在嗡嗡作響、在變形。不好的念頭穿過我的腦子，向四處流竄。一股對他的恨意強烈地向我襲來，讓我拱起了身體，我的毛也豎了起來。但願當時那道光束所羈絆的是我和其他的人，除了他以外的任何人。

*你為什麼要這樣對待蘿倫？*我問他，不知道他是否會回答。我不希望他回答我。因為不會有什麼好的答案，而光是想像那些不好的答案，我就已經無法忍受了。

我得要正常。我發出咕嚕的聲音，讓我的頭在他的手上磨蹭。我們的身體彼此接觸到的部分都是冰冷的。他把音樂調得更大聲了。

這麼看來，這就是那天我幾乎要逃走時，上帝要我留下來的原因。我以為那是為了幫助泰德，其實是為了蘿倫。

## 泰德

我今天有點失常。昨天晚上，那些綠色的男孩在閣樓裡大聲吵鬧。所以，今早我稍微離開了一下也就不足為奇了。壓力嘛。

當我回來的時候，即便還沒有睜開眼睛，我就知道我在哪裡了。我可以聞到街道、森林、柏油，以及垃圾桶裡那股腐臭的味道。倒垃圾的日子。所以，我知道我睜開眼睛的時候會看到什麼。果不其然，就像我知道我會在哪裡一樣，我就站在那棟有綠色鑲邊的黃色屋子前面，房子的窗簾低垂，空蕩蕩的屋子似乎在街道上發出了回聲，一路貫穿了這個世界。

也許，吉娃娃女士死了。也許是她的鬼魂讓我不斷地走向她的房子。此刻，我正在想像著。我的眼神空洞渙散，她那隻灰色透明的手牽著我的手，把我帶到她家前面的人行道上，她讓我一再地來到這裡，直到我明白——明白什麼？

要結束這股壓力唯一的方法，就是弄清楚關於蘿倫的事。因此，我必須問蟲蟲先生那個問題。我一直小心翼翼地試著要導入那個問題，但是，事情卻逐漸地失控。我想我得要弄清楚蘿倫到底是什麼。我想，應該說他們到底是什麼。

在此同時，我做了一個決定：我不能為了我的女兒和我的貓，而一直讓我的生活停滯不前。偶爾，我得要為自己做些什麼。不然的話，我會很不快樂，而不快樂的父母就不是好父母。

所以，我明天有個約會。那是一件令人期待的事！

## 奧莉薇亞

我得要等上幾天，才能再度和她說話。泰德似乎一直都在附近，喝酒、隨著那些悲傷的歌一起哼唱。當我扒著冷凍櫃的門時，她並沒有回應。

三個晚上之後，他出門了。他不僅在吹口哨，連襯衫都很乾淨。大門在他身後關上，那三道鎖隨即咚咚咚地就位。他要去哪裡？

我數到一百，給他足夠的時間走遠，或者回來拿他的皮夾之類的。錄音機裡的那個女士靜靜地在為她的家鄉悲嘆。我衝到廚房，在冷凍櫃上抓了幾下。

你還好嗎？我焦慮地問。你在嗎？

「我在，」她說，她的聲音聽起來就像那捲錄音帶一樣微弱。「他真的走了嗎？」

是的，我說。他穿了一件乾淨的襯衫。那通常代表他有約會。

「去狩獵吧。」蘿倫說。她討厭他去約會。現在，我知道為什麼了。

那麼，我上上下下地來回走動著。我們來看看我們有什麼選擇吧。你可以大聲求救嗎？

「我可以，」蘿倫說。「或者說，我曾經那麼做。可是，沒有人前來救我。牆壁太厚了。我想，聲音很難穿透。你有貓耳朵，記得嗎？之前，我覺得甚至連你也聽不到我的聲音。」

嗯，我說，你說的沒錯。那就把這個選擇從清單上刪除。

「下一個選擇是什麼？」她問。

現在，我的感覺很糟，因為，事實上，我只有一個選擇。沒有了。

「這不是你的錯，」蘿倫試著要安慰我，不知怎麼地，那讓我的尾巴感覺到前所未有的痛。「有時候也沒那麼糟，」她說。「我喜歡我粉紅色的腳踏車，我可以騎著它在屋子裡打轉。還有電視。他會給我食物，除非他生氣了。」蘿倫咯咯地笑著說。「有時候，他甚至會讓我上網。如果我有受到『監督』的話。」

我喉嚨裡的感覺和尾巴的感覺比一團毛球還要糟。我能怎麼做？我悲慘地划動四肢。我一直都覺得當一隻貓很快樂，但是現在，我不確定了。如果我有手的話，我就可以讓你出來，我說。

「如果我的腳還在的話，我就可以自己出來了，」蘿倫說。「不過，你可以幫我，奧莉薇亞。你只需要做一件事。」

什麼事都可以，我告訴她。

「讓他把音樂聲關小，」蘿倫吸了一口氣，她的呼吸比微風吹過草地還要小聲。「你只需要那麼做就好。只要音樂持續播放，我就什麼事也做不了。很久以前，他就確信了這一點。你聽到了嗎？音樂必須得關掉，或者至少小聲到我幾乎聽不見。」

然後呢？我們要怎麼把你弄出來？

冷凍櫃上放了好幾堆的重物，就像廢棄的城堡矗立在一塊貧脊的土地上一樣。

「你可以把我弄出去，奧莉薇亞。你只要做你對聖經做的事就好。」

如果可以把這一切都錄下來就好了，以防我出了什麼事。可是，我不敢。

泰德看著車子在電視裡呼嘯而過，揚起一片塵埃，酒瓶裡的波本酒以穩定的速度在減少。他在看電視的時候也讓錄音帶繼續播放。在轟隆的引擎聲底下，一把斑鳩琴正在演奏，那個女人正在唱著關於酒吧和愛情的歌曲。他的精神正在消退。波本酒和倦意對他展開了雙臂，將他拖向地面。

我一邊發出咕嚕聲，一邊向他走去。不過，我突然停下腳步，尾巴也炸開了。我弓起背，變成了一座高高的拱門。當斑鳩琴的樂聲落下時，我叫了一聲哎喲。

「怎麼了？」他把手伸向我。

斑鳩琴又撥弄了一下，我立刻火速地跑到沙發底下。

「你真是個笨蛋。」他說著換了一首歌；那個優美的聲音立刻改唱著一首悲傷的曲調。我盡可能大聲地隨著音樂哭喊。

「你這隻笨貓。」他說。斑鳩琴的琴弦撥動，我也跟著那個長長的音符揮動著手腳。

「喔，天啊，真的嗎？」他把錄音機的聲音關小，鋼琴和那個女人的聲音立刻就變成了鬼魂般的低語。

我大聲地叫著。就是不肯從沙發底下出來。

「嘿，奧莉薇亞，」他惱火地說。「我是什麼？你的僕人嗎？」不過，他還是把聲音關得更小。我想，這應該是最好的結果了吧。

我終於從沙發底下爬出來。

「噢，」他的聲音很溫暖。「看看你。你決定要向我們致敬了嗎？」

我開始慢慢地做著所有的事，我知道他喜歡這樣的方式。我在他的腳踝邊繞著八字，不停地發出咕嚕聲。他彎下身來搔了搔我的耳朵。我也踮起腳尖，用我的頭磨蹭他的臉。有幾秒鐘的時間，我懷疑這是不是一個把戲。也許，他會突然抓住我的頭用力一扭，直到我的脖子斷掉為止。

「嘿，」他說。「貓咪。」他聲音裡的深情讓我覺得我的脊椎和尾巴彷彿都要斷掉了一樣。他對我來說是那麼地熟悉，一如我絲滑的毛皮或者黑夜之於我一樣。我以為他救了我。我幾乎以為我們是彼此的一部分。這樣的想法讓我的喉嚨再度卡住，無法咳得出來。

「怎麼了？被骨頭卡住了，還是怎樣？讓我看看。」他溫柔地把我抱到他的大腿上，然後撐開我的下巴。「沒有啊，」他說。「你沒事的，貓咪。」我呼嚕了幾聲，又揉蹭著他，他用一隻手輕柔地在我的背上來回地撫摸。「我太常離開了，」他說。「我們分離的時間太多。我保證，我會更常待在家裡。從現在開始。」

我激動地揮舞著手腳，然後又發出咕嚕聲來回應他。

「你要我把電視關掉嗎？」他問。

我叫得更大聲了。我們要離開你，我才這麼說，立刻就覺得這不是一個好主意。萬一他像蘿倫一樣也懂得貓語呢？一個嚇人的念頭升起——一直以來，他都聽得懂我在說什麼。

「我得再把音樂開大聲一點。」他發睏地說，不過，我很快地用尾巴去摩擦他的下巴。我知道要怎麼做才能讓他感覺到平靜，我向來都知道，於是，他的眼睛闔上了，就像我知道它們會闔上一樣。他的呼吸開始變得緩慢而均勻，他的下巴也碰到了他的胸口。我觀察了一會兒，試著要找出自己是什麼感覺。我猜，是什麼事或者什麼人讓他變成了這樣，不過，現在，那已經不重要了。

他睡著的時候看起來年輕多了。

我做到了，我對蘿倫說。他睡著了。

「他真的不省人事了嗎？」蘿倫問。「真的安全嗎？」

我傾聽了一下。泰德的呼吸聲從遠處的房間傳來，既沉重又均勻。我想，就是現在了，不然永遠都不會再有機會了。那個刺耳的聲音在我的耳朵裡尖叫。叮……。

是的，我告訴她。我希望我是對的。我甩甩頭，然後撓了撓耳朵。我腦子裡那個刺耳的聲音又回來了，彷彿有一隻瘋狂的黃蜂穿過我的耳道。

她說：「你看到冷凍櫃靠近廚房流理台的部分嗎？」

我看到了。

「把那堆重物最上面的東西先撞下來。那麼做會發出一些噪音，不過，不會太大聲。不要讓它掉到地上。然後，再把它推下冷凍櫃，讓它掉在流理台上。聽懂了嗎？」

我點點頭，忘了她看不到我。知道了，我說。

第一件重物在砰的一聲之下，從那堆東西頂上掉落下來。那個東西很小，差點就滾走了。我用我的貓爪把它推回去，然後再將它推到流理台上。下一個。接下來的那個很重。我用力推的結果，竟讓它從冷凍櫃上滑落下來，重重地掉在地上，那一聲巨響似乎讓世界都受到了震動。我們兩個動也不敢動，宛如死掉了一樣。我傾聽著。我耳朵裡的尖叫聲，讓我很難聽得到其他的動靜。蘿倫連呼吸都在顫抖。泰德正在隔壁房間裡打呼。他還在睡覺，我說。如釋重負的感覺讓我渾身無力。

過了一會兒之後，蘿倫說：「不要讓它們掉到地上，好嗎，奧莉薇亞？」

不會的，我小聲地說，我不會的。在那之後，我就非常、非常地小心。最後一件重物，也就是最下面的那一個，重到我的貓爪在推動它的時候都發疼了。每移動一吋都是一股悲慘的掙扎。不過，至少它最終還是滑落到了流理台上，和其他的重物撞在了一起。

全都推開了，我說。

好，她說。我要出來了。

我緊緊地閉上眼睛，壓低聲音悲傷地叫了一聲。我有些害怕。她會是什麼模樣？

你知道嗎，蘿倫，我說。我的眼睛依然緊閉。我想，我從來沒有在現實生活裡看過你。那不是很詭異嗎？我想，我們好像一直都輪流待在外面。

沒有回應。

我聽到冷凍櫃的蓋子開始打開，緩緩地，使勁地，彷彿那隻開蓋的手正在脆弱地發抖。我聽到蓋子咚的一聲抵靠在牆壁上。然後是一聲嘆息。悲慘和恐懼的氣息彷如潮水一般湧來。我想到了彷彿爪子般白皙單薄的手，以及佈滿疤痕的身體。那讓我想要尖叫，並且將自己縮成一團。

別這樣，貓咪，我嚴厲地告訴自己。不要讓那個可憐的女孩情況變得更糟。

我睜開眼睛。冷凍櫃已經打開了，就像一個幽暗的墳墓。我用兩條後腿站起來，瞄向櫃子的深處。

裡面是空的。

吱……，那個刺耳聲又來了。

你在哪裡？我小聲地問。出了很嚴重的問題。我腦子裡的刺耳聲變成了尖叫，我划動手腳，抓著自己的頭。我想要一頭撞向牆壁，只求那聲音能夠停下來。

「嘿，貓咪。」蘿倫說，她的聲音就在我的耳邊。尖叫聲提高了。透過尖叫的聲音，我可以聽到自己的呼吸，我的心臟在猛烈地撞擊，彷彿落在磚塊上的斧頭一樣。

「奧莉薇亞，」她說。「試著不要被嚇到。」

怎麼回事，我說。我要瘋了……你為什麼沒有在冷凍櫃裡？

「我從來都不在那裡。」她說。

但是，我卻可以感覺到她，她溫暖的輪廓，也許，我是聞到了她的味道。或者，我現在所使用的這個感官，還沒有一個合適的名稱。我已經瀕臨發瘋的邊緣了。

蘿倫？我說。你在哪裡？到底發生了什麼事？為什麼我看不到你？那感覺就像——我知道這不可能是真的，不過，這就是我的感覺——我覺得你好像在我身體裡面。

「剛好相反，奧莉薇亞，」她說。「是你在我體內。」現在，發生了一件恐怖的事。我的身體似乎在斷斷續續地出現改變。在那一瞬間，我感覺不到我可愛的尾巴和貓爪，我感覺到我的四肢末端出現粉紅色的海星。我絲綢般的毛髮消失了，我的眼睛既小又無力……

怎麼了，我說，怎麼了……放我走。這不是真的。讓我回到我舒適的箱子裡……

「看看那個冷凍櫃，」她說。「那個你稱之為箱子的東西。真相就在那裡。但是，你必須選擇去看見它。」

我看著那個箱型的冷凍櫃，打開的蓋子靠在牆壁上，蓋子上散佈著透氣的小洞。

「我留了一張紙條給你，」蘿倫說。「但是，什麼貓能識字？什麼貓可以說話？」那個刺耳聲又響起了。吱……。

這都是我的想像，我大聲地說。只要那個該死的噪音可以停下來的話，我就可以思考……

「我們其中一個是想像出來的，」她說。「而那不是我。」

走開！我揮動著手腳。停下來！讓那個噪音停下來！

「奧莉薇亞，」她說。「看看你在做什麼。」

我的貓爪正在伸展，爪子也延伸了。它正在扒著那個金屬冷凍櫃的側面，製造出一種無比痛苦的刺耳聲。吱……，我的爪子刮過金屬表面。一直以來，那個噪音都來自於我。但是，那怎麼可能？

「長期以來，我一直想要得到你的注意。」蘿倫說。

爪子刮過冰冷的金屬，發出尖銳的聲音。世界似乎在閃爍。我的貓爪不再是貓爪，我看到的是宛如手一樣的東西，它骯髒的指甲正在刮著冷凍櫃……吱……。爪子在金屬上摩擦。指甲劃過金屬表面，一道聲音在低語，我發出了悲鳴和尖叫，然而，即便是這樣的尖叫也無法蓋過那個刺耳聲；聲音越來越大，直到它變成了一堵具體的牆，在我內心裡裂開，發出了恐怖的碎裂聲。

我在蘿倫的搓揉之下醒來。不過，這次，她的撫摸依然來自於我們的內在。我開始哭泣，發出小貓般令人憐憫的喵喵聲。

「噓。」她說。「如果你可以的話，靜靜地哭泣就好。」

不要煩我，我說。我緊緊地蜷縮成一團。但是，那感覺卻像被她裹住了一樣。

「我不能那麼做，」她說。「你是真的不明白，對嗎？」她再一次搓揉著我。「我第一次企圖要跑走的時候，」她說。「他奪去了我的腳。他把我的腳夾在兩塊木板之間，然後用木槌把它們敲斷。在我第二次嘗試的時候，你就從我的腦子裡跑出來了。

「我跑到一半，還沒到達門口，就被他揪住了頭髮。我知道，我寧可死掉，也不想再回到那個冷凍櫃裡，因此，我就下定決心要那麼做。可是，發生了另一件事。我離開了。我不知道我是怎麼離開的，我的腦子好像變成了一個很深的山洞，而我被拉回到了那個洞穴裡面。你從虛無中走出來，來到了前線。我可以看到你，感覺到你在做什麼。我也依然可以聽到他在說什麼。可是，那就好像在看電視一樣。我不在我們的身體裡面。在我們身體裡的是你。你發出咕嚕的聲音，坐在他的腿上，讓他再度冷靜下來。你是黑暗的產物，你是來拯救我的。」

不，我說。我記得我被生下來。不是你說的那樣。

「我知道那個故事，」蘿倫說。「我可以看得到你的記憶。或者你以為是你記憶的東西。你和你的貓媽媽在水溝裡……」

對，我說，聽到我所認知的事情，讓我覺得鬆了一口氣。

「這件事從來都沒有發生過，」蘿倫說。「腦袋是很聰明的。當生活太難熬的時候，它知道要如何告訴你你能夠接受的東西。如果一個把你叫做貓咪的人囚禁了你——那麼，你的腦袋可能就會告訴你，你就是一隻貓咪。你的腦袋可能會編造出一個關於他在暴風雨的夜晚拯救了你的故事。但是，你並非在森林裡出生的。你是在我體內出生的。」

那是真的，我說。那一定是真的。我死去的小貓姊妹們，那場雨……

「就某方面來說，那是真的，」她悲傷地說。「森林裡確實埋葬了一些死掉的小貓。泰德把牠們埋在了那裡。」

我想起有些夜晚，當泰德從樹林裡回來的時候，他靴子上的那些泥土。他身上的骨骸味道。我似乎無法透氣，即便我張大了嘴想要呼吸。真相很沉重。它會留下腳印。蘿倫自言自語地揉揉我，直到我耳朵裡的血液不再奔騰。

我問，你為什麼要假裝在冷凍櫃裡？

「我知道你不會相信我，」她說。「我必須要找到一個方法，讓你知道我們是同一個人。」

噢，我無助地說。我是你的心理問題。

「不要覺得難過，」她說。「在你來到之後，情況就好多了。他開始經常讓你出來，餵你吃東西。你可以讓他變得冷靜。你是他的寵物。你喜歡那個冷凍櫃。你覺得在裡面很安全。而你越是讓他高興，他對我們兩個就越仁慈。再也沒有熱水和醋。他讓我去睡覺的時候，就換你出現了。」

是我幫了他，讓我們困在了這裡，我說。我在乎他，我讓他撫摸我們……

「你是在確定我們可以存活下來，」蘿倫說。一股暖意掠過我的腦海。「我正在抱著你。你可以感覺到嗎？」

可以，我說。那種感覺彷彿就像被關愛的手臂包圍起來一樣。我們就那樣坐了一會兒，擁抱著彼此。

泰德在客廳裡發出了呻吟。

「他來了，」她說。「我必須走了。我會試著盡快再回來。」

她輕輕地摸著我，安慰我。「你打開了我們之間的那道門，奧莉薇亞。現在開始，一切都會不一樣了。」語畢，她就消失了。

我曾經花上一整天的時間，希望泰德會回家來。現在，我只希望他離我遠一點。

我覺得很怪異，因為即便我們的處境如此可怕，我還是很喜歡有蘿倫在身邊。跟她說話很有趣。我們聊天、玩耍，或者就只是坐在一起。那真的很美好，就好像我的某個貓咪兄弟姊妹又和我在一起了。我想，那就是蘿倫。她可以讓我覺得她正在撫摸我或者抱著我，雖然那只是在我們腦子裡發生的事。那個音樂讓她無法使用我們的身體。她說，那就像是被綁住了，但是嘴巴卻沒有被堵上一樣，她實事求是的語氣讓我不寒而慄，因為她聽起來是那麼地年輕，而任何人都不應該知道那些事情是什麼樣的感覺。

今晚，我們在黑漆漆的室內，一起蜷縮在沙發上。屋外，樹木在月光下張牙舞爪。那道光束在夜裡變成了一抹淺淺的黑色，隱沒在了夜色裡。泰德醉到不省人事，像石頭一樣地躺在樓上。我們對著彼此低語。

「如果我還有腳的話，我們就可以逃走，」蘿倫說。「用跑的。」

你可以看到我嗎？我問。我看不到你。但願我可以。我想要知道你看起來是什麼模樣。

泰德早已確定屋子裡沒有任何可以反光的物體。

「我很高興你看不到，」她說。「我們的身體受到太多的對待。不過，我可以感覺到你。你很溫暖——這樣很好，就像有人坐在我身邊一樣。」

我試著不要去想身體的事，那是蘿倫的身體，她說我們兩個都住在那裡面。我對她有點半信半疑。我可以感覺得到我的毛、我的貓鬚、我的尾巴。那怎麼可能不是真的？

你知道嗎，還有另外一個，我說。我們總共有三個。他叫做黑夜。

「我想不止三個，」她說。「偶爾，當我潛入到內在深處的時候，我會聽到他們。我試著不要去到那麼深的地方。我不喜歡那些小傢伙哭的時候。」

深處？

「有很多的層次。將來，我會試著讓你知道。」

恐懼撫摸著我，就像一根黑色的羽毛。她所說的話很嚇人，但是，我不知道為什麼。我發出焦慮的咕嚕聲，企圖要阻止那股感覺。

「你不認為嗎，奧莉薇亞，」我可以聽出她的聲音有點哽咽。「如果我們都沒有被生出來的話會比較好？」

不，我說。我想，我們很幸運能被生下來。而且，我們現在還活著就更幸運了。不過，我再也不知道被生出來或者活著意味著什麼。我是什麼？我所知道的一切彷彿都是錯誤的。有一次，我以為我看到了上帝。祂還和我說話。真的有發生這件事嗎？

「除了泰德的神靈之外，並沒有其他的神存在。」她說。「那些神靈是他在森林裡製造的。」

那根冰涼的羽毛撫過我的尾巴，沿著我的脊椎掠過。

我們不會讓那發生的，我說。我們會離開這裡的。

「你一直在這麼說。」她嗤之以鼻地說。在那一刻，她聽起來就像是昔日的那個蘿倫，尖酸又刻薄。然後，她又再度軟化下來。「我們自由之後，你要做什麼？我要穿裙子，在頭髮上戴粉紅色的髮夾。他從來都不讓我這麼做。」

我想要吃真的魚。（我私底下偷偷在想，我會去找我的虎斑愛人。）你的家人呢？我問蘿倫。也許，你可以找到他們。

在短暫的靜默之後，她說：「我不希望他們看到這樣的我。最好讓他們繼續認為我已經死了。」

可是，你要住在哪裡？

「這裡，我猜。」她的聲音聽起來好像那並不重要。「沒有泰德，我也可以活下去。我想要自己一個人待著。」

每個人都需要別人，蘿倫，我嚴厲地說。這點，就連我也知道。一個可以撫摸你、對你說好話，有時候也會對你生氣的人。

「我有你。」

那是真的，我驚訝地說。我沒有想到這點。我用尾巴用力地搔她的癢，這讓她大笑了起來。很幸運地，我是個樂觀主義者，而我認為我們將會需要保持樂觀。

蘿倫嘆了一口氣，當她打算說什麼我不喜歡的話時，她通常都會這樣。「那必須是你，」她說。「當時機來臨時。你知道的，對嗎，奧莉薇亞？你得要那麼做。我沒辦法運用這個身體。」

做什麼？其實我知道。

她沒有回答。

我不會那麼做，我說。我不能。

「你必須要那麼做，」她悲傷地說。「否則，泰德會把我們埋到地底下，就像其他貓咪那樣。」

我想著所有的那些小女孩。她們一定也都唱過歌，戴著粉紅色的髮夾，也玩過遊戲。她們一定也有家人、寵物和各種點子，她們要不就喜歡游泳，要不就不喜歡；也許，她們害怕黑暗；也許，當她們從她們的腳踏車上摔下來時也會哭。也許，她們的數學或美術很厲害。她們原本可以長大，做著其他的事——有自己的工作、不喜歡蘋果、對她們自己的孩子感到厭煩、開車去長途旅行、看書、畫畫。之後，她們會死於車禍，或者在家人陪伴下死在家裡，或者死於一場遙遠的沙漠戰爭之中。不過現在，那永遠都不會發生了。她們的故事甚至沒有結局，那些女孩。她們只是被拋棄在了泥土底下。

我說：我知道他把那支大刀放在哪裡。他以為沒有人知道，可是，我知道。

她緊緊地抱住我。「謝謝你。」她小聲地說，我可以感覺到她吐出來的氣息就在我的毛上。

突然之間，我無法再等待了。我現在就會那麼做，就是今天，我說。夠了。

我跳上流理台，用我的後腿站立起來。我打開櫥櫃。起初，我無法相信我的感官。它不在這裡，我說。可是，它應該要在這裡的。我把鼻子探進櫥櫃，搜尋著佈滿灰塵的櫃子裡面。然而，那把刀子不見了。

「噢，」我聽到她聲音裡深深的失望，我願意做任何事來讓情況變得好一點。「別擔心，奧莉薇亞。」

我會找到它的，我告訴她。我發誓，我會找到的……

那沒有用。我們也可能現在就會死掉。

她發出了一點點聲音，我可以聽得出來她試著不要哭。但是，我感覺到她的熱淚正在沿著我臉頰上的毛流下來。

我要怎麼做才能夠讓情況變好？我低聲地對她說。我什麼都願意做。

她吸了吸鼻子。「你也許什麼也做不到，」她說。「因為你得要用手。」

我會試試看，我小聲地說。即便一想到要用手就讓我感到噁心。

樓梯底下那個櫥子佈滿灰塵，散發著一股令人愉快的機油味。櫥子的角落裡堆著蒙塵的小地毯、一疊舊報紙、吸塵器的零件、幾箱釘子、一把海灘陽傘……我撐開耳朵，保持著警戒，尾巴也因為期待而豎起。這就是貓喜歡的那種地方。我嗅了嗅地板上那道可口的黑色油漬。

「專注，奧莉薇亞。」蘿倫說。「我把它藏在那些報紙底下。」

我把鼻子湊近，聞到了不是報紙的味道。那是毫無生氣、光滑的東西。塑膠。

「那是一捲錄音帶，」蘿倫說。「把它拿起來。用你的手。你不是真的長了貓爪。」我可以聽出她的沮喪。「你住在我的身體裡面，我們是女孩。不是貓。你得要明白這點。」

我試著要感覺我的手。然而，我做不到。我知道我自己的身形。我向來都優雅地用四隻天鵝絨般的貓掌在走路。我的尾巴就是一條鞭子，或者一個問號，這完全視我的心情而定。我的眼睛就像雞尾酒裡的橄欖一樣綠，我很漂亮……

「我們沒有時間想這些了，奧莉薇亞，」蘿倫說。「用你的嘴把它叼起來吧。這你可以做得到吧，對嗎？」

對的！我輕輕地用下巴咬起那捲錄音帶。

「我們到信箱投遞口去，可以嗎？」

好！

在我們經過客廳的時候，我看到一個東西，那讓我停了一秒鐘。

「出了什麼問題嗎，奧莉薇亞？」她問。

對，我說。我的意思是……沒事。

「那就快點！」

我用鼻子將信箱投遞口推開。金屬的投遞口貼在我天鵝絨般精緻的鼻子上，感覺起來既沉重又冰冷。外面的世界有一股黎明的霜味。一道白光照射在我的眼睛上。

「把那捲錄音帶扔到街上，」蘿倫說。「盡可能扔遠一點。」

我晃著頭，把錄音帶扔了出去。我什麼也看不到，不過倒是聽到了錄音帶彈起來的聲音。

「它掉到灌木叢裡了。」蘿倫小聲地說。我聽到她聲音裡的沮喪。

抱歉，我說，對不起。

「它應該要掉在人行道上的，這樣就會有人發現，」蘿倫說。她開始哭泣。「誰會在灌木叢裡發現它？你把我們的機會浪費掉了。」

我很抱歉，蘿倫，我說。我真的很抱歉！

「它應該要掉在人行道上的，這樣才會被人發現，」蘿倫說著開始哭了起來。「誰會發現它在灌木叢裡？我們的機會被你浪費掉了。」

我很抱歉，蘿倫，我說。我真的很抱歉！

「你根本沒在試，」她說。「你不希望我們出去。你喜歡這裡，喜歡當他的囚犯。」不！我痛苦地說。我不喜歡，我想要幫忙！拜託你！再給我一次機會！

「你得要認真看待這件事，」她說。「我們的性命全都靠它了，奧莉薇亞。你不能繼續再假裝你沒有手。你得要用手……」

我知道，我說。關於那把刀，我會練習的。我不會再搞砸了。我用鼻子搓了搓我腦子裡的她，然後再用頭頂著她。現在，你休息吧，我告訴她。我來守衛。我們蜷縮在那條橘色的地毯上，我發出了咕嚕聲。我感覺到她就在我身邊，就在我體內。她深深地嘆了一口氣，我感覺到她輕輕地往下滑，退到了平靜的黑暗裡。我的尾巴充滿了擔憂。蘿倫從來都不喜歡談論我們自由之後的事。我有一個不好的感覺，我覺得她不在乎是否自由。更糟糕的是——她不想活。可是，我會幫助她。我會確保我們的安全。

她要處理的事情已經夠多了，因此，我沒有提起這件事，然而，剛才發生了一件最詭異的事。當我嘴裡叼著那捲錄音帶走向前門的時候，我往客廳裡瞄了一眼。我發誓，在那一瞬間，這條地毯從橘色變成了藍色。

# 迪

迪坐在窗邊，看著黑暗的窗外。她溫柔地撫摸著那隻沒有爪子的虎斑貓，希望自己並沒有戒菸。「漂亮的鵝卵石。」她對著自己低語。那隻貓猛然地抬起頭看著她。很晚了，泰德的窗戶全都暗了。但是，迪害怕睡覺。那些紅色的鳥兒會飛到她的腦海裡，牠們的鳥喙會叼著什麼東西，這你是知道的。或者她會做另一個夢，在那個夢裡，她看到她的母親和父親在星空底下手牽手，越過一片沙漠，持續在尋找、在呼喚著他們小女兒的名字。她無法阻擋這些記憶。每個記憶裡都還住著另一個記憶。她心想，就像那些俄羅斯娃娃一樣。

情況變得越來越辛苦了，漫長的等待，永無止境的監視。有時候，她想要尖叫出來。有時候，她想要拿一把鐵鍬，走過去，把那扇門打破——結束這一切。其他時候，就像現在，她只想要坐進她的車裡開車。這個可怕的任務為什麼落在她的身上？但是，事情就是這樣。這是迪欠露露的，也是她欠所有人的。她曾經看過微縮膠片上那些模糊不清的專欄，看到過報紙上的報導。孩子們到那座湖畔，然後再也沒有回來過。這麼多年來，至少有七個或八個這樣的孩子。那些孩子都沒有家人，也沒有任何人在乎他們。那就是為什麼那些案子並沒有受到太多關注的原因。最近，不再有孩子失蹤了。事實上，在露露之後就沒有了——而這可能是有原因的。也許，他發現留下一個孩子可能比一次又一次冒險把不同的孩子拐走要好。

太陽穿過樹頂的白色雲層。一抹粉紅色妝點在東邊的天空裡，彷彿手指一樣。

泰德門前的空氣受到一陣攪動。一個長方形的物體從信箱投遞口被扔了出來，在空中劃過。它往下彈落了兩級台階，發出撞擊的聲音，然後無聲地掉進了台階旁邊茂盛的杜鵑花叢裡。信箱口在一聲微弱的嘎吱聲中再度被打開。

迪的每一個感官都興奮了起來。她往門口走去。她的心在轟隆作響，以至於她聽不到其他的聲音。她強迫自己做了幾個深呼吸。她的手就在她的門把上，正當她轉動門把的時候，她聽到了那三道鎖熟悉的聲音，咚、咚、咚。

迪凝結了一秒鐘，隨即走到窗邊。只見泰德從屋裡出來，走到台階上。他看起來比平時要整潔一點點。他似乎還梳過了鬍子。

泰德在走下台階的時候往左看了一眼，然後停下腳步，彎身從茂密的綠葉裡撿起一個東西。迪身體裡的一切都停擺了。不管那是什麼東西，他都已經發現了。

泰德站起身。他的手裡多了一顆小松果。他把松果轉來轉去，在晨光底下仔細地打量。

在他離開了二十分鐘以後，迪走向他家。她小心翼翼地按照自己的計畫行事。她首先按了門鈴。當沒有人前來應門時，她打開了信箱投遞口的掀蓋。

「哈囉？」她對著信箱裡面說道。房子的氛圍撲在她的臉上。除了灰塵，就是長期的絕望。

「哈囉，」她再度叫了一聲。「我是鄰居，是來幫忙的！」她花了一點時間，才想出應該要怎麼說。那得是小女孩聽得懂的話，但是，對於其他聽到的人來說卻又無傷大雅。這幢屋子在對她吐著氣息。除此之外，沒有任何聲音。於是，迪將嘴唇貼在投遞口的縫隙上，小聲地說：「露露？」她等了一分鐘，然後又一分鐘。但是，屋內的沉寂只是越來越濃厚。

天色越來越亮。有人遛狗經過了門前。她不可能破門而入。迪很快地改採B計畫。

她拿出她的手電筒，手腳並用地爬進杜鵑花叢裡。蜘蛛網就像一隻隻小手般地扒在她的臉上。腎上腺素讓她的心跳加速。那讓她感覺很好，感覺到自己還活著。

那捲錄音帶半掩在乾燥的樹葉裡。一隻蜜蜂停在上面，不停地揮動著好奇的觸角。迪把那隻蜜蜂刷掉，再將錄音帶放入自己的胸罩裡。然後緩緩地從灌木叢裡退出來。她體內的激動正在消退，讓她開始感覺到冰冷。她的右邊有東西在樹葉堆裡挪動，彷彿一條細瘦的長線。當她屏住呼吸往後退出灌木叢時，她的小腿碰到台階的邊緣，擦破了皮膚。她瘋狂地用手拍打著自己的頭，感到彷彿有一具長滿鱗片的軀體正重重地纏繞她的頭髮上。她拔腿就跑，氣喘吁吁向她的前門狂奔而去。

## 泰德

終於又到了蟲蟲先生日。我得要把這件事搞定。為了蘿倫，我必須要這麼做。可是，我上次不應該對他大吼大叫。當時，我看到他的眼睛亮了起來。

這段路程走起來很舒服。不會太熱。我搓揉著我口袋裡的那顆小松果。我是在前門的台階旁發現它的。我喜歡松果。它們有自己的個性。

我停下腳步，手按在門把上。蟲蟲先生正在他的辦公室裡說話。這是我第一次看到或者聽到有另一個病人在這裡！

「該死的狹隘心態，」我聽到蟲蟲先生在說。「小地方。」那讓我覺得很詭異。我敲敲門，讓他知道我來了。我真的很尊重隱私。他停止嘀咕，改而說道：「進來！」

蟲蟲先生那對圓滾滾的眼睛在他的眼鏡後面顯得很冷靜。房間裡沒有其他人。

「很高興看到你，泰德，」他說。「我以為你可能不會來了。我發現你的手和臉上有了更多的抓痕。」

「是我的貓，」我說。「她正處於低潮期。」（當我把她趕走時，她尖叫著，指甲抓到了我的臉。）

「好吧，」他說。「你還好嗎？」

「我很好，」我說。「那些藥很不錯。只是，我很快就吃完了。我在想，也許我可以拿到處方，等藥吃完的時候就自己去領藥，而不是從你這裡拿藥。」

「我們可以談談增加劑量的問題。不過，我寧可讓你繼續地從我這裡拿到藥。而且，你得要付費，才能拿到處方。你並不希望這樣，不是嗎？」

「是啊。」我說。

「你有持續在寫情緒日記嗎？」他問。

「當然有，」我禮貌地回答。「一切都很棒。你的建議很有幫助。」

「那份日記有助於你發現一些誘因嗎？」

「這個嘛，」我說。「我很擔心我的貓。」

「你的同志貓咪。」

「對。」

「她老是在甩頭，而且不停地在抓她自己的耳朵，好像耳朵裡有什麼東西一樣。」

「所以，」蟲蟲先生說。「那讓你覺得無能為力？」

「對，」我說。「我不希望她感到痛苦。」

「你能採取什麼行動嗎？例如，你可以帶她去看獸醫嗎？」

「噢，」我說。「不。我想，動物診所的人不會了解她的。完全無法了解。她是一種特殊類型的貓。」

「如果你不試試看的話，」他說。「你就永遠不會知道，不是嗎？」

「事實上，」我說。「我一直很好奇另一件事。」

「什麼事？」他看起來充滿了期待。我幾乎覺得過意不去。這麼長一段時間以來，他一直在等我對他透露什麼。

「你記得我告訴過你的那個電視節目嗎——就是那個媽媽和女兒的節目？」

他點點頭。他把筆握在手裡不動。那雙圓滾滾的藍眼睛鎖定在我身上。

「我還在看那個節目。劇情越來越複雜了。那個憤怒的女孩，你知道的，那個一直企圖要殺了她媽媽的女孩——結果顯示，她有另一個，這麼說吧，本性。」

蟲蟲先生不為所動。他的眼睛依舊盯著我。「那是有可能的，」他緩緩地說。「那很罕見……而且也不像電影演的那樣。」

「這部電影和其他的那些電影不一樣。」我說

「我以為你說那是一個電視節目。」

「我就是那個意思，那是個電視節目。在這個節目裡，那個女兒有時候是個年輕女孩——可是，某些時候，她似乎又完全——不一樣。」

「就好像有另一個人格取而代之了？」他問。

「對，」我說。「好像有兩個人在她體內。」事實上，是兩個不同的物種，不過，我想我對

他說的已經夠多了。

蟲蟲先生說：「我想你在說的是解離性身分障礙症。」

解離性身分障礙症。那聽起來像是發生在一台電視或者音響上的問題。它聽起來好像和蘿倫一點關係都沒有。

蟲蟲先生密切地盯著我看，我意識到我正在自言自語。我的行為很怪異。於是，我堅定地看著他。「真有趣。」

「它曾經被稱為多重人格障礙，」他說。「解離性身分障礙症，簡稱DID，是一個新的名詞，不過，我們對它依然不夠了解。我在我的書裡有大量的著墨。事實上，你也許可以說，這整個論點——」

「那我們了解到了什麼？」我把他拉回重點。經驗告訴我，如果我不這麼做，他會一直不停地談論他的書。

「你那個電視節目裡的女孩可能一直遭受到系統性的虐待，身體或情緒上的，」他說。「所以，她的精神就分裂了。因而產生了一個新的人格來面對那個創傷。那很神奇。那是一個聰明的孩子在面對痛苦時所產生的一種巧妙的解決方案。」他往前傾靠。那雙眼睛在眼鏡後面發亮。

「那是你在那個節目上看到的嗎？虐待？」

「我不知道，」我說。「也許當時我正在做爆米花，所以錯過了那個部分。總之，那個媽媽不知道該怎麼處理這個問題。她應該怎麼做？就你的專業觀點來看的話。」

「有兩種學派對這個問題提出了不同的看法，」他說。「第一種學派的目標是達成所謂的並存意識的狀態。」他看著我的反應，然後又說：「一名心理治療師會試著幫助這些交替人格，或者代理人格，找出一個彼此可以和諧共處的方式。」

我幾乎就要大笑出來。蘿倫絕對不可能和任何人和諧共處。「那不可行，」我說。「在那個節目裡，那兩個人並不知道他們是同一個人。」

「她可以運用她的想像力來幫她做事，」他說。「她不需要受到想像力的支配。她應該在內心裡建構一個地方。一個真實的結構體。很多小孩會使用城堡，或者豪宅。不過，那可以是任何東西。一間房間、一座穀倉。大到有足夠的空間給每一個人格。然後，她就可以邀請各方人馬安全地在那裡聚集。他們可以在那裡認識彼此。」

「她們真的不喜歡彼此。」我說。

「我可以推薦你一些讀物，」他說。「那會有助於你更了解這種方法。」

「不用了，謝謝你，」我說。「另一種學派是什麼？」

「融合。讓那些代理人格歸入到主要人格裡。這樣，他們就有效地消失了。」

「就像死亡。」就像謀殺。

他從眼鏡上方謹慎地看著我。「某種程度而言，」他說。「這是一個很長的治療過程，有可能花上幾年的時間。有些執業醫生認為這是最好的解決方案。我不知道。要把發展完全的人格彼此合併在一起有可能很困難——這麼做並不明智。有些執業醫生認為，這些人格——代理人格——是擁有自己主權的人。他們有生命、思想。最合適的說法是，他們有靈魂。那就好像試著要把你和我合併在一起一樣。」

「但是，那是可以做得到的。」我說。

「泰德，」他說。「如果你認識——某個人——有這種狀況的話，他們就需要幫助。很多幫助。我可以指引她……」

他將左手放在他的大腿上。右手則掌心向下地放在他身旁的那張小桌上，距離他的手機只有幾吋左右的距離。我從桌上拿起一支筆把玩，小心地看著他的右手，就是那隻靠近手機的手。我等待著他說出下一句驚人之語。等著他伸手去拿手機。我希望他不會這麼做。說也奇怪，我對他已經有了好感。

「這是一個很大的謎團，」他夢囈般地說，我可以看得出來他已經不是在對我說話了。「這是我在我的書裡提出的一個問題。自我包含了什麼？你知道嗎，有一個哲學論點認為，解離性身分障礙症掌握了存在的秘密。它的理論基礎是，每一個生物和物體，每一塊石頭和每一根草都有靈魂，而所有的這些靈魂在一起，構成了一個單一的意識。每一個單一的物體都是這個有呼吸、有感知的宇宙所不可或缺的一部分……從這個角度來看，我們本質上都是——上帝的——代理人格。這不是個很棒的想法嗎？」

「是啊，」我說。「你可以給我那些書的名字嗎，拜託你？」我盡可能地保持禮貌。「關於你說的那個融合的部分。」

「噢——當然可以。」他從他的筆記本上撕下一頁，在上面寫了一些字。

「請你考慮看看，泰德，」他看著那張紙說道。「和她談一談。」他的眼睛明顯地失了神。他被這個話題引發的興奮點燃了。我把那支筆藏在手裡，像握住一把小刀一樣地緊握著。

如果他知道就好了。我想起和蘿倫共處的那些黑夜、她濕黏的手、她尖銳的牙齒和指甲在我的皮肉上留下了清晰的疤痕。我想起了媽咪。

我從那個地方回來了。牆壁裡傳來宛如老鼠在走路的聲音。那支筆的筆尖深深地埋入了我的手掌。那個聲音不是老鼠的腳步聲，而是滴落在那張淺色毯子上的鮮血聲。蟲蟲先生瞪大了眼睛。他的歡快消失了。他的臉茫然又蒼白。在我的注視下，他的臉開始出現驚恐。我的臉並沒有出現疼痛應該有的反應，但是，現在要假裝我感覺到痛已經太遲了。蟲蟲先生終於看到了真正的我。我輕輕地把那支嵌入我掌心的筆抽出來。筆被拔出來時發出了一個輕微的聲音，彷彿被含在雙唇之間的一根棒棒糖。我拿起他桌上的面紙來幫傷口止血。

「謝謝你。」說著，我從他的指縫之間拿走那張紙。他試著不要躲開我，但是，他還是閃開了。我很清楚：那個閃躲，彷彿他手上的每一塊肌肉都企圖要偷偷跑走，跑向他的手臂，遠離我的手。我母親觸碰我的時候就是那樣的。

我離開他的辦公室，用力地把門關上，跑過散發著人造花臭味、顏色柔和的候診室。雖然這次的見面並不是太理想。不過，至少我知道了那個名詞。我停下腳步，把那個名詞寫下來。解離性身分障礙症。我聽到辦公室的門在我身後打開來的聲音，於是，我加快腳步，跌跌撞撞地衝過那些沒有人坐著的藍色塑膠椅。為什麼從來都沒有人在這裡等待?現在,這已經不重要了,我不會再回來了。

## 奧莉薇亞

我開始懷疑，泰德是不是把那把刀扔進垃圾裡了。或者，無論他在這些漫漫長夜裡去了哪裡，不管他回家時是否帶著一身泥土和陳年骸骨的味道，他都隨身攜帶著那把刀。

我們在考慮其他的辦法。不過，一定得是那把刀，因為那把刀既銳利又快速。蘿倫的身體並不強壯。屋裡沒有什麼可以吃的，不管有沒有毒。泰德已經學到了教訓。

我不想告訴蘿倫這件事，不過，我想，泰德在盤算著什麼。今天，他帶了幾本新書回家。書名讓我的鬍鬚都痛了。不過，我認為那些書和我們有關。我試著掩飾這些想法，不讓她知道有這件事。如果我把這些想法壓得夠深的話，她就無法聽到。我再一次感謝上帝把我留在這裡。蘿倫需要我。

「也許我可以做一把刀，」蘿倫不確定地說。「就像他們在電視上那樣，在監獄裡。真希望有些食物。那也許會有助於我思考。」

我可以感覺到她的飢餓。再加上我自己的飢餓，我的胃就更痛了。黑夜在我們體內深處咆哮顫動，彷彿一對振翅中的黑色翅膀。我再次強迫他沉潛下去。他餓了，就像我們兩個一樣。

還沒輪到你，我告訴他。

他咆哮了一聲，不過，他所在之處太深，以至於我無法聽清楚他在說什麼。他說的要不就是，現在、現在、現在，要不就是不要、不要、不要。我不確定他說的是什麼。

我們在抽屜和櫥子裡搜尋。但是，那裡面有的只是灰塵。為了娛樂我們，蘿倫編了幾首歌。最好的一首是關於一隻蝨子的歌。那真的是一首很棒、很棒的歌。

我們已經精疲力竭了。我蜷縮在沙發底下的地板上。那道光束就堆在我身邊。今天，它是一抹柔和的淺黃色。

就算我們找到那把刀，我也無法把它用在泰德身上。除了在蘿倫推倒我們之間那道牆的那一瞬間以外，截至目前為止，我還無法像一個人類那樣地控制手、頭和手臂。我只覺得自己是隻貓。每當我想到泰德時，我依然會感到昔日的那股羈絆，雖然，我希望我可以不要這樣。愛不會輕易地死亡。它是會反抗的。

蘿倫說：「你得持續練習，奧莉薇亞。」

我累了，我說。我在我的腦子想著，練習太可怕了，我痛恨練習。

「我聽到了，」她說。「如果你不能運用這個身體的話，你認為我們要如何離開這裡，你這隻笨貓？」

你有時候真的很沒禮貌。

「至少我沒有違背承諾，奧莉薇亞。你說過你會嘗試的。」

我不高興地叫了幾聲，因為我知道她是對的。

她說：「到樓梯最底下去。你能看到什麼？」

我看到樓梯，我試探性地說。（我總覺得我的答案是錯的。）我看到地毯。往上延伸的樓梯扶手。至於樓梯最頂端的部分，我只能看得到二樓樓層平台的地板。如果我轉身的話，我可以看到前門、雨傘架、通往廚房的那扇門、客廳裡的一小部分……

「好，」她說。「夠了。那麼，我們就把這個叫做『黑夜』。他可以看到樓下有什麼，此外，就再也看不到其他東西了。想想看。想像他在樓梯的最底下。現在，讓我們走到樓梯最上面去。」

在抵達二樓樓層平台之前，她在倒數第二級台階把我拉上去。「你看到了什麼？」

我可以看到浴室的門，我說，還有泰德的房間和你的房間，以及天窗……

「樓上所有的東西，對嗎？」

對。

「但是，你能看到樓下的任何東西嗎？走廊？前門、雨傘架……」

不能。

「好，那我們就把這個叫做『蘿倫』。那就是我能看到的部分。明白嗎？」

不太明白，我說，但是她不聽我說。

「再下樓去。」

當我走到樓梯的一半時，蘿倫說，「停下來。」我剛好就在我喜歡打盹的那級台階上。在我下方有七級的階梯，上方也一樣有七級。「現在，你看到了什麼？」蘿倫問。

我還能看到樓梯扶手，我說。還有樓梯的台階和二樓樓層平台處的地毯。如果我往下看的話，我可以看到走廊的地板，如果我蹲下來的話，我可以看到一點前門。如果我往上朝著樓梯頂端看過去的話，我可以看到窗戶、浴室的門和二樓樓層平台的天窗。

「所以，你可以看到一點點在你上方的東西，以及你下方的一部分。這就是你，奧莉薇亞。黑夜在最底下，我在樓上，而你在中間，連接著我們。你是那個連接點。只有一個人才能救得了我們。你。」

我感到滿心的自豪，那道光束也散發出正面的玫瑰金光芒。

「你需要做的就只是往上走，」蘿倫說。「試試看。」

可是……

「我不是指真的爬上樓，」她不耐煩地說。「我的意思是，這些都不是真的。」

噢，我的天哪。你是什麼意思——

「現在先別管了。再來一次。」

我在發抖。我感覺到樓梯粗糙的舊地毯就在我那天鵝絨般的貓爪底下。我喜歡我的貓爪。我不想當一個人類。我想要做我自己。

我好害怕，我說。我動不了，蘿倫。

「對你自己說一個故事，」蘿倫說。我可以從她的聲音裡聽出來，她知道這是什麼感覺，被恐懼釘住是什麼感覺。「假裝你很想要的某個東西就在樓上，然後向它走去。」

我想著上帝，以及祂多變的臉孔，還有祂是多麼地好。我試著想像祂就在我上方的二樓樓層平台上面。我的內心充滿了愛。我幾乎可以看見祂那黃褐色的身體和老虎般的尾巴。還有那對金色的眼睛。

我往上爬了一級。有那麼一秒鐘的時間，我四周的牆壁都在震動。我感到極度的噁心，就像從很高的地方掉下來一樣。

「很好。」蘿倫的聲音因為興奮而分岔。

我抬頭看著上帝。祂在微笑。接著，我看到祂的面容變成了泰德的臉孔。祂為什麼變成泰德的臉孔？

我轉身跑回樓下，焦慮地叫了幾聲。蘿倫正在我們的腦子裡隱隱約約地大叫。

我做不到，我對蘿倫說。求求你不要逼我。這太可怕了。

「你這隻笨貓。你甚至沒有嘗試。你會毀了一切。」

對不起，我輕輕划動著四肢說道。我不是有意要讓你生氣的。

「你以前曾經做到過，奧莉薇亞，我都感覺到了。你掃除了障礙，然後走上樓。每次你把聖經從桌上推下來的時候，你就是這麼做的。會出現雷鳴，對嗎？還有，房子也會晃動？每當你錄音的時候，你也是這麼做的。記得你打開冰箱門的那次嗎？那些肉真的壞了！你只是需要學會如何刻意地去做。」

她說的事我都記得，但是我不懂。肉當然會壞掉——因為我沒有把冰箱的門關上。

「那天，地毯是什麼顏色的，奧莉薇亞？」

我想，在她經歷過這麼多之後，這已經沒什麼好驚訝的了——蘿倫顯然瘋了。

蘿倫說：「我想我是瘋了，可是你就試試吧？」有人聽得到你在想什麼真的很詭異。我還不習慣這種狀況。

「求求你。」她聽起來是如此地悲傷，我不禁對自己感到慚愧。

好吧，我說。我會試的！

我一試再試，然而，不管我多麼努力，我所能感覺到的都還是我那絲滑的黑色貓毛和我肉球般的四隻貓爪。

在過了彷彿永無止境的一段時間之後，蘿倫說：「停下來。」

我稍微鬆了一口氣地坐在樓梯的台階上，開始梳理我的毛。

「你不想幫我。」蘿倫的聲音聽起來明顯地在哭泣。

我想，我說。噢，蘿倫，我很想幫你。只不過——我就是做不到。

「不，」她安靜地說。「你不想幫我。」我的尾巴感覺怪怪的。有點溫暖。我扭動著尾巴，想要感受四周冰涼的空氣。然而，那股暖意卻越來越強烈。甚至變熱了。

「我可以撫摸你，」蘿倫說。「但是，我也可以這麼做。」

我的脊椎因為疼痛而散發出紅色的光芒。它燒成了一簇火焰。我的尾巴變成了一把燙紅了的火鉗。這讓我哭了起來。

求求你停下來，蘿倫！

蘿倫說：「對一隻想像出來的貓，我做什麼都無所謂。」

噢，求求你，好痛啊！疼痛的感覺衝過我的腦子、我的毛、我的骨頭。

「你以為你很漂亮，」蘿倫用同樣夢幻的語氣說道。「他把鏡子都拿下來了——你看不到你真正的模樣——所以，讓我來告訴你吧。你很瘦小、扭曲、乾癟。你只有你原本應該有的尺寸的一半大。你的每一根肋骨都像刀子一樣地往外凸。你已經沒剩幾顆牙了。你那顆光頭上的毛髮就像一條條的補丁。你臉上和手上充滿一再癒合的燙傷傷疤，那些疤痕組織已經厚到讓你的臉都扭曲了。那些疤痕讓你的鼻子變歪，也蓋住你的眼睛，以至於你的一隻眼睛幾乎已經因為疤痕而睜不開了。你以為你是用四隻優雅的腿在房子裡漫步。事實卻並非如此。你是用你的手和膝蓋在爬行，而把你那雙沒有用的腳拖在了身後，就像一隻醜陋的魚。難怪你不想住在這個身體裡面。你幫助他造成了這樣的局面，又在事後爬上他的大腿，發出滿足的咕嚕聲。你真是太可悲了。」

她停了下來，然後用一種不同的聲音說：「噢，奧莉薇亞，我很抱歉。」

我一邊跑，一邊發出驚恐的叫聲。疼痛的餘波依然在我身體裡流竄。但她這一番話卻讓我更痛。

「拜託你，」她呼叫著。「我很抱歉。有時候，我就是氣過頭了。」

我知道要如何傷害回去。我知道她最害怕的地方在哪裡。

我跳進那個冷凍櫃裡，用我的爪子勾住冷凍櫃的蓋子，砰的一聲，一把將蓋子在我們的頭頂上方闔上。黑暗淹沒了我們，歡迎我們的到來，我關上耳朵，將蘿倫的尖叫擋在了耳朵外面。我讓一片柔軟的虛無帶領著我，潛入到不知名的深處。

一個人在永遠斷裂之前可以彎曲多少次？在處理破碎的東西時，你得要小心；有時候，它們會崩潰，轉而毀掉別人。

## 泰德

我回到那間樹上掛著燈泡的酒吧，就是我和那個藍色眼睛、奶油色頭髮的女人相約見面的地方。天氣很溫暖，因此，我坐在屋後的一張長桌上，一邊呼吸著烤肉的味道，一邊想著她。不知道哪裡正在播放著鄉村音樂，那是一種山區的音樂，感覺很舒服。我們的約會就應該像這樣。那次的約會並不順利。不要去想那件事。

成群的男人在我身邊來來去去。他們很專注，身上散發著活力，不過，大家的話都不多。這裡沒有女人，所以，我很放鬆。說句實話，我希望我可以讓我腦子裡的那個部分處於關閉狀態。那個奶油色頭髮女人的事讓我覺得很難過。天氣很暖和，在這裡，我覺得很平靜，這種感覺幾乎就像是在候診室裡一樣。我喝了六或七杯的深水炸彈。誰需要算？等一下我會走路回家。「我沒有開車來。那樣做就太不負責任了！」我發現我講得很大聲，引來人們的注目。在那之後，我把臉壓低到我的啤酒杯上，閉上了嘴。

暮色降臨之後，更多人來到了酒吧。我想，他們都下班了吧。很多人進進出出，不過，沒有人來打擾我。我開始明白為什麼這裡沒有女人——這不是適合她們的地方。如果媽咪看到我在這種地方的話，她會說什麼？她會不屑地癟嘴。這違反科學。我感到不寒而慄。不過，媽咪看不到你，我提醒我自己。她已經不在了。

我沒有意識到自己有多醉，直到我從長凳上站起來。樹上的燈泡亮得像彗星一樣。黑夜發出了低沉的嗡嗡聲，時間停止了，或者，也許它過得太快，以至於我再也看不見它。那就是我為什麼喝酒的原因，我對自己說，為了要控制時間和空間。這似乎是我有史以來最真實的想法。我眼前一張張的臉孔都傾斜模糊了。

我漫步過明亮和黑暗的地方，穿越露台，經過了那棵樹。我在尋找我說不出來的東西。我看到一棟附屬建築物背對著天空，門口亮著燈光。我走進去，發現自己來到一個散發著礦物味、四面都是木板牆，還有成排小便斗的房間裡。裡面充斥著男人的笑聲。他們用手傳遞著一個小東西，說著關於某個朋友的故事，他們說那個朋友有一匹馬，或者那個朋友是一匹馬。又或者那個朋友吸食海洛因。過了一會兒，他們都離開了，只剩下我一個人和平靜的水滴聲，以及在空中搖晃的赤裸燈泡。我走進一個小隔間，鎖上門，這樣，我就可以平靜地坐下來，不會有人盯著我看。這都是那個奶油色頭髮女人的錯，來這裡讓我想起她，也讓我因此感到難過——我通常都很小心，只有在家的時候才會喝這麼多。我得要離開這裡，我得要回家。然而，此時此刻，我想不出我要怎麼才能回到家。四周的牆壁都在震動。

有兩個人走進了洗手間。他們的動作和言語都很拖泥帶水，他們喝得太醉了——即便連我都可以輕易地判斷出來。

「它們是我叔叔的，」一個聲音說道。「在那之前則是我爺爺的。在那之前又是我爺爺的父親的。而他父親在北方侵略戰爭的時候配戴過它們。所以，把它們還給我，老兄。那個把袖子扣起來的東西，我是說袖扣。我沒辦法用別的東西來取代它們。它們是紅色和銀色的，是我最喜歡的顏色。」

「我沒有拿你的任何東西，」一個聲音說道。這個聲音聽起來很熟悉。那個語調點燃了我遲緩的神經元。我的腦子裡想到了什麼，但是，我似乎說不上來那是什麼。「你知道我沒有拿。你只是企圖要讓我給你錢。我完全看透了你。」

「你在酒吧裡就坐在我旁邊，」那個袖扣男說。「我只不過把它們拿下來一下子而已。然後，它們就不見了。那是事實。」

「你的狀態不穩定，」那個熟悉的聲音同情地說。「我明白你不想相信自己把那些袖扣弄丟了。你想要找個替罪羔羊。我了解。可是，你打從心裡明白，那不是我的錯。」

另一個男人開始哭泣。「拜託你，」他說。「你知道不是這樣的。」

「請不要把你的錯覺加諸在我身上。另找別人吧。」

一道重擊聲接著響起。有人撞到了磁磚。現在，我很好奇了，那股好奇的感覺勝過了醉意。還有，我幾乎確定我知道那是誰的聲音了。

我推開隔間的門，那兩個男人嚇了一跳地看著我。其中一個握拳，正準備要揍另一個躺在地上的傢伙。他們看起來就像《哈迪男孩》的小說封面或者一張舊電影的海報。我忍不住笑了出來。

蟲蟲先生對我眨了眨眼睛。他的鼻子上有一抹泥土。總之，我希望那是泥土。「嗨，泰德。」

他說。

「嗨。」我說，我把手伸向他。那個丟了袖扣、又把他推倒在地上的傢伙已經出去了。有時候，偶爾，我的體型是一項優勢。

我幫忙蟲蟲先生從地上起身。他的襯衫後面很滑，而且已經變成了棕色。「呃，」他無奈地說。「也許，我們該走了。我想，他會再回來，也許還會帶朋友一起來。他似乎有點莫名其妙。」

「是啊，」我說。「我們走吧。」

眼前的路就像一條琥珀色燈光的隧道。我不記得我家在哪一個方向，而那似乎也不太重要。

「我們要做什麼？」我問。

「我想再喝幾杯。」蟲蟲先生說。我們走向遠處一個亮著的招牌。當我們往前走過去時，那個招牌看起來忽前又忽後，不過，我們還是走到了，那是一個加油站，也賣啤酒，因此，我們向那個昏昏欲睡的店員買了一些啤酒。然後就著路邊的桌子坐下來，就在加油機旁邊。周遭很安靜。只有偶爾開過的車聲。

我把一張紙巾給了蟲蟲先生。「你的臉上有點東西。」我說。他不予置評地把自己擦乾淨。

「我們竟然在一起喝啤酒，」我說。「真是太怪異了！」

「是啊，」他疲憊地說。「很顯然地，這種事照理說不應該發生在諮商師和客戶之間。你會再繼續來找我嗎，泰德？」

「會。」我說。我當然不會。

「很好。我原本打算要在我們下一個療程裡提起這件事的，你應該要把你真實的地址給我，你知道的。作為檔案之用。我查過了，你給我的那個地址甚至連住家都不是。那是一間7-11。」

「我弄錯了，」我說。「我有時候會把數字弄錯。」

他只是揮揮手，彷彿那不重要。

「你住在哪裡？」我問。

「你不應該問這種問題。」他草率地說。

「那個人為什麼認為你拿了他的袖扣？」

「我不知道。你能想像我偷了那些袖扣嗎？」

「不，」我說，因為我真的想像不了。「你為什麼選了這份工作？那不會很無聊嗎，一個小時又一個小時地聽別人說話？」

「有時候會，」他說。「不過，我希望它會越來越有趣。」

我們一起喝了一會兒，我不知道有多久。我們聊了一些話題，但是，那些話才說完就消失在了乙醚裡。偶爾，車燈會在我們的臉上掃過白色的燈光。我覺得我很喜歡他。

他向我靠近。「今晚，很多人看到我們一起離開酒吧。加油站的那個傢伙現在正在看著我們。他會記得你。你很容易被記住。」

「是啊。」我說。

「我們就開誠布公地說吧，」他說。「就這麼一次。你為什麼不再來找我？」

「你把我治好了。」我咯咯地笑著說。

「那真是了不得的特技，把那支筆刺進你自己的手裡。」

「我想，我對疼痛的門檻很高。」

他輕輕地打著嗝。「你被嚇壞了。你匆忙地走了。所以，你沒有注意到我跟蹤你。你不喜歡讓別人知道你家，對嗎？但是，要把聲音蓋住是很難的。小孩的聲音具有很大的穿透力。」

一道火光穿過黑夜。突然之間，蟲蟲先生似乎不像剛才那麼醉了。一股糟透的感覺在我心裡升起。

「她並非真的是你女兒，是嗎？」他問。「就像你的貓並不是真的貓一樣。你以為你很委婉，把我導向解離性身分障礙症。不過，我是靠解讀別人為生的，泰德。你愚弄不了我。解離性身分障礙症是由創傷引發的。虐待。告訴我，蘿倫——或者奧莉薇亞，如果你偏好這麼說的話——不離開那棟房子真正的原因是什麼？」

我讓自己笑出來。我讓自己聽起來像是喝醉了，而且很友善。「你太聰明了，」我說。「今晚，你也跟蹤我到酒吧嗎？」

「被那傢伙跟進洗手間還真是倒霉，」蟲蟲先生夢囈般地說。「不然的話，你就不會知道我已經監視你好一陣子了。」

我太不小心，也太盲目行事了。我讓他看到了我是誰。

「你闖入了我家，」我說。「我以為是那個鄰居女士，其實並不是。不過，你犯了一個錯誤。你用了不一樣的釘子。」

「我不知道你在說什麼，」他聽起來好像很受傷。如果我不認識他的話，我可能會相信他所說的。「泰德，這是一個機會。你我都可以受惠。」

「怎麼受惠？」我問。「我沒辦法付給你更多錢。」

「我們兩個都會有錢！」他說。「事實上，」他靠得更近地說。「我不應該只是一個蹩腳的小執業醫生，聽著中年家庭主婦訴說她們如何失去了自我肯定。你知道嗎，我在我們班上成績名列前茅？沒錯，我曾經出過一點小問題，但是，我重新拿回了我的執照，不是嗎？我的成就不該僅止於此。我和那些暢銷書作家的差別在哪裡？機會，就是機會。

「當我遇見你的時候，我知道我找到了某個特別的東西——我的研究個案。我曾經刊登那些廉價的諮商廣告刊登了好幾個月。我母親曾經說，如果你等待得夠久，邪惡就會出現。我想，你可以給我我值得擁有的東西。你是我那本書的中心，泰德。不用擔心，沒有人會知道那是你。我會改掉你的名字——艾德．佛雷格曼或什麼的。我只需要你對我誠實——非常非常的誠實。」

「你要我說什麼？」我真希望他可以不要再說話了。我得要做出我不喜歡的事情了。

「讓我們從頭開始，」他說。「那個女孩，蘿倫，或奧莉薇亞，不管你喜歡叫她什麼。她是第一個嗎？」

「第一個什麼？」

「你的第一個『女兒』。」他說。我可以聽到女兒那兩個字上的引號。「這個詞對嗎？女兒？妻子？或者，也許你只是把她們叫做貓咪……」

「你太蠢了，」我生氣地說。「我以為我才是愚蠢的那個！」不過，他太聰明，聰明到具有危險性。

他瞇起佈滿血絲的眼睛。「你為什麼去那間酒吧，泰德？」他問。「為了你的貓嗎？」

我把他勾進我的懷裡。「不要企圖告訴我我是什麼，」我在他的耳邊小聲地說。他嚇到打嗝。我把他抱緊，再抱緊，氣喘吁吁地越夾越緊，直到我感覺到他的胸腔彷彿被鋸斷了，蟲蟲先生似乎化成了水。他鬆開了手。兩個小東西從他的手心裡掉落到桌面上，暴露在了燈光下。那是一對袖扣，銀色的，鑲嵌著血紅色的石頭，在霓虹燈底下閃閃發亮。我盯著它們看了一會兒。「你就是個小偷，」我咬牙切齒地在他的耳邊說。「你偷了所有的東西——就連想法都偷。你甚至沒辦法寫出你自己的書。」他只是呻吟著。

一道喊叫聲在我身後響起，有人從那間商店裡走了出來；是賣我們啤酒的那個昏昏欲睡的傢伙。

我放開蟲蟲先生，他立刻跌落在桌上。我跑過馬路，衝進樹林熱情的懷抱。樹枝刷過我的臉，我一路跌跌撞撞，踩踏在深及腳踝的樹葉堆上。雖然我不止一次摔倒，但我沒有停下腳步，我從滑溜溜的森林地上爬起來，不停地奔跑，往家裡飛奔。一股想要咆哮的衝動不斷地累積，堆疊在我的喉嚨，但是，我並沒有讓它釋放出來，還沒有。

前門在我身後關上。我用顫抖的手把門鎖起來。然後，我握緊雙拳，一遍又一遍地尖叫，直到我的喉嚨發酸、聲音沙啞。我做了幾個深呼吸，扔了兩顆黃色的藥到嘴裡，沒有喝一滴水就乾吞下去。它們卡在我的喉嚨，喀噠喀噠地像兩顆小石頭。我硬是把它們嚥了下去。蟲蟲先生並沒有死，我想沒有。我得要祈禱他沒死。沒有時間去感覺了，也沒有時間做什麼繁複的準備。我們得走了。

我很快地打包。睡袋、帳篷、打火機、淨水錠、一捲鐵絲。我把屋裡所有的罐頭都收集起來。數量不多。桃子、黑豆、湯。在對著那瓶波本酒注視了好一會兒之後，我抓起瓶子，把它放入打包的行李之中。我把我最保暖的毛衣塞進去。當袋子滿了之後，我把兩件夾克穿在身上，一件外面再加一件，然後再套上兩雙襪子。這樣會太暖，但是，我得把我帶不了的東西都穿在身上。我把我所有的藥放進我的口袋，藥丸在它們琥珀色的管子裡咯咯作響。如果有什麼需要保持冷靜的時候，那就是現在了。

接著，我走到花園裡，挖出那把刀子。我把刀子上的泥土甩掉，將它吊在了我的皮帶上。

# 奧莉薇亞

蘿倫的聲音帶著一股尖銳的恐慌，在我夢境深處響起。「救命，」她小聲地說。「奧莉薇亞，他要把我們帶走了。」

我抽動著一隻耳朵。黑暗靜靜地包圍著我們。我一直夢到香甜的奶油，感覺非常愉快。此刻的我也許沒有心情傾聽。

什麼？

「泰德，」她說。「他要帶我們出去，到樹林裡去。你得要幫忙。」

噢，我冷冷地說。抱歉，我只是一隻笨貓而已。我幫不了。

「噢，別這樣，」她說。「拜託你，你得要試試看。我很擔心。」她的聲音就像被刮過的玻璃一樣。「求求你，奧莉薇亞。這是現在正在發生的事。他就要讓我們變成神靈了。這是我們最後的機會。」

我說，我不存在。所以，那聽起來像是你的問題。

她開始哭，斷斷續續地啜泣。「你難道不明白如果他殺了我，你也會死嗎？求求你，我不想死。」她吸了吸鼻子。我開始為她感到有點難過。她是一個遭到傷害的小孩。她說那些話並不是有意的。

我會試試，我緩緩地說。不過，我不能保證什麼。現在，不要煩我了。我得要專注。

一如既往地，每個人都得依賴一隻該死的貓。說句實話，人類真是他媽的沒用。

我蹲伏在黑暗裡。我希望這會有所幫助。曾經，這個箱子可以說是蘿倫和我之間的一道門。也許，它可以再度被打開。我聽著屋子裡的聲音——水龍頭的滴水聲、木板的吱吱聲，還有一隻被困在夾板和玻璃之間的蒼蠅所製造出來的聲音。我聞到廚房裡油氈地板的味道，以及空氣清淨劑的味道，當泰德記得時，他就會噴點空氣清淨劑。我收縮著我的爪子。看著它們既美麗又邪惡地向外彎曲。我不想要穿上可怕的人皮，也不想要有手。太可怕了。但我不得不。

好，我自言自語地說。來吧。

我抬頭看著二樓的樓層平台，試著去想我喜歡的某個東西。我試著去想上帝，然後，我又試著去想在夢裡將我的舌頭包裹住的那些又濃又甜的白色奶油。但是，我就是無法專心。我的尾巴在甩動，鬍鬚也在抽搐。我的思緒一片混亂。

加油，我低聲地說。

我閉上眼睛。我所能想到的只有蘿倫。不是她的樣貌，因為我從來都沒有看過她。我在想，她是多麼地聰明，可以想出這個計畫來拯救我們，還有她有多麼討人厭，特別是當她罵我是一隻笨貓的時候。什麼也沒有發生。不妙。我已經盡力了！我真的應該要回去睡我的回籠覺。不好的事情正在發生，而最好的辦法就是睡到壞事停止為止。

然而，每一次我閉上眼睛，試著要潛回我的舒適圈時，疑慮就會又把我刺到完全清醒。

我已經試過所有的方法了，我大聲地說。我沒有其他招數了！我所得到的回答只是一片沉默。不過，我可以感覺到祂的看法。我不高興地叫著，因為我知道，上帝並不喜歡不誠實。

我用我的頭推擠，讓冷凍櫃的蓋子往上推開了一吋。一絲光線迎面而來，讓我什麼也看不到。

我才一出來，立刻就聽到蘿倫在尖叫。她的聲音迴盪在牆壁之間，穿過我腳底下的地毯。她的恐懼從夾板上的貓眼鑽了進來，我可以聽到那股恐懼從廚房的水龍頭裡流出。我得要幫她。

一想到要爬進蘿倫那具皮囊裡，我就覺得很恐怖。我的尾巴因為厭惡而變得僵硬。真噁心！那層小豬般的粉紅色光滑皮膚取代了我美麗的貓毛。那些海葵般令人毛骨悚然的手指替代了我的貓爪！我發出了嘶嘶聲，如此暴力的親密感讓我嚇壞了。但是，她就靠我了。動動腦子，貓咪。

我走向聖經。將它推下桌子。當它砰的一聲掉落在地板上時，我感覺到了房子在震動。那就像一道回音，只是更大聲。

> 開口吧，你所求之事就會被賜予給你；尋找吧，你就會發現；
> 敲門吧，門就會為你打開。每個開口要求的人都會得到，
> 每個尋找的人都會有所發現，每個敲門的人，門都會因此打開。

有個想法在我腦海中已經醞釀一段時間了。我也許只是一隻家貓，但是，我曾經看過上帝的

許多臉孔，我知道這個世界上有一些奇怪的事。蘿倫以為她知道一切，但是，事實並非如此。我們並不像一座樓梯。我們就像壁爐架上那個恐怖的娃娃。蘿倫和我在彼此的體內。當你輕拍其中一個的時候，每一個都會受到震動。

快想，快想！

那天，當我把冰箱門打開的時候，我感到很氣憤。也許我從來都沒有那麼生氣過。當下，我並沒有感覺到那道光束把我和泰德連結在一起。我就是我，孤伶伶的一個人。

因此，我讓自己生氣。這並不難。我想著泰德，想著他對蘿倫所做的事。要去想這些事真的很辛苦。有一件事，她是對的；我真的是一隻笨貓。我相信了他的謊言，我不想知道真相。我只想要睡覺，只想被撫摸。我是個膽小鬼。但是，我不想再繼續當膽小鬼了。我打算要救她。

我的尾巴豎了起來，變成了一根憤怒的尖刺。那把火首先在我的尾巴末梢點燃，沿著我正在扭動的尾巴往下延伸，竄進我的體內。這和蘿倫傷害我的時候所產生的那股熱流並不一樣。這是我自己製造的感覺。是我的火。

牆壁開始震動。巨大的聲音在遠處響起，隨即充斥在我的四周。走廊正在顫抖，宛如壞掉的電視畫面。地板則變成了一片波濤洶湧的海洋。

我走向前門，一邊滑行，一邊唉唉地叫著。雖然我決定要勇敢，但是，那並不表示我就不害怕。我很害怕。我透過我那個貓眼所看到的，並非真正的戶外。我現在明白了。此刻，我在戰慄中發現那三道鎖並不牢固。大門沒有鎖上。當然沒有。我不需要往上走，我得要往外走。每個人都知道要如何進出一棟房子。我輕輕地叫了一聲。其實我並不太希望自己是對的。我用後腳站起來，然後將我的貓爪搭在門把上。大門立刻打開了。白花花的光線撲面而來。我什麼也看不到；就像在一顆星星裡面一樣。那道光束變成了一條火線，在我的脖子上熊熊燃燒。接下來會發生什麼事？我會燃燒殆盡嗎？我有點希望會這樣。我不知道外面有什麼。

我走出屋子。那道光束彷彿熔爐般地在燃燒，將我團團圍在一片白色的熱浪裡。世界在翻轉。令我眼盲的星星把我吸入了一片虛無。噁心的感覺湧起，讓我無法呼吸。我肺部裡的空氣全都被擠壓出來了。

我回過神來。那片目眩的亮光已經消退；星星也縮成了黑暗中的小洞。透過那些小洞，我捕捉到了些微的動靜、顏色和光線。

感覺很熱。世界依然在晃動，彷彿在波濤洶湧的海面上顛簸的一艘船。泰德熟悉的味道瀰漫在我的鼻子裡。我們被馱在他的背上，我想，是在一個背包或布袋裡。然而，我的體積太大了。我的皮膚毫無遮掩，光禿禿的沒有毛髮，就像某種蟲子一樣。我的貓爪已經變成了細長的肉蜘蛛。我的鼻子不再是一顆柔軟可愛的小球，而是一個恐怖的尖角。最糟糕的是，我原本長著尾巴的位置，現在什麼也沒有了。

喔，上帝啊。我蠕動著，但是我無法移動。我想，我們被束縛住了，也許被綁起來了。四周都是鳥鳴。鳥叫聲很大；有一種我從來沒有聽過的清晰度。空氣也很不一樣。我可以感覺得到，即便是在袋子裡面。空氣很涼爽，很清新——而且還在流動。

蘿倫在啜泣，我感覺到她的哭泣在我不熟悉的、洞穴般的胸腔裡爆發。我感覺到淚水從我細小虛弱的眼睛裡流出。這就和我預想的一樣恐怖。

我做到了，我無聲地告訴她。我在這個身體裡了。

「謝謝你，奧莉薇亞。」她緊緊地捏著我，我也回捏著她。

蘿倫，空氣為什麼在動，彷彿是活的一樣？

「那是風，」她低聲地說。「那是風，奧莉薇亞。我們在戶外。」

喔，我的天哪。喔，天啊。在那一瞬間，我震驚到無法思考。然後，我問：我們在哪裡？

「我們在樹林裡，」她說。「你聞不出來嗎？」

就在她說話的時候，那股氣息撲向了我。這真是不可思議。那是礦物、金龜子、河水、發燙的土壤和樹的氣息——天啊，樹的味道。在如此近距離之下，這些氣味宛如交響曲一般。我做夢都想不到。

「刀子在他那裡，」蘿倫說。「你能相信嗎？他把刀子埋了起來。」

或許，他只是帶我們出來散步，我滿懷希望地說。他帶著刀，也許是因為他害怕有熊出沒。

「貓咪向來都沒有從樹林裡回來過。」她說。

她說完之後，我們都安靜了下來。我只想要回到屋裡。可是，我不能留下蘿倫一個人。我必須要勇敢。

他在崎嶇不平的地上走了一個小時。他爬過陡峭的石頭表面，涉水越過溪流，穿過山谷又翻越山丘。很快地，我們已經在野外了。

他在一個聞起來有石頭味道的地方停下來，在這裡，樹叢正在靜夜的流水聲中彼此交談。透過袋子頸部的那個小開口，我可以看得出來，我們正處在一個淺溪谷裡，溪谷盡頭就是瀑布。泰德在摩擦聲和呻吟聲中紮營。透過包裹著我們的深色布袋，我看到有光線在閃爍。火。在我們的頭頂上，我可以聽到風在撫摸樹葉的聲音。

我能看到的不多，不過，我可以感覺到空氣的寬廣。風吹在雲層之上。真希望我永遠都不知道真相，我對蘿倫說。戶外很嚇人。四周沒有牆壁，只是無盡地延伸。這個世界會延伸到多遠？

她說：「世界是圓的，因此，我猜它會一直延伸下去，直到再度回到你面前為止。」

真可怕，我說。我想，這是我有史以來聽過最糟糕的事。喔，上帝啊，保佑我……

「專心點，奧莉薇亞。」她說。

他會讓我們從這個袋子裡出來嗎？我問。尿尿或什麼的？

「不會。」她說。「我想不會。」我可以聽到她的思緒正在狂奔。「計畫改變了，」她低聲地說。「就是這樣。我們要改變策略。我們要調整。他有刀。我感覺到刀子就抵在他的臀部。你要從他那裡把刀拿走，就這樣，然後殺了他。還是同一個計畫。事實上卻更好了，因為我們所處的地方前不著村、後不著店，沒有人會來幫忙。我們可以把他對我們的計畫施加在他身上，你明白嗎？」我懷疑她是否喝了泰德的波本酒，因為她聽起來就和他喝醉時一模一樣。我想，恐懼會讓你說的話變得不清不楚，就像喝醉的時候那樣。

我想到我們的身體，我們那柔弱、單薄的身體要和泰德粗壯的身體對抗，我的媽呀。風用它冰涼的手指撫摸著我的毛。我吸進一口氣。它給我的感覺既古老又年輕。我不知道這是否將成為我所能感覺到的最後一件事。

外面很美妙，我說。我很高興我有機會感受到它。不過，真希望我也能嚐到真正的魚。

「我也希望你有嚐到。」她說。

我做不到，蘿倫。我以為我可以，但是我做不到。

「這不只是為了我們，奧莉薇亞，」蘿倫說。「這是為了他。你認為他希望自己像這樣嗎？你覺得身為一個怪物，他快樂嗎？他也是一個囚犯。你必須幫助他，貓咪。最後一次幫他。」

噢，我說，噢，天啊……

「那好吧，」蘿倫虛弱而無奈地說。「也許情況不會那麼糟糕。」

森林在冰冷的空氣裡竊竊私語。火堆也在歌唱。我想著所有的距離和圓形的世界，如果你走得夠遠，這個圓形的世界只會把你帶回到原點。

做一隻勇敢的貓，我小聲地對自己說。這就是上帝把你留在這裡的原因。我做了一個深呼吸。我會那麼做的。我會拿到那把刀，然後，我會殺了他。

「聰明的貓咪，」她說。她的呼吸急促了起來。「你得快一點。你只有一次機會。」

我知道。

黑夜在黑暗的深淵裡咆哮。當他企圖要掙脫束縛時，我感覺到了他強壯的側腹在扭動。

你是哪根筋不對勁？我簡短地問。我很忙。我現在沒有時間理你。

他用一聲咆哮作為回答，那聲咆哮在我的耳朵裡迴盪，讓我的脊椎感到震撼。輪到我了，輪到我了，輪到我了。他怒吼著。但是，我把他緊緊地釘住；他掙脫不了。

泰德很焦慮。他把我們留在身邊，緊緊地綁在他的背上。營火在熱氣中閃爍，透過袋子，火光看起來彷彿一堆紅色的光點。他在輕聲地自言自語，我可以感覺到他低沉的聲音。

「媽咪，你還在這裡嗎？」

就在黎明前夕，他不知不覺地打起瞌睡。我感覺到他在深深地吸氣和吐氣。他很平靜。我們頭頂之上的天空正在屏息以待。

你能看到什麼嗎？我問。

「刀在他的左手裡。」她輕聲地說。我伸出我們的手。用手讓我感到厭惡——那就像戴了一雙用腐肉做成的手套。我從他放鬆的手掌裡拿走了那把刀。它比我預期的還要輕。

我走過去，將刀子刺進他的肚子。刀尖刺到肉上，發出了清脆的聲音，宛如蘋果被咬了一口一樣。我以為皮肉會很柔軟，然而，泰德的身體裡面有著一堆亂七八糟的東西和質感。我感到了阻力；那讓刀子很難刺進去。這遠比我所能想像的還要恐怖。在泰德的尖叫聲中，我幾乎聽不到自己在哭喊。他的聲音把附近灌木叢裡的一隻小鳥嚇跑了，只見鳥兒往上衝進了天空。我真希望我也能和鳥兒一起飛走。

首先是疼痛。我們體內的神經被疼痛點燃了。黑色的布袋攤開來。蘿倫和我趴在凹凸不平的森林地上。我們的臉頰重重地壓在一堆光滑的樹葉和小樹枝上面；溪水冰涼地流過了我們的腿。我們的心臟發出了斷斷續續的軋軋聲，彷彿一輛即將熄火的車子。

蘿倫？我說。我們為什麼在流血？我們為什麼站不起來？

## 泰德

迪把錄音機放在桌上。要找到這種東西還真不容易。所有的電子賣場都沒有販售。最後，她是在市中心一家唱片行付了高價才弄到手。

她把錄音帶放進去，用一根顫抖的手指按下播放鍵。

「請前來逮捕泰德，他涉嫌謀殺和其他罪行，」一個細小的聲音喘著氣說道。「我知道這個州有死刑……」

這是一段很短的錄音，也許只有一分鐘左右。迪屏息地聽著內容。然後，倒帶再聽了一次。她繼續往下播放，以防這段話之後還有其他的內容。不過，其他的內容只是某個醫學系學生的筆記。那是一名帶著一點口音的女子，她的聲音就像一只清晰的鈴聲，不過，迪無法分辨那是哪裡的口音。

她往後坐。這是露露。長大了一點，沒錯。不過，迪不可能會弄錯她妹妹的語氣。現在，時候到了，她也拿到了證據，但是，迪卻不知道該怎麼辦。她把一隻手放在心臟的位置。她的心臟正在大聲地跳動，彷彿膨脹到就要爆開來一樣。

她應該把這一切都告訴疲憊的凱倫，讓她聽這捲錄音帶。她會的，等她可以把頭從手心裡抬起來的時候，她就會這麼做。

屋外傳來熟悉的聲音。咚、咚、咚。

迪的身體彷彿通電了一樣。她走到陰暗的窗邊。泰德已經來到了後院。他在那裡站了一會兒，傾聽著什麼。然後四下張望了一下。迪不動聲色，宛如一根柱子。她希望反射在窗框上的月光可以遮住她的剪影。月光顯然遮住了她的剪影，因為泰德只是兀自地點點頭，隨即走向佔據院子東邊角落的那棵枝葉糾纏的接骨木。他用雙手在挖掘著什麼。

泰德從地上拿起一個東西。他甩掉上面的泥土，再將那個東西從套子裡滑出來。一把長獵刀。月光閃閃發亮地反射在刀刃上。只見他把刀子插進皮帶，然後走進屋裡。

幾分鐘之後，當他再度出現時，他的背上多了一個袋子。他緩緩地走出他的院子，朝著森林走去。那個袋子在迪的注視下似乎在動。她很確定那個袋子在微弱的光線底下顫動著。

迪的思緒清晰了起來。她的處境變得冷冽而嚴峻。沒時間找凱倫了。露露必須獲得拯救——她所要面對的是一個怪物。搞定它，迪迪，她在心裡想著。

迪跑到櫥子前門，拿出螢光漆的噴灌、拔釘錘，以及她為了這一刻而買的那雙防蛇的厚靴。她穿上她的連帽衫、夾克，用顫抖的手繫好鞋帶。然後走出家門，靜靜地將門在身後關上，她剛好來得及看到泰德消失在了樹叢底下。他的手電筒燈光在靜夜的空氣裡飛舞。

迪彎身靠近地面，邁著無聲的腳步跟在他後面。這次，沒有什麼能夠阻止得了她。

在走入森林五十呎之後，透過樹枝，她依然可以看得到街燈，她停下腳步，將那罐反光的黃色噴漆噴在一棵山毛櫸的樹幹上。她眨眨眼，擠掉眼裡的雨水，然後繼續往前。樹枝刷過她的臉，扯著她的腿。夜裡的森林很濕滑，緊緊地黏附在她身上。她試著要讓自己的呼吸聲平靜下來。她在那捲錄音帶上聽到的話一遍又一遍地在她的腦子裡響起。除了寧靜的黑暗之外，什麼也沒有。露露。

泰德很快就離開了小徑，他們頭頂上方的月亮被茂盛的樹枝遮擋了。每隔五十呎，迪就在一棵樹幹上噴漆。她讓泰德的手電筒保持在她的視線範圍之內，她的日光是如此專注，以至於手電筒的燈光在她眼裡擴散成了一輪模糊的星光。過了一段時間之後，她感覺樹林出現了變化。迪所在之處已經不是人們攜家帶眷前來健行的地方了。她已經置身在熊會出沒的野外，在這裡，登山者的屍骨永遠也無法被尋獲。

樹葉之間的低語聽起來彷彿一條蜿蜒的尾巴正在晃動著波浪鼓。閉嘴，她疲憊地在心裡想著。這裡沒有該死的響尾蛇。她不知道自己變成恐懼的囚犯已經有多久了？年復一年。是時候讓自己自由了。

迪的腳在一根泥濘的樹枝上打滑了。那根樹枝在她的腳底下用力地滑動。在此之際，她的手電筒燈光掃到了那個東西，就在她右腳腳趾前方的森林地上。她太熟悉那個鑽石圖案了。一陣刺耳的嗒嗒聲響起，彷彿乾燥的稻米正在袋子裡甩動一樣。那條蛇帶著噩夢般的優雅，緩緩地往後躍起，停在半空中等待著發動攻擊，一雙眼睛散發著炯炯的綠光。牠長約四呎，看起來很年輕。

迪的手電筒燈光在牠後面的石塚上瘋狂地飛舞，那裡很可能就是牠的巢穴。

恐懼像墨水般地流過她的血管。她想要尖叫，不過，從她嘴裡發出來的卻只是微弱的口哨聲。那條蛇搖擺了一下。也許，這樣的冷天氣讓牠行動遲緩，也許，手電筒的燈光讓牠什麼也看不見，不過，那給了迪她所需要的時間。

她讓燈光保持穩定，往前踏出一步，用力一揮。她知道，如果她沒有瞄準的話，她就死定了。

那把拔釘錘擊中那條蛇晃動中的頭，發出一道破裂的聲音。在她的第二擊之下，那條蛇無力地掉落到地面。迪喘著氣，往前俯視。「接招吧。」她小聲地說。

她用一根手指戳了一下那條長長的身體。那條蛇的觸感很冰涼，現在，牠已經鬆軟無力了。她把那條死蛇撿起來。她想要永遠記住這一刻。「我要把你做成一條皮帶。」她說。歡喜之情瞬間湧起。她覺得自己脫胎換骨了。

當她抓起那條死蛇，打算把牠裝進口袋時，那條蛇的頭突然抽搐了一下，隨即轉過來。迪眼前的一切頓時變成了慢動作——那條蛇的頭往前衝過來，牠的尖牙刺進了她的前臂。迪感覺到自己的嘴張大，發出了無聲的尖叫。她甩動手臂，企圖要甩開那條蛇。那條蛇無力的身體跟著晃動，彷彿一條活生生的鞭子。有些東西就是能起死回生。被咬到的部位痛得很厲害。不過，比起被那條蛇纏住的恐懼，這份疼痛根本算不了什麼，那條蛇彷彿已經變成她身上的怪物、變成了她的一部分。

最後，迪用那把拔釘錘勾住蛇的下巴，硬是將牠的嘴撬開來。那些尖牙在手電筒的照耀下，看起來既蒼白又透明。她把那條被撕裂的身體扔進森林裡，能扔多遠就扔多遠。

一股衝動在她體內湧現。不要尖叫，她告訴自己。然而，那竟是笑聲。她笑到覺得痛苦、笑到喘息。笑到淚流滿面。終究還是有蛇。

她不想看，但是，她不得不看。被咬到的傷口四周已經腫了，也變色了，活像一個一週之前撞到的瘀青。

搞定吧，迪迪。她一邊咯咯地笑，一邊把袖子從肩膀撕掉，好緩解肌肉的壓力，她的手已經腫脹到快要變成一顆氣球了。她距離可以提供救援的地方至少有一個小時的路程。眼前，她唯一能做的事就是繼續往前走，了結這件事。泰德的燈光在前方的林間閃爍。這場響尾蛇意外為時不到一分鐘，真是難以置信。迪重拾腳步，蹣跚地跟上他的燈光。

她開始感到噁心。其他的現象也陸續發生了。她覺得周遭的樹木似乎變得更白了，樹幹之間還有紅色的鳥兒在快速移動。她喘著氣，試著藉由眨眼眨掉這樣的畫面。這不是夢。這裡沒有人髮做成的鳥巢。她的手臂在搏動，彷彿自有心跳一樣。她知道，如果你被蛇咬中的話，你就不應該移動。因為那會讓毒液擴散。太遲了，她想。我很久以前就已經中毒了。

她跟著泰德往西走。當她在濃密的樹叢底下跛行時，雨勢開始緩和了。月亮和星星也在頭頂上露出臉來。她關掉她的手電筒。泰德的手電筒依然亮著。要揹著那麼重的背包保持穩定的步履一定很辛苦。而且，那個重物也許還在動，還在和他對抗。

她用那隻沒有受傷的手觸摸著口袋裡的拔釘錘。逐漸變乾的蛇血讓錘子變得黏乎乎的。她在發燙；她的憤怒在體內蠢蠢欲動。泰德將會付出代價。每隔五十呎，她就在一棵樹上噴上黃色的螢光漆。她必須相信自己會沿著這條路走回去，帶著她的妹妹。

她盡可能地跟近一點。即便如此，她還是跟丟了。他的手電筒燈光離開了她的視線範圍，然後，他就不見了。地面開始陡落，迪在跌跌撞撞之下感到了恐慌。不過，理性重新發揮了影響力。她可以聽到水流的聲音從下方的某處傳來。他也許會在水邊停下來。黎明就要來臨了，她可以在空氣裡聞到黎明的味道。迪靠在一棵濕滑的樹幹上呼吸。她只需要再保持一會兒的耐心。她不能冒著在黑暗中摔倒的危險。她需要黎明。她知道黎明已經不遠了。

黯淡的拂曉將世界染成了一片白鑞。迪步履不穩地走下一條通往水聲的崎嶇陡坡。她來到一條狹路的邊緣。一條小溪湍急地流過狹路底部的石頭。狹窄的急流旁邊有一個打開來的睡袋，看起來宛如一張鬆弛的嘴。一簇即將熄滅的火在黎明中，把縷縷的白煙送往灰色的天空。

*看來，這裡就是那個週末之處。*現在，她一直在等待的那一刻到了，迪感到無比的莊嚴。這種感覺近乎神聖，很多事情都將會結束。

她顫抖地往下走。毒液讓她的手臂感覺很沉重，彷彿石頭一樣。小溪旁邊的石頭上濺有深色的斑點。血。這裡出過事。

她跟隨著半乾的血跡走進樺木林裡。*這就對了*，她想。*動物會在死前躲起來。*然而，躲起來的是誰？泰德還是露露？那些斑駁的樹影感覺很熟悉。還有樹葉和樹葉之間安靜的對話。這樣的場景以前也曾經發生過。當時的迪走進樹林，當她再度走出來時，有人死了。這一次和那一次重疊了起來，就像在一張描圖紙上畫畫一樣。不過，當然了，上次是在一個夏日的午後，在湖邊。那天的樹是松樹，而非銀色的樺木。她灑下白色的靜電來阻隔這些思緒，一如電視上的雪花雜訊一樣。

一開始，她並沒有看到那個身體。然後，她瞄到一只從野玫瑰叢裡露出來的登山靴，那只靴子已經從一隻腳上被半扯了下來。他的身體攤開成某個角度，臉部朝下。深色的東西從他嘴裡流出。她心想：*噢，她逃走了，而他死了*，一股歡喜之情油然而生。接著，她又想，*可是，我想要殺了他*。

泰德呻吟著翻了個身，動作緩慢地有如世界在翻轉。覆蓋在他身上的泥土和落葉彷彿一片深色的刺青。那把刀依然插在他的腹部。鮮血不斷地湧出，變成了一條發亮的溪流。他看到她了，他臉上那抹驚訝幾近於滑稽。他不知道她有多麼了解他，多麼密切地在監視他，他們的命運又是如何地糾纏在一起。「感謝上帝。」他說。語畢，他看著她的手臂。「你受傷了。」

「響尾蛇。」迪心不在焉地說。她看他看到入迷。現在，她知道蛇在接近老鼠時是什麼感覺了。

「我的袋子，在溪邊，裡面有手術黏合劑。我可以幫傷口止血。裡面還有被蛇咬的急救包。我不知道那有沒有用。」他看起來憂心忡忡的，他在這個時候還擔心她的安危，這讓她感到很讚嘆。當然了，他以為她會幫他——他需要她。

「我打算要看著你死。」她說。她看著他臉上出現不敢相信的表情。

「為什麼？」他低聲地問。鮮血從他的嘴角往下流。

「因為你活該，」迪說。「不，在你做了那件事之後，比起你應該受到的懲罰，這只不過是小兒科罷了。」她環顧著黯淡的四周。樹林之間沒有什麼騷動。「她在哪裡？」迪問。「告訴我她在哪裡，然後，我會讓這一切快點結束。幫你做個了結。」她想到露露在這片冷漠的天空底下，既孤單又害怕。「露露，我來了！」迪高興到幾乎就要哭了出來。

泰德倒吸一口氣，唇邊吐出了紅色的血泡。

她緩緩地在他面前搖動著一根手指。他的眼睛也跟著手指擺動。「你沒有時間了，」她說。「滴答。」

他發出了輕微的啜泣聲。

「你為你自己感到這麼難過，」迪憤怒地說。「對她卻一點憐憫之心都沒有。」她站起身。世界立刻搖晃起來，世界的邊緣也變成了灰色，但她穩定了自己。「我要去找她。」露露會和她一起回家，她們會住在一起。露露會需要幾年的時間來療癒，不過，迪會有耐心的。她們會彼此療癒。「去死吧，你這個怪物！」語畢，她轉身朝著瀑布的聲音、朝著天光、朝著從雲層中透露出來的金色陽光而去。

一個小女孩的聲音在她身後低聲地響起：「不要那樣說他。」

迪戰慄地轉身。除了她和那個瀕死的人之外，沒有其他人了。

「他不是怪物，」泰德發青的嘴唇裡傳送出那個小女孩尖細又虛弱的聲音。那和那捲錄音帶裡的聲音一模一樣。「我必須殺了他——但是，那是爹地和我之間的事。你不要捲進來。」

「你是誰？」迪問。她的耳朵裡充斥著紅色翅膀飛撲的聲音。

「蘿倫。」那個小女孩透過眼前這個大男人說道。

「別想作弄我，」迪堅定地說。這一定是幻覺，蛇毒的副作用。「他抓走了露露。他抓走小女孩。」這得是真的，不然，一切都會崩潰。

「他從來都沒有做那種事，」那個小女孩說。「我們是彼此的一部分，他和我。」

當迪蹣跚地走向泰德時，整個世界都在傾斜。「噓，」她說。「安靜。你不是真的。」她將手掌蓋在他的口鼻上。他蠕動地掙扎，地上的樹葉和泥土都被他的腳跟踢飛了起來。她牢牢地壓著他，直到他再也不動為止。在一片混亂之下，她很難做出判斷，不過，她認為他已經停止了呼吸。她站起身，感覺比死掉還要疲憊。世界的邊緣變成了灰色。她腫脹的手臂已經黑到發亮了。

她在縷縷的白煙中跛行到泰德的背包旁邊。她找到了一個貼有標籤的黃色小袋子。標籤上那條蛇往後豎起的身體，讓她倒吸一口氣地畏縮了一下。標籤上的指示在她眼前漂浮。她把止血帶綁在手上，再將吸盤放在傷口上。傷口部位的肌肉又腫、又黑、又痛。在她的抽吸之下，鮮血很快就充滿了吸盤。也許只是心理作用，不過，她已經覺得好多了，穩定多了，也更警覺了。她又抽吸了幾次，然後才起身。這樣應該就可以了吧。

她看到那個手術黏合劑塞在背包的一個口袋裡。她取出黏合劑，丟進湍急的溪水裡。「以防萬一。」她低聲地說。畢竟，死掉的響尾蛇還是會咬人。

她想到當泰德掙扎著要呼吸時，她的手就蓋在他的口鼻上。沒事的，因為他活該。一切都不會有事的。至於那麼一個大男人會用一個小女孩的聲音說話，那只不過是毒液引發的錯亂。雖然，她的視線模糊，不過，在她耐心的搜尋下，終於，她看到遠處一棵樹幹上有她噴上的黃色亮光漆，那是指引她離開這個山谷的路徑。她搖搖晃晃地朝著指標走。迪會找到露露，會給她一個安身之處，她們將會很快樂，會一起去尋找鵝卵石。不過，她們不會到湖邊去的。絕對不會。

「露露，」迪小聲地說。「我來了。」她步履不穩地穿過森林，走過樹林之間交錯的光影。一隻狗的吠叫聲從她身後傳來，讓她加快了腳步。

# 奧莉薇亞

這不是你的身體，蘿倫。我哭泣地說。這是他的。我們住在泰德的身體裡面。

「對，」她嘆息了一聲。「不過，住不了多久了。感謝上帝。」

為什麼，為什麼，為什麼？我像一隻小貓般地哭鬧。你讓我殺了我們。我們全部。

「我需要你的幫助來結束一切。我自己沒辦法做到。」

我以為我很聰明——然而，蘿倫卻如此輕易地就把我帶上了這條路，來到這一刻，走向我們的死亡。

你說謊，我說。你所說的一切，關於醋和冷凍櫃……

「那都是真的，」她說。「雖然那不只發生在我身上，也發生在他身上。你不知道我們經歷過什麼。生命是一條很長的隧道，奧莉薇亞。光線只會在隧道的盡頭出現。」

現在，我可以在我的腦子裡看到她。蘿倫很瘦小，她有一雙棕色的大眼睛。關於她的身體，她所說的一切都是真的。謀殺者，我對她說。

泰德正在某處喘息。他的聲音聽起來很糟糕，彷彿在血泊中吹著口哨一樣。他把我們緊抓著傷口的手從肚子上舉起來。我們全都看著我們溫熱又黏滑的鮮血從我們的手掌裡流下來。鮮血滴落到地面，立刻就被泥土吸收了。泰德的身體，我們的身體，正在衰敗。

噢，泰德，我試著要告訴他。對不起，真的很對不起。請原諒我，我不是故意要傷害你的……

「你傷害不了他的，」蘿倫的聲音既像在耳語，又像在尖叫。「我們承受了他的痛苦。你承受了他內心的痛苦，而我承受了他身體的痛苦。」

閉嘴，我說。你已經說夠了。泰德，我叫喚著他。泰德？我要怎麼彌補？

鮮血從他的嘴裡流出來，勾勒出一條紅色的細線。雖然他說的話含糊不清，但是，我太了解他了，我知道他在說什麼。「你聽。」他說。我們四周的鳥兒在黎明的林間裡歌唱。

那道白色柔軟的光束散發著微光。它把我們三個串在了一起，心連心。那道白光越來越強烈，蓋住了整片地面，我終於看到那道光束事實上不只串連了我們，也穿過了那些樹、那些鳥兒、那片草地和所有的一切，它橫越了整個世界。一隻大狗正在某處吠叫。

太陽已經升起了。空氣變得溫暖，也轉為了金黃色。上帝就在這裡，在我面前，彷彿一道燃燒的火焰。祂有四隻精緻的貓爪。祂的聲音很溫和。貓咪，祂說。你原本應該要負責保護的。我無法抬起頭凝視上帝的臉。我知道，今天，那將會是我自己的臉。

## 泰德

幽暗之中，有人正在我的上方，把手壓在我肚子的那個洞上面。有人在我的耳邊呼出了溫暖的氣息。他用力地壓著，然而，鮮血還是止不住地流出來。他發出幾聲詛咒。他企圖要把我從黑暗中拉回來，回到充滿陽光的早晨。

我們大可告訴他那沒有用。我們正在死去，我們的肉身正在冷卻。我們可以感覺得到這一切正在發生，我們每一個都感覺到了。我們的鮮血緩緩地湧出，將我們所有的顏色和思緒都灑在了森林的土地上；每一次的呼吸都變得越來越困難，越來越緩慢，讓我們越來越冰冷。我們安全的心跳已經崩壞了；現在，我們的心跳就像一隻正在玩耍的小貓或者一個壞掉的鼓：越來越微弱，越來越凌亂。

沒有時間道別了，只有一股冰冷的僵硬悄悄地爬上我們的手指、手、我們的腳和腳踝。一吋一吋地爬上我們的腿。那些小傢伙正在地窖裡哭泣。他們從來沒有對任何人做過什麼，那些小傢伙。他們從來都沒有機會。原本明亮到刺眼的世界陷入了一片黑暗。

陽光灑在染血的森林地上，留下一道道狹長的光束。有一隻狗忽遠忽近地正在嗚咽。

然後，什麼也沒有了。

## 奧莉薇亞

我回到了屋裡，我不知道我是怎麼回來的，不過那不重要。我又再度擁有了可愛的耳朵和尾巴，但我沒有時間對此感到安慰。重要的是這裡很安全。

牆壁正在往內壓縮，彷彿肺部正在崩壞一樣。成塊的石膏板從天花板上掉落下來。窗戶像一片破冰般地向內爆開。我跑到沙發底下躲藏，但是，沙發已經不在了，取而代之的是一張濕淋淋的大嘴，裡面還有幾顆殘缺的牙齒。閃電從那些貓眼裡穿透進來。一隻隻黑色的手從地板裡往上延伸。那道光束緊緊地圍繞在我的脖子上。此刻的它是透明的，那是死亡的顏色。我聞不到任何味道，也許正因為如此，我才確定我就要死了。

我想到了魚，以及我將永遠都不知道它嚐起來是什麼味道，我還想到了我美麗的虎斑貓，我再也見不到她了。然後，我想到了泰德，想到我對他做了什麼，此刻的我真的在哭泣。我很清楚，其他人都已經走了，就像我了解我自己的尾巴那樣地清楚。只剩下我一個了，這是有史以來第一次。很快地，我也會跟著走了。

現在，我完全可以感覺得到這個身體了。心臟、骨頭、精緻的神經叢末端，還有手指甲。手指甲真是令人感動的東西。我發現，這個身體是什麼形狀，這個身體是否沒有毛、沒有尾巴，這些都不重要。它依然屬於我們。

是時候不再當一隻小貓了，我對自己說。來吧，貓咪。也許，如果我幫助這個身體，其他人就可以回來。

然而，原本應該是大門的地方，卻充滿了無數發亮的刀子。它們在空氣裡發出颼颼的聲音。那裡沒有路可以出去。

樓梯頂端的二樓樓層平台、臥室和屋頂都不見了。整棟房子赤裸地矗立在憤怒的天空底下，任憑暴風雨在我的頭頂上咆哮。那是焦油和閃電合成的暴風雨。有幾隻下巴鬆弛的大狗正在狂吠。牠們跌跌撞撞地穿過雲層，眼睛彷彿一團團的火光。

我的毛豎立了起來，我的心臟在狂跳。我身上的每一根纖維都想要轉身，跑到某個安靜的地方躲起來，等待著死亡降臨。但是，如果我那麼做的話，一切就結束了。

勇敢點，貓咪。我把我的貓爪放在第一級的台階上，然後是第二級。也許，這會沒事的！

樓梯在巨大的聲響下凹陷了。碎石掉得我滿身都是，嗆人的灰塵和黏稠的黑色焦油刺激著我的眼睛，讓我什麼也看不見。當塵埃落定時，我只能看到碎石瓦礫和磚頭。凹陷的牆壁阻斷了樓梯。四周一片安靜。我被封鎖住了。

不，我揮動著尾巴，低聲地說。不，不，不！然而，我被困住了，這棟搖搖欲墜的房子就是我的墳墓。我完蛋了，我們全都完蛋了。

我呼喚著上帝。祂並沒有回答。

不知哪裡出現了一陣深沉的騷動，我嚇了一跳，尾巴彷彿通電般地豎了起來。我瞄向客廳最陰暗的角落。黑夜發出了呻吟。他抬起他的頭。他的耳朵破損，側腹上也有很深的割痕，彷彿是刀子造成的。快死了，是的。不過還沒死。還沒有。

我拚命地在思考。我上不去，不過，也許終究還有別的地方可以去。

好痛，他發出低沉的吼叫。

我知道，我說。我很抱歉。可是，我需要你的幫助。我們都需要。你可以帶我下去嗎，到你的地方去？

他對我發出嘶嘶的叫聲，低沉得宛如熱水器一樣。我不能怪他。他曾經試著要警告我關於蘿倫的事。

拜託你，我說。現在，沒有比現在更合適的時候了，現在輪到你了。

黑夜往前走來，他的姿態不再優雅，只是蹣跚而痛苦地放慢了步伐。他矗立在我面前，我可以聽到他像鋸子般的呼吸聲。他張大了嘴，我不禁在想：完了，他要殺了我。某部分的我對此感到高興。但是，他的嘴卻落在我的頸背上，將我叼了起來，溫柔得宛如一隻貓媽媽。

換我了，他一說完，房子就不見了。我們往下俯衝，在黑暗中疾馳而下。我不知道被什麼東西重重地擊中，然後，我們就處在了一個完全不同的地方。

黑夜的地方比我所能想像的還要糟糕。除了陳年的黑暗之外，什麼也沒有。遼闊的平原、無盡的大地和峽谷，全都是一望無際的黑暗。我了解到這裡沒有所謂的距離——只有無盡的延伸。

這個世界不是圓的，你怎麼樣都不會回到你的原點。

到了，他說。

我倒吸了一口氣，我的肺幾乎要被孤寂壓垮了。或者，也許是最後一滴生命正在從我們身上流失。

不，我說。我們得到更深沉的地方。

他什麼也沒說，但我感覺到了他的恐懼。確實還有連黑夜都無法前往的深處。

走吧，我說。

他對著我齜牙咧嘴，然後往我的喉嚨深深地咬了一口。鮮血立刻竄出，在冰冷死寂的空氣裡凍結成一條冰柱。在這裡，身體運作的方式並不一樣。

我咆哮著回咬他一口，我細小的牙齒刺穿了他的臉頰。這讓他感到驚訝。如果我們再往深處去的話，我們會死的。他說。

我們必須得下去，我說。否則，我們必死無疑。

他搖搖頭，揪住我的頸背，我們隨即陷入了漆黑的泥土裡。

這就好像是往下深深潛入陰暗的海洋裡。壓力變得難以承受。黑夜硬是將我們帶入更深的地底，我可以聽到他在我身邊焦慮地喘息。我們被緊緊地擠壓在一起，以至於我們的身體和骨頭開始破裂，我們的眼睛也爆開了。我們的血液凝結成糊，從我們的血管裡爆炸而出。我們被壓碎了，身體混合在一起，骨頭也變成了尖刺。我們被迫通過一條越來越窄的通道。不再有奧莉薇亞，不再有黑夜。最後，我在想，現在，一切一定都結束了。那份痛苦無法再繼續了。我們一定已經死了。我再也感覺不到他。然而，不知怎麼地，我卻還在這裡。

前方有一道微光在閃爍，彷彿向晚的第一顆星星。我們在地上一邊哭泣一邊喘息，掙扎著向那道光靠近。黑夜在某處抬起他的頭，發出一聲咆哮。令我驚訝的是，我感覺到那聲咆哮在我胸口震動。

我充滿了力量，渾身散發著光澤，我強壯的脅腹在上下起伏。你在哪裡？我說。我又在哪裡？

哪裡都不在，他說，就在這裡。

你還是黑夜嗎？

不是。

我不再是奧莉薇亞了，我說，我很肯定。

我咆哮著跑向那道光。我用我有力的貓爪撕開黑暗，抓著那道光的尾端，直到它被撕開，變成了一片強光。我用盡全身的力量反抗，直到我衝出黑暗，進到被遮掩的陽光底下。我動彈不得，我被困在森林地上那具冰冷又沾滿血跡的軀體裡，那個紅髮男人的手依舊用力地壓在那個傷口上。血流的速度已經和緩到幾乎停了下來。

我深深地吸了一口氣，將自己貫穿在那個軀體上，穿越在它冰冷的骨頭、血管和皮肉之間。

快點。醒過來。

我們的心臟微弱地在抽動。

第一下的心跳宛如雷鳴，迴盪在沉寂的身體裡。然後是另一下，又一下，咆哮聲跟著響起，血液在動脈中疾馳而過。我們喘著氣，如釋重負地看著他恢復了呼吸。那個身體裡的細胞一個個亮了起來，重新甦醒了過來。它開始和生命一起歡唱。

# 迪

迪奔向黎明。她手臂上的那個傷口已經變成了一個不規則的洞，棕色的洞口邊緣沾滿了泥土。她知道她需要到醫院去。那個吸盤似乎把毒液抽吸了出來，但是，那個傷口可能已經遭到感染。她試著不要去想那麼多。眼前最重要的就是找到露露。

她繼續在森林中跌跌撞撞地尋找，林中的光影在她眼裡都變成了一張張的臉孔。她高喊著妹妹的名字。她的聲音時而響亮，時而乾澀低微。她聽到前方傳來一個細微的聲響。那可能是一隻黑鳥，或是一個孩子在嗚咽。迪加快了腳步。露露一定嚇壞了。

謀殺者。這個詞就像一個鈴鐺，在她腦中不停地響起。那就是她嗎？迪知道自己再也不能回到無用街。她在整座森林裡、也在他全身都留下了她自己的血跡。只要有一件事暴露在了光線底下，其他的事也會跟著曝光。秘密就是這樣，它們成群地移動，就像鳥兒一樣。

她在森林裡穿梭。要看清楚前方的小徑已經變得越來越困難；過去埋藏得並不深，它就覆蓋在黎明的世界之上。她在兩棵樹幹之間看到了一根馬尾在飛舞，聽到一個恐懼的聲音在低聲呼喚著她的名字。那個疲憊警探的臉在她眼前旋轉，那是她們最後一次面對面。

「你確定你已經把關於那天的一切都告訴了我，迪莉拉？你只是個孩子，你知道的。人們會了解的。」凱倫的眼睛很和善。迪差點當場就告訴她了，真的。她從來都沒有說過實話。

可想而知，讓凱倫起疑的是露露的白色人字拖。洗手間裡的那名女子很確定，她並沒有在無意中撿到那只拖鞋，然後把它放進自己的袋子裡。她很肯定，那只拖鞋一定是被人放進去的。對此，迪對自己感到很憤怒。誰知道那個女人會這麼敏銳？

「你什麼也證明不了。」迪小聲地說。凱倫那雙心事重重的眼睛轉移到她身上，她的眼角皺紋加深了，就像火山地形一樣。

「它會啃噬著你，直到什麼也不剩下，」最終，她告訴迪。「相信我，把事情說出來會比較好。」情況就是從這個時候開始變糟的。

迪停下腳步，發出乾嘔。她蹲下來，腦子裡開始出現各種顏色的回憶。她的呼吸越來越急促。她試著要召喚那些白色的靜電，好抑制住不斷湧現的思緒。然而，那沒有用。空氣裡散發出冷水的味道，還有防曬霜在溫暖皮膚上的味道。

迪走過湖岸，遠離了她的家人，穿梭在宛若棋盤迷宮般的毯子之間。

那個黃頭髮的男孩說：「嗨。」她看到他蒼白的皮膚上抹著一坨坨的防曬乳液。當他微笑的時候，他的兩顆門牙微微地疊在了一起。那給了他一種野性而迷人的味道。

「嗨。」迪說。他至少應該有十八歲了，也許是個大學生。從他注視著她的模樣看起來，她知道他同時將她視為了獵食者和獵物，這是她第一次意識到這點。這種感覺既複雜又刺激。因此，當薛佛伸出手要和她握手時，她得意地笑了一下。她看到他臉上閃過一絲憤怒和受傷。他蒼白的皮膚頓時泛紅了。

「你和你家人一起來的嗎？」這是一種報復。他的意思其實是，你還是個和家人一起到湖邊的小小孩。

迪聳聳肩地回答。「我想辦法甩掉他們了，」她說。「除了這個以外。」

他笑了，彷彿他很欣賞這個笑話。「你父母在哪裡？」

「就在救生員的看台那裡，」她指著那個方向。「他們都在睡覺，我覺得好無聊。」

「這是你妹妹嗎？」

「她自己跟上來的，」迪說。「我阻止不了她。」露露握著迪的手不停地搖晃，她覺得百般無聊。她小聲地對自己說了些什麼。她在太陽底下瞇起眼睛，認真的眼神飄散在遠方。她用一隻出汗的手抓著那頂綁了粉紅色蝴蝶結的草帽。

「她幾歲？」

「六歲。」迪說。「把你的帽子戴上，不然你會曬傷的。」她對露露說道。

「不要。」露露很喜歡她的帽子，不過，對她而言，帽子是用來珍惜的，而不是拿來戴在頭上的。

迪升起一絲輕微的厭惡感。她為什麼有一個這麼討人厭的家庭？她把那頂帽子從她妹妹手中拿走，然後隨便地幫她戴在頭上。露露的臉立刻皺成一團。

崔佛彎下身，對著露露說：「你要去買冰淇淋嗎？」

露露的頭至少點了二十到三十下。

迪想了一下，然後聳聳肩。他們走到排隊的人群裡。崔佛和迪並沒有買冰淇淋。露露買了一個巧克力口味的，迪知道那一定會沾滿她的臉和衣服，然後，她母親就會對著她們兩個哇哇大叫。不過，現在，她發現自己並不在乎。崔佛的手和她的手只相隔了一公釐的距離，然後，他們的手指輕輕地碰到了彼此。有什麼事就要發生了，那種感覺就像空氣中的熱浪，就像打雷。

當崔佛帶著她們離開冰淇淋攤販，穿過散發著漢堡香味、色彩繽紛的人群，轉而走向樹林時，迪並沒有提出反對。迪想到她的父母會說什麼，不過，反抗的心理戰勝了。就這一次，她想，我想要自己一個人做點什麼。

他們三人在一道道的松樹陰影底下輕聲地移動，彷彿老虎一樣。很快地，擁擠的沙灘就被他們拋在了身後，取而代之的是一片樹葉編織而成的天地。不出多久，四周只剩下黑色的水流親吻著石頭的聲音。他們沿著鵝卵石的岸邊行走，爬過岩石、掉落的樹枝和叢叢的荊棘。就連露露都很安靜，擅闖禁地的興奮感讓她為之著迷。她的白色人字拖在崎嶇的地形上顯得很單薄。不過，即便她的腳和腳踝因為摩擦而起了水泡，她也沒有抱怨。當露露無法越過某個地形時，那個黃頭髮的男孩就會把她抱起來。

迪逐漸失去了耐性。她帶頭往前走，一手拉著他讓他跟緊。他們來到一個樹叢稍微開闊的地方，這裡的松葉看起來很柔軟，也沒有太多的荊棘。一塊形狀彷彿獨木舟的石頭半浸在水裡。迪和那個男孩彼此對看了一眼。不管即將發生什麼，時機都已經到了。

「我想要回家。」露露說著，用一隻小拳頭揉著眼睛。她的臉頰被陽光曬成了粉紅色。她的帽子不知道掉落在了哪一片松樹林底下。

「不行，」迪告訴她的妹妹。「你自己要跟著我的，所以，你現在必須要等我。如果你把這件事說出去的話，我會說是你在說謊。現在，到湖邊去玩吧。」露露咬著嘴唇，看似就要哭了。不過，她沒有。她知道迪還在生她的氣，因此，她乖乖地按照迪的話去做。

迪轉向那個男孩。他叫做什麼名字？她的心在狂跳。她知道她賭上了一切。露露是一個愛告密的傢伙。無所謂，她告訴自己。這是真的，真的發生了。她會想出辦法讓她妹妹閉嘴的。那個男孩向她傾靠過來。現在，他不再只是一張臉孔，而是一個個巨大又獨特的五官。他潮濕的嘴唇在顫抖。迪在心裡想著：這是法式接吻嗎？有好幾次，興奮的感覺讓他們以為他們就要進入佳境了，不過，他們還是錯過了關鍵的時刻，情況就這樣持續下去，他們也在滿嘴的唾液下笨拙地持續親吻。他散發著一股微弱的熱狗味。迪以為也許要等到他們做了其他的動作，接吻的感覺才會變好，因此，她把他的手擺放在自己的上身。她的泳衣有點濕了，他的手感覺很溫暖。這樣的感覺很好，因此，她認為自己做對了。接下來，他的手探進了她的緊身短褲裡。褲子太緊，讓他的手卡住了，她只好解開褲子的鈕釦，擺脫掉褲子。他們雙雙靜止了一會兒，意識到他們正在朝著一個不熟悉的領域迅速邁進。她發出咯咯的笑聲，因為在森林中穿著泳衣，還讓一個男孩這樣注視著她，這實在太詭異了。

迪聽到一個聲音。彷彿一根湯匙拍打在一顆雞蛋上面，而且只拍打了一次。迪拉上她的短褲，呼喚著：「露露？」沒有回答。迪跑向岸邊。那個男孩跟在她身後，跌跌撞撞地踩在他自己的牛仔褲上。

露露半躺在來回波動的湖水之中，湖水淹到她的腰際，讓她看起來彷彿企圖要爬回岸上一樣。一團鮮血在水裡擴散開來。迪沒有意識到自己跳進了湖裡，不過，不知怎麼地，她已經站在水深及腰的湖水裡了，就在她妹妹纖細的身體旁邊。雖然，剛才那個聲音很小，不過，她的頭骨一定用力撞到了那塊大石頭。她的頭骨凹陷，彷彿被砸了一拳。迪試著不要去看那個凹陷的部分。

她把嘴唇壓在露露的嘴上，靠著在學校急救課上留下的模糊記憶，開始幫露露做人工呼吸。不過，她覺得已經太遲了。在迪的注視之下，露露的膚色正在改變。她的臉越來越蒼白。一串串的鮮血從她的頭髮滴下來。它們看起來就像飛翔中的紅色小鳥；就像小孩筆下的小鳥，只是白色天空裡一條又一條的線條。

那個迪不記得名字的黃髮男孩開始急促地呼吸，就像即將臨盆的女人。他從她們身邊跑開，蹣跚地穿過森林跑走了。

迪摸著露露癱在砂地上的手。露露鬆開的手掌裡握著一顆上面有著白色條紋的深綠色石頭。那顆橢圓形的石頭已經被水和歲月磨得很光滑。漂亮的鵝卵石。迪嗚咽地說。一絲絲的鮮血從露露的頭滲進水裡，渲染成一片赤紅色的雲朵。

湖水和鮮血讓迪的腿和手臂變得很滑。她再度彎身，把氣吐進露露的嘴裡。露露的胸口發出一道彷彿樹枝斷裂般的聲響。

露露的身體底下出現一個彎曲的東西，那是一道深色的線條。那條蛇蜿蜒過露露的身體，摩擦到迪的大腿。牠看起來很像一條食魚蝮，然而，這附近不會有食魚蝮。幾道細小的影子跟在牠後面。剛孵化的幼蛇。現在，迪看到了露露腫脹的腳踝上有幾道刺傷的傷口。那就是露露為什麼跌倒的原因。

迪在水裡像一塊石頭般地動彈不得。她感覺到那些身體輕輕地掃過她的大腿。那些蛇似乎把她當成了湖水或者陸地的一部分。她立刻從水裡衝出來，濺起了一大片的水花。她爬上溫暖的岩石。一條細小的蛇就盤踞在離她的手不到六吋之處。牠對她張開了白色的嘴，隨即爬走了，往下爬進了黑暗的石縫裡。迪在尖叫聲中盲目地奔跑，把半躺在水中的露露留在了原地。

迪什麼也看不到；她的眼前有著一團彷彿雲朵、蒼蠅或龍捲風的東西。她企圖要眨眼眨掉它，但是她無法成功，因此，她放慢腳步，然後停了下來。該死又冰冷的湖水不斷地從她的腿背流下來，她喘氣喘到覺得自己可能就要暈倒了，所以，她讓自己停下來。她靠在一塊殘破的樹樁上，那是一塊死了很久的銀色樹樁。放眼所及，她的腳下全都是蛇。不要再想了。她命令著自己的身體和腦袋。不要再想了。這裡沒有蛇。她必須要思考。

一個新的聲音在她的腦子裡小聲地響起。至少，露露現在不能向媽媽和爸爸告發你了。她啜泣著。她怎麼可以有這麼恐怖的想法？

一群蠓貪婪地在她身上的血跡上打轉。她試著要把血跡刮掉。然而，她不停地在顫抖，血跡早已沾上她的短褲。她索性把毛衣綁在腰際，盡可能地遮住血跡。血，血。迪模模糊糊地想著。一串串的鮮血。下一個念頭突然閃現，彷彿刀子一般俐落地穿過她。露露還在流血。迪看過很多的電視節目，她知道那代表著什麼。她還沒死。

迪轉過身，拔腿飛奔，她要回去找露露。用力奔跑和滾燙的空氣讓她的肺就要爆炸了。她怎麼可以那樣地把她丟在那裡？不過，迪會挽回一切的，她發誓。她會留在露露身邊，她會大聲尖叫，直到有人出現為止。現在還不會太遲。事情尚未成定局。但是，她得要快一點才行。

迪朝著她妹妹所在之處往回奔跑，她覺得自己彷彿已經這樣奔跑、攀爬、跌撞了一輩子，但終點卻依然遙不可及。最後，灌木叢終於變得稀疏，獨木舟狀的石頭也出現在了視線之內。迪跑得更快了，她像野兔般地越過岸邊的石礫。她摔倒了不止一次，手掌、膝蓋和手肘都擦破了。但她沒有留意到，只是不斷地站起來，繼續往前跑。當她抵達那塊石頭時，她暫停了下來，過度的恐懼讓她不敢踏上那塊石頭。

「快點，迪迪。」她自言自語著。「你這個幼稚鬼。」於是，她爬上了那塊獨木舟狀的岩石。露露應該要躺在岩石底下的陰影處，然而，那裡卻什麼也沒有。冰涼的水拍打在花崗岩上。一群蠓嗡嗡地在水面上徘徊，彷彿一堆灰色的問號。沒有露露的蹤影，無論是死是活。

也許不是這裡，迪告訴自己。但是，就是這裡沒錯。她可以看到岩石上還有一條逐漸變乾的血跡。水裡也有一只白色的人字拖在晃動。然後，迪看到泥濘的地上有一個腳印。腳跟的部分已經填滿了棕色的湖水。那是一個大腳印，大到不可能是露露的，或者迪自己的。也許，可能是那個男孩的。但是，不知道為什麼，迪知道那不是。

一個熟悉又普通的聲音在附近響起，因為太過普通，以至於處於眼前這個噩夢之中的迪花了一點時間才聽出來那是什麼。一輛車子啟動了引擎，然後空轉。一扇車門隨之重重地關上。

迪越過那塊空地，她就是在那裡和那個男孩亂搞的，不過，那竟然彷彿是上輩子的事情了。她穿過一撮灌木叢，摔倒在一條泥土路上。只見一片灰塵飄散在空氣裡，彷彿不久前才剛被輪胎揚起一樣。迪覺得自己瞄到一輛車的保險桿消失在小徑上。迪耳朵裡的咆哮幾乎淹沒了引擎聲，那是她殘破的尖叫聲，她在叫那個司機停車、停車，讓她妹妹下車。然而，那輛車已經開走了。迪腳邊的塵土裡躺著一塊深綠色的石頭；一塊表面上有好幾道白色細紋、完美的橢圓形石頭。

在灌木叢外不遠之處，陽光閃爍在一排鋁和玻璃的表面。迪想要大聲尖叫，她想要大笑。他們以為他們遠離了人群、遠離了一切，沒想到，他們竟然就在停車場旁邊。

洗手間裡，那些女人帶著不滿的神情看著她。她靠在白色磁磚的牆壁上。在烘手機的轟鳴聲音中，她企圖要理解發生了什麼事。但是她做不到。她朝著一個水槽裡乾嘔了一下，立刻又迎來隊伍中更多不滿的目光。我必須要告訴別人，她在想，不過，這個想法既冷漠又麻木。她想像著當她告訴她父母時，她母親臉上會出現什麼樣的表情。也想像著她父親在試著原諒她的時候，會用什麼樣的語氣說話。

那個微弱的聲音在說：如果你說出來的話，就別想去太平洋芭蕾舞學校了。即便為露露感到害怕，迪仍然感受到一股憤怒。自從露露出生以來，他們最疼愛的一直都是露露。迪向來都知道這點。這不公平。她沒有做錯什麼，不算有。這是真實的生活，不是什麼舊時代的老故事，在那些故事裡，一個女孩如果和一個男孩調情，就會有人因此而死掉，因為那實在太罪惡了。在她的內心深處，她知道她所犯的錯並非和那個男孩調情。

總之，她能對他們說什麼？迪沒有什麼真正的訊息可說。那一大片塵埃讓她甚至連那輛車都沒看到。當時有車子嗎？現在，她無法確定了。也許，露露的身體在湖水裡漂走了。或者被什麼動物拖走了。例如，熊。也許，露露自己醒了，然後走回去找媽媽和爸爸了。對，迪鬆了一口氣。就是這樣。迪會回去找她的家人，到時候，露露會坐在毯子上玩著那些鵝卵石。她會帶著輕蔑的表情看著迪，因為迪把她丟在一邊，自己去玩無聊的大孩子遊戲。迪會搔她的癢，然後，露露最終也會原諒她。所以，把這件事告訴別人一點意義也沒有。

一道鮮血從迪的短褲裡沿著她的腿流下來。「有人有衛生棉嗎？」迪企圖讓自己聽起來很生氣，而非害怕，雖然，她是真的感到害怕。她在洗手間所有的女人面前脫掉自己的短褲，然後在水槽裡沖洗。她刻意表現出大驚小怪的樣子，如此一來，她們就會記得她。迪在這裡，她並沒有去其他任何的地方。她並沒有問自己，如果露露和爸媽真的一起在等她回去的話，她現在有必要這麼做嗎？不在場證明一詞飄過她的腦海。她堅定地把這幾個字趕出腦子。

她一再告訴自己，她的生理期來了。這就是為什麼她身上有血的原因。這就好像在排練一支舞蹈一樣——把一個故事融入在舞步裡。她能讓自己相信這個故事嗎？她小心翼翼地在腦子裡編造這天的故事，在這個故事裡，那個黃頭髮的男孩帶她去買冰淇淋，露露也沒有跟著她到樹林裡去。

一旦做好決定，一切就變簡單了。一名神情疲憊的女子在隔壁的水槽洗手，她的三個孩子跳上來拉扯她的袖子。那名女子的腳邊有一個柳條編織的籃子，裡面裝滿了衛生紙、穀物棒、水桶、鏟子、玩具和防曬霜。迪從自己的口袋裡拿出那只白色的人字拖，將它滑進那個女人的袋子裡，和其他亂七八糟的物品混在一起。那只拖鞋會跟著那個女人回家，她會以為那是她在收拾她孩子的物品時，無意中放進去的。那只拖鞋絕對不會讓人聯想到露露。迪知道，如果那只鞋子在獨木舟形狀的那塊石頭旁邊被發現的話，他們就會採取警方的措施，例如法醫鑑定之類的，然後，他們就會知道迪也在那裡。

當她走回去找她父母的時候，她把那塊平滑的綠石子丟進了沙灘周圍的灌木叢裡。

迪用手背擦了擦嘴，然後站起身。她現在似乎處在森林不同的部分。這裡更陰暗、樹叢也更濃密，還有深及膝蓋的千里光和常春藤。她必須記得要在樹上噴漆。一株巨大的蕨類擦過她的臉。她不耐煩地用手撥開。為什麼這個部分的世界非得要這麼荒無人煙又嚇人？

她可以聽到前方有慌亂而恐懼的腳步聲。那是一個小孩在奔跑。

「露露。」她叫著。「不要跑！」

露露大笑。一絲微笑在迪臉上升起。還好露露玩得很開心。迪不介意再多玩一會兒的捉迷藏。

後來，當迪有時間可以思考時，那件她沒有說出來的事所帶給她的恐懼，已經像疾病一樣地附著在了她的心裡。*現在說出來已經太晚了*，那個細小的聲音說道。*他們會把你關進監獄*。在她母親離去、她父親也過世之後，迪已經沒有必要說出來了，因為能夠原諒她的人都不在了。

迪知道她必須要做什麼事。她必須找出那個抓走露露的人。如果她可以那麼做的話，她就還有機會再度成為一個好人。這是她可以依賴的目標。然而，疲憊的凱倫不斷地剔除和露露失蹤有關的人。隨著時間一年一年地過去，露露失蹤的可能性和嫌疑犯的名單都越來越縮減。迪也越來越絕望。

她幾乎就要放棄了，直到泰德出現。

凱倫說泰德有不在場證明。但是，迪不相信。她懷疑凱倫想要糊弄她，讓她不會重蹈奧勒岡事件的覆轍。迪知道自己必須很謹慎。她會監視他。這次，在她採取行動之前，她會先取得證據。不過，迪有點操之過急了。她大可承認這點。

是週年紀念日讓她走到了崩潰的邊緣。每年的七月十日，露露失蹤的那天；對迪而言，那天永遠都是一個黑洞。她所能做的，就是讓自己不被吸進那片黑暗裡。有時候，她並沒有堅強到足以抵抗。那就是發生在奧勒岡的事情。迪深陷在失去的痛苦裡，有人必須要受到懲罰。

在她搬進來之前，她已經監視泰德一陣子了。她看到他的眼睛出現在夾板上的貓眼裡，在每天早晨第一道曙光下看著那些鳥兒飛來。她看到他小心翼翼地處理那些餵鳥器和水。有很多事情是迪不知道的，但是，她絕對知道愛看起來是什麼樣子。因此，她知道該怎麼做。

她需要讓泰德知道她所承受的巨大悲傷。那就是她為什麼要殺了那些鳥兒的原因。她並不喜歡那麼做。當她設置那些陷阱的時候，她不停地發出乾嘔。但是，她停不下來。她不斷地在想，十一年前的今天。這是露露從來都無法擁有的十一年。

在那之後，她看著泰德為了那些鳥兒在哭泣。他佝僂的背，他掩住臉的雙手。她的內心深深地感到了那份悲傷。她被迫做出來的事實在太可怕了。

現在，迪在露露身後蹣跚前進。她抓著那些細長又傷感的樹枝，讓自己能夠往前邁步。

「不要跑，」她叫著。「別這樣，露露。不用害怕。我是迪迪。」

天空變成了紅色，太陽就像一個燃燒的火球，沉入了地平線裡。迪的呼吸越來越短促，她握著樹枝的手指也腫起來了。她眨眨眼，企圖要清除她視線邊緣的黑框。

*快點，迪迪。*

她吐了，但是，她沒有時間停下來。迪再度拾起腳步奔跑，這回，她甚至跑得更快了，她優雅地穿過樹林，加速越過崎嶇的地面和掉落在地上的樹枝，她的腳似乎離開了地面。她在飛翔，無聲而疾速，彷彿一根箭一般地穿過空氣。她所聽到的只有風聲和森林的聲音：蟬、鴿子、樹葉。*為什麼我以前不知道自己會飛？*她在想。*我會教露露怎麼飛，我們可以到處飛翔，永遠不要*

降落。我們可以在一起，他們抓不到我們。我會有時間向她解釋，我當時為什麼那麼做。

迪看到露露在下一個丘陵的頂端，低垂的夕陽映襯著她的剪影。那個小小的身影，那頂遮陽帽。迪依稀看到了她腳上的那雙白色的人字拖。迪快速地在空氣中穿梭，往露露奔去。一直來到長滿綠草的山丘時，她才停下來稍事休息。

露露一回頭，迪立刻看到她沒有臉孔。紅色的鳥兒從她的腦袋裡爆出，彷彿雲朵一樣。迪尖叫著用手蓋住了自己的眼睛。

當她終於敢睜開眼睛時，森林裡只有她自己。夜色再度降臨。迪驚駭地四下張望。她在哪裡？她走了多久？她跪倒在地。這一切是為了什麼？露露在哪裡？她應該要得到的答案在哪裡？迪將她的恐懼和悲傷全都化成了尖叫。然而，她的尖叫聲在雨中聽起來宛如耳語。她的臉頰冰冷。她正躺在森林濕滑的地上。她腫脹的手臂發黑，沉重得就像一塊石頭。我要死了，她想。我只是希望這個世界還有某種正義存在。

當她的視線逐漸變黑、她的心跳逐漸變慢之際，她認為她感覺到了某個東西正在輕撫她的頭。她似乎聞到了防曬霜、溫暖的頭髮，以及糖的味道。「露露，」她試著要說。「我很抱歉。」然而，她的心臟停止了跳動，迪走了。

曾經是迪的那具皮囊躺在遠離任何一條森林小徑之處。那瓶黃色的噴漆依然握在她因為蛇毒而腫脹發黑的手裡。

鳥兒和狐狸都來了，還有郊狼、熊和老鼠。曾經是迪的那具軀體變成了大地的養分。她那四散的骨骸陷入了豐壤的腐植土裡。沒有鬼魂在四處蔓生的樹林底下遊蕩。一切都已經過去了。

# 泰德

我沒死，我能察覺得到，因為綠色的磁磚地板上有一撮義大利麵。死後會發生的事也許有好有壞，但是，絕對不會有撒落的義大利麵。醫院白色的病床很硬，牆壁都磨損了，所有的東西聞起來都像午餐的味道。那個人正在看著我。燈光在他柳橙汁般的頭髮上閃爍。「嗨。」他說。

「那個女人在哪裡？」我問。「那個鄰居女士？她提到那個女孩的名字。她生病了。」她的手臂看起來像被蛇咬過。我想，她用了我袋子裡的急救包，不過，每個人都知道那種急救包沒什麼作用。我不知道我為什麼帶著急救包。我的記憶很混亂，不過，那個鄰居女士確實不對勁——身心都是。

「我發現你的時候，你是單獨一個人的。」他說。那個男人注視著我，我也回看著他。你要怎麼和救了你一命的人說話？

「你是怎麼發現我的？」我問。

「有人在小樹上噴了黃色的漆。我是國王郡的公園護林員，所以，我並不喜歡那種事。那是有毒的。我一路追蹤，打算制止他們。我的狗嗅到了血的味道。就是你。」

醫生來了，那個橘色頭髮的男人轉而走到走廊上，這樣，他就聽不到我們說話了。那個醫生很年輕，一臉疲憊的模樣。

「你似乎好多了。我們來看一下。」他所有的動作都很輕柔。「我想要問你關於他們在你身上發現的那些藥的事情。」他說。

「噢，」焦慮彷彿披風一樣地罩在我身上。「我需要那些藥。它們讓我保持冷靜。」

「呃，」他說。「這點我不確定。那是醫生給你的處方嗎？」

「對，」我說。「他是在他的辦公室裡把那些藥給我的。」

「我不知道你的醫生是從哪裡弄到了那些藥——不過，如果我是你的話，我就不會再服用。他們在十年前就已經停止生產這種藥了。這種藥有很嚴重的副作用。幻覺，記憶喪失。有些人的體重還會迅速增加。我會很樂意推薦別的藥給你。」

「噢，」我說。「我負擔不起那樣的費用。」

他嘆了一口氣，然後在床邊坐了下來，我知道他們不應該坐在病床上的。媽咪一定會很沮喪。不過，他看起來很累，所以，我並沒有多說什麼。「這很棘手，」他說。「我們沒有足夠的支援或資助。不過，我會給你一些表格。你也許符合援助的資格。」他猶豫了一下。「我擔心的不只是藥物而已。你的背部、腿和手臂有很多燙傷的疤痕。還有很多縫合留下的疤痕。通常，那意味著在童年時期曾經有過多次的住院治療。不過，你的醫療紀錄卻沒有反映出這點。紀錄裡似乎完全看不出有任何的醫療介入。」他看著我說：「應該要有人注意到這件事。應該要有人阻止加諸在你身上的行為。」

我從來都沒有想過媽咪有可能被阻止。我想著他所說的話。「我不認為他們阻止得了。」我說。不過，他在乎這件事，這讓我感覺很好。

「我可以介紹你一個人，他可以詳細地查閱你的醫療紀錄，你可以和他談談……發生了什麼事。事情永遠都不會太遲。」

他聽起來有些不確定，我可以了解為什麼。有時候，事情就是太遲了。我想，我終於明白現在和過去的差別。「也許再說吧，」我說。「現在，我對治療有點厭倦了。」

他看起來好像想再說些什麼，不過，他並沒有往下說，那讓我滿心感激，以至於我開始哭泣。

那個橘色頭髮的男人從禮品店買了一支牙刷給我，還有運動褲、一件T恤和幾件內褲。他買內褲給我讓我有些難為情，不過，我確實需要。我所有的衣服都被血跡毀了。

醫生們來看我，給了我一些藥物，讓這個世界都沉到了水底下。也讓其他人在這裡都保持了安靜。這是這麼多年以來，我第一次感覺到寂靜。不過，我知道他們在那裡。我們都在時間裡安靜地進出。

透過窗戶，我可以看到高聳的建築物在太陽底下發亮。我感覺到自己離森林很遠。我要求把窗戶打開，但被護士拒絕了，她說熱浪已經結束了。這部分的世界正在逐步回到它涼爽、充滿綠意的本性。我覺得自己好像正在從戰場上回家。

護士都對我很好，他們覺得我很好笑。我只是某個在清晨的樹林裡滑倒，結果不小心跌落在自己獵刀上的笨手笨腳的傢伙。

當我再度醒來的時候，那個橘色頭髮的男人還在這裡。有個陌生人在房間裡，應該是一件很奇怪的事。不過，我卻不覺得如此。他是一個很平和的人。

「你覺得怎麼樣？」他問。

「好多了。」我說。這是真的。

「我得要問，」他說。「你是真的滑倒在那把刀上面嗎？當我試圖要幫你止血時，你的眼睛裡有一種神情。那就好像你不覺得遺憾——你知道的。對自己快死了並不感到遺憾。」

「這很複雜。」我說。

「我對複雜並不陌生。」他摘下他的帽子，用手搓了搓他的頭，這讓他的頭髮都豎了起來，彷彿紅色的尖刺一樣。他看起來很疲憊。「你知道人們是這麼說的。如果你救了一個人的性命，你就要對他負責。」

如果我對他說實話的話，我猜，我就不會再見到他了。不過，我實在厭倦了隱瞞我是誰。我的腦子、我的心、我的骨頭都因此而筋疲力盡。媽咪的規則對我一點幫助都沒有。我有什麼好失去的？

蘿倫警惕地翻動了一下。

我問她：「你要先開始嗎？」

## 蘿倫

這就是事情的開始，那個老鼠事件——泰德是如何發現那個內在的地方。

對於小泰迪來說，黑夜是最特別的時候。他喜歡睡在他母親溫暖、穿著白色衣服的身體旁邊。不過，在那之前，她會先幫他護理傷口。那原本也許是一個月一次，然而，泰迪近來太常弄傷自己，也傷得太厲害，因此，媽咪必須用上一整個晚上的時間幫他縫合他的傷口。在泰德眼裡，那些傷口看起來並不是太糟，有些只是刮傷而已。有些傷口是看不到的那種，他既看不到，也完全感覺不到。媽咪告訴他，這種傷口最危險。她再次打開那些傷口，清潔之後，再重新縫合。

泰迪知道媽咪必須這麼做，他知道這是他的錯，因為他太笨拙。但是，每當她打開床邊那盞燈，調整燈的角度時，他總是感到很害怕。然後，她會開始陳列那個托盤。那些東西在那裡閃閃發亮，那些剪刀和鑷子。棉球、瓶子，而那瓶子的味道就像爹地的飲料。媽咪會戴上宛如皮膚般的白手套，然後開始工作。

我認為泰德並不喜歡我，特別是剛開始的時候。泰德是個有禮貌、很平和的男孩。我就很吵。我很容易生氣。憤怒總是像海浪般向我襲捲而來。不過，讓他喜歡我並不是我的職責。我的職責是保護他，讓他不會受傷。我承受了他的一部分痛苦——我走上前來，這樣，我們就可以共同承擔那份痛苦。我無法讓痛苦完全消失。有時候，那股疼痛甚至還不是最糟糕的——聲音才是。在皮肉裂開時所出現的那個微小的聲音。他是真的很不喜歡那個聲音。

那天晚上，當鑷子的末端碰觸到他的背時，我一如既往地上前來分擔他的痛苦。

「不要動，拜託你，西奧多，」媽咪說。「你讓我很難做事。」語畢，她繼續往下敘述，同時喀噠一聲地按下那顆宛如鋼琴琴鍵的紅色按鈕。「第三道切口，」她說。「很淺，只是在表皮層而已。」她的手隨著她所說的話在動作。

泰德知道媽咪是對的——如果他反抗的話，情況只會變得更糟。他知道，如果他的行為欠妥，媽咪就會把他放進那個舊冰櫃裡，讓他泡在醋和熱水混合成的消毒浴裡。因此，泰德試著不要動。他試著要當一個乖孩子。然而，那股疼痛和噪音實在太嚴重，泰德深怕他無法讓自己連一點點聲音都不發出來——即便他知道如果發出聲音的話，將會帶來什麼後果。

我們躺在彼此身邊，我感覺得到他所有的思緒和恐懼。在身體承受這一切時，實在很難同時再承受這些內心的感受。

泰德發出了一聲高八度的啊，那幾乎算不上是什麼聲音，真的。但是，在安靜無聲的環境裡，那就像一顆鵝卵石掉進了池塘。我們雙雙屏住氣息。媽咪停下她正在做的事。「你這是在讓我們兩個都不好過。」說完，她就去準備那個醋水浴了。

當她把我們放進那個冷凍櫃的時候，泰德適時地開始哭了起來。他不像我這麼堅強。黑暗立刻將我們包圍。我們的皮膚就像一片火海。泰德的呼吸急促，他開始咳嗽。我知道我必須保護他。他再也承受不了了。

「離開這裡，泰德，」我說。「你走吧。」

「去哪裡？」他問。

「像我那樣。離開。停止存在。」

「我做不到！」他的聲音真的高了八度。

我推了他一把。「快走，你這個懦弱鬼。」

「我做不到！」

「也許媽咪這次做得太過頭了，」我說。「然後，我們都會死掉。」過去，我從來都沒有想到這個巧妙的解決辦法。「泰德！我想到了一個點子！」

然而，泰德已經走了。他找到了他的門。

# 泰德

不知怎麼地，我身邊的空氣改變了。我正站在我們家的前門旁邊。不過，這裡沒有街道、沒有森林，也沒有橡樹。一切都是白色的，彷彿身處在一朵白雲裡。這並不恐怖。感覺很安全。我打開門，踏進屋裡，裡面籠罩在一片溫暖、昏暗的平靜裡。我很快地把門在身後鎖上。咚、咚、咚。我知道，媽咪無法到這裡來。

空氣裡突然充滿了咕嚕的聲音。一條柔軟的尾巴磨蹭著我的腿。我低下頭，屏住了呼吸。我簡直無法相信。我正在注視著一雙漂亮的綠色眼睛，大小和形狀都宛如雞尾酒裡的橄欖一樣。她看著我，那對精緻的耳朵保持著警戒和疑問。我朝著她伸出手。她的毛就像絲滑的煤炭。我撫摸著她，手指滑過她胸前的那條白線。

「嗨，貓咪，」我說。她發出了咕嚕聲。「嗨，奧莉薇亞。」她在我的腿邊穿梭，繞著一個八字形。我走到客廳，客廳裡有著溫暖的黃色燈光和柔軟的沙發，我把她抱到我的大腿上。這棟房子和上面那間看起來幾乎一模一樣——只有一點點的不同。我向來都討厭的那條冷冰冰的藍色地毯在這裡卻是橘色的，那是一抹很漂亮的深橘色，就像照耀在冬日高速公路上的太陽一樣。

當我坐在沙發上搓揉著奧莉薇亞時，我聽到了。一陣長而均勻的呼吸聲，壯碩的側腹正在上下起伏。我並不害怕。我凝視著客廳裡的陰影，我看到了他，躺在地上，彷彿成堆的什麼一樣，他正用一雙發亮的眼睛望著我。我伸出手，黑夜立刻從陰暗之中走了出來。

所以，我最終得回了我的貓咪。事實上，這比我期望的還要好，因為我有了兩隻貓。

我就是這樣找到了那個內在的地方。只要我想，我隨時都可以下去，不過，如果我用那個冷凍櫃當門的話會比較容易一些。我想，我可以讓這個內在的地方變成一座城堡，或一棟豪宅，或者其他什麼的。但是，我要如何知道城堡或豪宅裡所有的東西都在哪裡？

現在，我是大泰德了，不過，小泰迪依然在這裡。當我離開的時候，是因為他來了。他運用面部表情的方式和成年人不一樣。所以，他有可能看起來很嚇人。不過，他絕對不會傷害任何人。撿起那條藍色領巾、試著要把它還給那名女子的人是小泰迪，當時，她正在酒吧的停車場裡，坐在自己的車裡哭泣。當她看到小泰迪的時候，她發出了尖叫。他在她身後追趕，但是她卻在雨中急速地開車離去。

# 蘿倫

泰德走了，所有原本由我們共同承擔的痛苦全都湧向了我。我一直不知道這具身體可以忍受得了這麼多。我試著要跟著他，往下一起進入到那個內在的世界。然而，他把門鎖上了，將我關在外面。我不知道他在那裡是否能聽到我在尖叫。我想他可以。

媽咪在結束縫合之後，把我們放回了我們的小床。傷口上面的紗布讓我發癢，但是，我很清楚不要去抓。房間裡到處都是晃動的影子，那隻老鼠粉紅色的眼睛正在牠的籠子裡閃爍。

我好怕，我試著要告訴泰迪。泰迪沒有回答。他正在一個好地方，那是充滿了黑色尾巴、綠色眼睛和柔軟皮毛的深處。我試著不要哭，但是我忍不住。

我感覺到泰德對我軟化了。「你現在可以睡覺了，蘿倫，」他說。「會有別人照看的。」當黑夜上樓來的時候，我聽到了巨大的貓爪踩在地上的聲音。我很快就陷入了那片溫柔的黑暗裡。

早晨來臨時，我被他的哭泣聲吵醒。泰德發現雪球血淋淋的骨頭就在籠子裡。他對此感到很傷心。「可憐的雪球，」他一遍又一遍低聲地說。「這不公平。」他為那隻老鼠哭得比他為我們背上那道宛如黑色小鐵軌一般的新縫合線還要傷心。我想，當縫合完成的時候，他並不在那裡。他沒有感覺到。感覺到每一針、每一道縫合的是我。

泰德知道那不是黑夜的錯。黑夜只是遵從他的本性而已。泰德告訴媽咪說，那隻老鼠從牠的籠子裡跑出來，被一隻流浪貓抓到。某方面來說，這是真的。當然了，媽咪並不相信他。她把泰迪帶到樹林裡，告訴他要把自己的本性藏起來。她認為他內心裡懷有一股渴望。泰德很擔心她會找個方法把奧莉薇亞和黑夜都帶走。（這樣一來，就只剩下他和我了。而他並不想要那樣。）所以，他讓她以為那是那個古老的疾病，是她父親曾經有過的那種疾病，就是那樣的疾病讓他父親把他的寵物關在了教堂底下的地下室裡。

我開始了解泰德無法理解的事——也是他不允許他自己知道的事。每當這個念頭浮現時，他就更使勁地把它壓下去。但是，它就像軟木塞或者屍體般地再度浮上來。那個疾病確實被承傳了下來，但是，並不是承傳到泰德身上。我很好奇洛克羅南的人們會怎麼說，如果你問他們為什麼要把媽咪趕走。也許，他們的說法會和她不一樣。也許，生病的人並非她的父親。

在學校，他們察覺到泰德有點變了。他就像一個背後沒有人的面具。每個人都不再和他說話。他不在乎。現在，他可以和那些貓咪一起走進內在的世界。他告訴我，這是他記憶中第一次不覺得孤單。

他是對我說的，而每一次媽咪修復他的時候，和他在一起的人就是我。他是對我說的。

泰迪開始把那個內在的地方稱之為他的週末去處，因為在那裡不用工作，也不用上學。很快地，他發現他可以擴充那個地方。他無法保住他在奧本那家修車廠的工作，因此，他締造了一個地下室，在那裡，他可以修理引擎。他喜歡引擎。那是一個很棒的車間，發光的箱子裡裝滿各種工具，空間裡瀰漫著機油的味道。他在抽屜裡放了白襪子，那是媽咪絕對不會讓他穿的那種襪子，因為她說白襪子是女孩穿的。他在二樓樓層平台的天花板上裝了一扇窗戶，只要他喜歡，他可以在那裡看上一整夜的天空，但卻不會有人從窗口回視他，除了月亮以外。他修好了那個音樂盒，又把那些俄羅斯娃娃放回到壁爐架上。在這裡，他可以把他弄壞的一切都修理好。媽咪和爹地的那張照片掛在牆壁上，永遠都不會被取下來。奧莉薇亞會好奇地豎起尾巴，在屋子裡走來走去。他也確保她能擁有自己的貓眼。對她而言，外面永遠都是冬天：泰德最喜歡的季節。

在雪球事件之後，泰德也確保黑夜只會在樓下狩獵。他在週末去處放了很多老鼠，好讓黑夜開心。泰德不想再受任何折磨了。

他添加了一個閣樓，不過，他總是把閣樓鎖住。他可以把回憶和想法放在那裡，然後關上門。他不喜歡這間房子裡的某些房客。那些長手指、曾經是小男孩的綠色東西。他很擔心那些綠色的男孩就是在湖邊失蹤的那些孩子。不過那沒關係，因為他也把他們都放在了閣樓裡。有時候，他們的聲音會在靜夜裡響起，他們會哭泣地用他們骨瘦如柴的手指刮過地板。

泰迪在內在的地方待得越久，在那裡發生的事就變得越清楚，細節也越豐富。他很快就發現，只要他想，他隨時都可以到那裡去。他開始在那裡迷失了時間。電視會播放任何他想要的畫面。他甚至可以看到樓上那間房子裡正在發生的事。如果他看到什麼好事正在發生的話，例如媽咪買了冰淇淋，他就可以打開前門，然後，他就又置身樓上了。他經常會發現自己躺在冷凍櫃裡，在瀰漫著酸味的黑暗裡，那些通氣孔就在他的頭頂上閃爍，彷彿滿天的星斗。時間一年一年地過去，他上樓的次數也越來越少。

他越來越常讓我獨自和媽咪在一起。當她開始調整燈光的角度時，泰迪就沉潛到那個週末去處，去撫摸他的貓了。

我開始討厭那隻洋洋得意的貓。泰德知道的。有時候，當我試著要下來時，他就會讓我暫時待在兩地之間，在那個瀰漫著醋味的冷凍櫃裡，因為那隻貓就在樓下。等到她離開的時候，就輪到我上場了。如果我做了什麼他不喜歡的事，他發現他可以一直把我關在那個黑暗的冷凍櫃裡。

當我們在外面的時候，除非泰德允許，否則我無法完全現身。我可以玩一點小把戲，也許在緊身褲內面潦草地寫點訊息，或者讓他失去幾秒鐘的專注。當然，那必須是和用腿無關的事。我不知道為什麼泰德那個有毛病的腦子把我塑造成這樣，不過，他就是這麼做了。無論他走到哪裡，他都得要揹著我，一個殘疾的女孩。我想，那就是為什麼他有時會忘記，是我的堅強讓我們活了下來。

泰德的膽子很小，至少我是這麼認為的。我很快就發現我錯得有多麼離譜。

有一天，我們在媽咪的抽屜裡找薄荷糖。她不喜歡糖果，但她喜歡保持口氣的清新，所以，她會把一顆薄荷糖放進嘴裡，含個幾分鐘，然後吐到一條手帕裡。她會更換藏糖果的地方，不過，有時候，我們還是會找到。我們知道只要吃一顆就好，不管我們有多餓。雖然媽咪會清點，不過，一顆薄荷糖還在可接受的錯誤範圍內。

媽咪會把有趣的東西放在她的抽屜裡。一本封面有熊的舊歌譜、一只白色的小孩人字拖。泰迪今天很粗心大意。他竟然用潮濕的手去翻她的長襪。

「她會注意到的，泰迪，」我說，「該死。你會把它們弄濕的！」他抬起頭，我看到了我們反射在梳妝台上那面鏡子裡的模樣。就在那個時候，我看到了他臉上的那個表情。他再也不在乎了。媽咪會處罰我們，讓我們的身體哭泣。她會把我們放進那個有醋的大箱子裡。可是，泰迪只需要下樓就好。會感覺受到處罰的人是我。

「泰德，」我說。「你不會……」

他聳聳肩，把藏在一件吊帶背心裡的那盒薄荷糖拿出來。他緩緩地、夢囈般地打開那個鐵盒子，然後放到他的嘴唇上。他把盒子往嘴巴傾斜，讓薄荷糖被倒進他的嘴裡。有一些薄荷糖從他的嘴裡溢出，掉到地上彈了起來。

「泰德，」我小聲地說。「住手！你不是認真的，她會因此而傷害我們的身體。」

他把最後幾顆薄荷糖倒進他的嘴裡，那裡面已經塞滿了圓形的白色顆粒。即便在恐慌之中，我也可以嚐到薄荷糖的味道，我的嘴瀰漫著甜味……我振作了一下自己，我得要阻止他。

「我會尖叫，」我說。「我會讓她過來。」

「那又怎樣？」他說話的時候，嘴巴裡的薄荷糖發出了相互碰撞聲。「讓她過來。是你會感受到，不是我。」

「要造成傷害的方法有很多種，不只是身體上的，」我說。「我會把你的週末去處告訴她，還有那些貓。她會找到方法來處理的。我不知道那會是什麼方法，不過，你知道我是對的。媽咪知道要怎麼讓大腦運作，不只是身體。」

他咆哮了一聲，然後在鏡子裡對著我搖頭。突然之間，我的嘴裡什麼都沒有了。那股甜味不見了。他把我從我們的感官上阻斷了。他看起來和我一樣驚訝。我們從來都不知道可以這樣。

「你可以阻止我吃薄荷糖，但你無法阻止我告密。」我說。

泰德從梳妝台上的那個軟墊取來一根別針。然後慢慢地把針頭刺進他拇指的肉裡。

一道火焰流竄過我，讓我立刻尖叫地哭了起來。

泰德站在鏡子前面。他的臉上帶著媽咪那種冷漠的表情。他一次又一次地把針刺進拇指。

「只要你答應，我就會停下來。」他說。

我答應了。

關於生命，我了解泰德從來不了解的一些事：它太痛苦了。沒有人可以承受那麼多的不快樂。我試著要對他解釋。那很糟糕，泰迪。媽咪是個瘋子，你知道的。她失去了理智。終有一天，她會做得太過火，而把我們給毀了。我們最好選擇自己的出路。我們不需要總是覺得難過。帶上刀子，打好繩結。躲到湖裡去。走到樹林裡，直到四周全都被綠意包圍為止。這是一種慈悲的結束。泰迪試著要封閉他的耳朵，但是，他當然無法關掉我的聲音。我們是一體的兩面。或者，我們原本應該是一體兩面的。

在那過後不久，我首度試著要殺了我們。那次的效果不是很好，不過，那讓泰迪知道了他並不想死。他找到了一個讓我閉嘴的方法。當他讓我感到痛苦時，他就開始播放媽咪的音樂。他帶給我太多的痛苦，以至於音樂化為了痛苦，穿梭在空氣裡。只有在我半沉潛到那個黑暗的冷凍櫃裡，讓身體變成一具空殼時，那份痛苦才會停止。我很快就學會了在吉他的第一個音符響起時，就讓自己消失。

泰德並非無所不知。我依舊在反抗他。而且，我比他想像的還要強大。偶爾，當他離開時，前來的人並不是小泰迪。而是我。當他發現他手上握著刀子時——那些時候都是我，是我企圖在做應該要做的事。

不過，我不夠強壯。泰德把我控制得太好了。我得讓那隻貓去做。那就是我們如何走到今天的原因。

## 泰德

她一定早就懷疑事情即將降臨到她身上。警方去過了醫院，到媽咪以前工作的地方，去問問題。她現在工作的那間幼兒園裡的小孩變得很笨拙。泰迪向來都笨手笨腳的，而她也會把一些重要的事情留給他去做，那些會讓他留下疤痕的事情。然而，最近已經不只是泰迪了。太多沒有摔倒的小孩也都被縫合了。

前一天晚上，媽咪花了很長的時間在修復我。即使到了隔天，我都還在餘波中顫抖。我到廚房想喝杯水。媽咪正踮著腳尖站在一張椅子上。她手裡拿著一條很長的曬衣繩。在像今天這樣的下雨天裡，媽咪都會把曬衣繩綁在廚房裡，晾乾她的長筒襪。不是絲襪，她絕對不會穿那種東西。

「泰迪，」她說。「你比較高。幫我把這個弄到上面去。這該死的東西就是繞不過橫樑。」聽到她用那優雅又帶著口音的說話方式在詛咒，讓我覺得很好笑。我爬上椅子，把那條繩子拋過橫樑。

「謝謝你，」她很正式地說。「現在，到店裡去買點冰淇淋吧。」我詫異地看著她。我們一年只吃一次冰淇淋，就是她生日的那天。

「可是，冰淇淋會讓我們的牙齒壞掉。」我說。

「拜託你不要和我爭辯，西奥多。等你回來的時候，還有家事等你去做。你可以記得我接下來要說的每一件事嗎？你不能寫下來。我幾乎馬上就要出門了，所以，我沒辦法再對你說一遍。」

「我想，我可以記得起來。」

「我需要你把一個東西拿去丟掉。我會把它留在這裡，在廚房裡。你一定得把它拿到樹林裡去。你得要等到天黑，才能把它從家裡拿出去，因為把東西埋在樹林裡是不被允許的。」

「好的，媽咪。」我說。她給了我十塊錢，遠遠超過買冰淇淋的費用。

當我把大門在我身後關上時，我聽到她低聲地在說：「是的，一個安庫。」一切越來越詭異了。

我買了香草冰淇淋。那是她唯一喜歡的口味。我依然可以感覺得到我的指尖在碰到冰淇淋冰冷的盒子之後變得麻木，依然可以看到覆蓋在冰淇淋蓋子上那些細緻的冰屑。

我走進廚房，看到了她。在某種程度上，從此以後，我對其他畫面再也沒有感覺，就像視而不見一樣。那一幕就存在我的眼皮裡面。我母親飄浮在空中，輕輕地晃動著。她變成了一個可怕的擺錘。那條曬衣繩在她晃動的時候發出了吱吱的聲音。她的牙齒咬著發青的下唇，彷彿在最後一刻猶豫了。

她最喜歡的東西都整齊地堆在她正在飄動的雙腳旁邊。她的小化妝箱，裡面裝了那件薄紗的藍色洋裝，還有她的睡衣和香水。她柔軟的漆皮手提包，手提包的顏色就和母鹿的肚子一樣。箱子上有一張紙條，是用她小時候在法國上學時所學到的優雅的銅版體寫成的。需要被拿到樹林裡的東西，紙條上這麼寫著。

我必須要等到晚上。那是她交代過我的。不過，我不想讓她吊在那裡。我很怕有人會敲門，並且堅持要進來。那他們就會看到她了。我不擔心惹上麻煩。可是，她在那上面實在太顯眼了，那張藍色的臉孔都扭曲了。我不想讓別人看到她。

因此，我把她放下來。觸碰她讓我感覺很難過。她依然溫暖。我把她折疊起來，放到水槽底下的櫃子裡。「對不起。」我一遍又一遍地對她說。我把地板上的糞便清理乾淨，就在她懸吊的位置下方。

我想要把她所有的衣服都一起和她送走，但是，我找不到她的大行李箱。我盡了最大的能耐，把其他幾樣東西也塞進那個小化妝箱裡——她每天在樹林裡可能需要用到的日常用品。我也把她的縫合包放了進去。再把她床邊那本*伊索寓言*也放進去。不在睡前看書的話，她永遠都睡不著覺，所以，我擔心她會躺在冰冷的森林裡無法入睡。

夜色彷彿毯子般地降臨。我把媽咪和她的東西揹在我的背上，然後帶著她走進樹林裡。她已經變僵硬了。還有東西從她身體內滲出來。她一定會很討厭這樣。我知道我需要把她帶到森林裡。當我們走到樹叢底下的時候，我立刻就覺得好多了。

在我們穿過夜晚的森林時，她似乎變得越來越重。我覺得我的脊椎好像被壓碎了，我的膝蓋也在顫抖。我樂於接受這些感覺。因為這原本就應該是一段艱困的旅程。

我把她埋在林間空地的中央，靠近那隻老鼠雪球。我把她的藍色洋裝埋在南邊的角落，她最喜歡的皮革手提包則在西邊，而她的香水則在東邊。每一樣東西在被大地接納的時候，它就變成了一個神靈。當我把她平放在那個坑裡時，我感覺到大地將她擁入了懷中。「我把你放在我的心裡。」我低聲地說。她開始轉化。那些白色的樹看著這一切，彷彿一百隻眼睛一樣。

蘿倫在我耳邊低語：「進去。我們可以和她一起躺下來。」

在那一瞬間，我確實考慮了一下。不過，我想起如果我死的話，奧莉薇亞也會死，蘿倫和黑夜，還有那些小傢伙全都會死。然後，我發現我不想那麼做。

當所有的神靈都安全地置身在祂們的家裡時，我把泥土堆回到祂們上面。即便祂們已經被埋了起來，我依然可以感覺到祂們在散發著能量。祂們在泥土底下閃耀，只是沒有發出亮光而已。

媽咪所採取的行動很及時。警察在兩天之後來了。我站在屋外，頭頂上的太陽彷彿一顆燃燒的星星。我變成了那個人照片裡的人，而那張照片又被給了報社。當他們在屋裡搜索時，他們什麼也沒有找到，那是當然的。只有一個箱子不見了，還有一些衣服。

她去了哪裡？他們問我。我搖搖頭，因為我真的不知道。

在她離開之前，媽咪寄了一封信給那個吉娃娃—臘腸狗—㹴犬女士。那個女人當時在墨西哥度假，不過，等她回來時，她讀了那封信。信裡說，媽咪因為健康的原因而離開。她是一個很注重隱私的女人，我母親。她做事很縝密。她不想被人知道，即便死了。也許，那是我唯一真正了解她的一件事。

所以，媽咪走了，永遠都沒有被找到。那個小女孩也依然沒有出現。不過，我不認為她們在同一個地方。

蘿倫六歲的時候第一次來找我，然後，她在那個年紀停留了很長的一段時間。我以前從來都沒有想到，不過，那個拿著冰棒的小女孩不見的時候，也正好是那個年齡。

最終，蘿倫開始長大。她長得比我慢，但是，她還是有在長大。她的憤怒也隨著年齡一起成長，那很糟糕。

「我沒有地方可以放所有的情緒。」她不停地說。我覺得很難過，因為那些都是她從我這裡承受的痛苦。那讓我很愛她，不管她做了什麼。她痛恨這個身體。對她來說，這個身體太大、太多毛，也太怪異。她甚至無法穿她喜歡的衣服和綴滿亮片的緊身褲，也沒辦法穿粉紅色的小鞋子。這個身體太大了。沒有人會把她喜歡的那些東西做成這個尺寸。也許，在商場的那次是最糟糕的。她很難過。我感到自己像父親一樣地想要保護她。我答應過，我會試著像父親一樣。我知道我失敗了。我自己一塌糊塗，根本無法幫得了任何人。

當我需要安慰的時候，我就到內在的那個屋子去。奧莉薇亞永遠都帶著她的小腳和她那好奇的尾巴等待著我。關於外面的世界，奧莉薇亞什麼也不知道。對此，我很高興。當我和她在一起的時候，我也不需要知道。

當然，沒有什麼是完美的。就連那個週末去處也一樣。有時候會出現一些我沒有預期到的東西。白色的人字拖，以及在閣樓房門後哭泣的那些失蹤很久的男孩。

我沉默了。我們似乎已經來到了盡頭。蘿倫走了。我好疲憊，我覺得自己可能會蒸發掉，就像水一樣。

「也許我早就應該要猜到，」他說。「冠軍知道。」

「什麼意思？」

「牠喜歡你。可是，那天，牠像發瘋了一樣，在街上對著你狂吠。我覺得我在你的眼裡看到了什麼，只是一秒鐘而已。那就好像有另一個人在那裡。我以為是我自己想像的。」

「那是奧莉薇亞，我的貓，」我說。「她試著要出去。算了。這件事我們改天再說吧。」

那個人站起身來離開，一如我所預期的。

「誰在照顧你的狗？」我猜，我想讓他在這裡多待一會兒，因為我不會再見到他了。

「什麼？」

「你的狗，」我說。「你在這裡待了一天一夜了。你不應該讓一隻狗在這段時間裡獨自待著。那樣做是不對的。」

「我不會的，」他說。「琳達．莫里諾會照顧冠軍。」他看到我疑惑的表情。「那個養吉娃娃的女人。」

「我以為她走了，」我說。「我看到電線桿上的傳單。他們把她的臉印在傳單上。」

「她去搭乘大西洋遊輪，」他說。「和一個年輕男人。她不想讓她女兒知道。她女兒會擔心。不過，她現在已經回來了。還曬了一身漂亮的古銅色膚色。」

「那很好，」我說。「我一直都很擔心那個吉娃娃女士。」

「明天見。」他說，雖然我不會和他再見面，這是當然的了。然後，他就走了。他似乎從來都不會多說一個不需要的字。

黑暗來臨了，或者你在城市裡最接近黑暗的程度。我沒有打開床邊的那盞燈。我看著來自停車場的燈光在天花板上投下一個個黃色的正方形。當護士進來的時候，她就像一道白色的霓虹燈把我嚇醒了。她給我一些水，然後把那只印有醫院名字的塑膠杯湊到我的唇邊。我不擅長記名字，而且睡意和止痛藥讓我恍恍惚惚的，因此，我花了一點時間才意識到——這是她的醫院。媽咪曾經在這裡工作，後來因為她對那些孩子所做的事而被解雇。這是一種奇怪的時間循環，彷彿似曾相識一樣。但是，我無法分辨我是處於開始還是結束。護士走了，再度把我留在黑暗裡。這是我第一次意識到，也許，我母親真的死了。

「結果，你殺不了我，」我對蘿倫說。「我也殺不了你。所以，我們得找出另一種相處的方法。」

我感覺著她，試著牽她的手。但是，她不在那裡。她在睡覺，或者封鎖了我，又或者只是安靜不出聲。我完全沒有辦法得知她是否有聽到我。

我在腦子裡祝福著吉娃娃女士。我希望她和她年輕的男朋友度過了一個美好的假期。我希望她現在在她那棟屋緣鑲著綠邊的黃色小窩裡很放鬆。

我把杯子在手中翻轉了一下。醫院的名字跟著轉了過來。媽咪的地方。不過，她不在這裡。她在家，在水槽底下的櫥子裡等著我。

有東西在我的腦子裡嘲弄、拉扯。是關於吉娃娃女士和她的墨西哥之旅。我甩甩頭。不是的。吉娃娃女士是去了遊輪之旅，不是墨西哥。墨西哥是她第一次去的地方。我的腦子裡又出現了那股熟悉的拉扯，彷彿忘了什麼事一樣。但是，那股拉扯很快就不見了。

當我出院的時候，那個橘色頭髮的男子又出現了。我得要多看一次才好確定，是的，是他。我很驚訝，同時也出奇地害羞。那個晚上，我們對他說了那麼多。我覺得自己有點赤裸裸的感覺。

「我想，你可能需要搭個便車。」他說。

當我們快到的時候，我聞到了森林的味道。看到我的街道、那個凹陷的路牌和地平線上濃密的樹叢，讓我覺得鬆了一口氣。

但是，我不希望這個人看到我悲傷的房子；釘滿夾板的窗戶，滿是灰塵的陰暗房間，那裡是我自己和其他同伴一起居住的地方。我希望他離開。然而，他幫我下車，協助我進屋。他的動作很迅速、很有效率，完全沒有要我感謝的意思。

即便我們已經進屋了，他還徘徊在走廊，似乎沒有留意到屋子裡的蜘蛛網和殘破。看來，現在我得要招待他什麼了。冰箱散發出陳年牛奶的酸味。我感到一股絕望的內疚。

「啤酒。」他看著冰箱裡提議道。

「沒問題。」我立刻感到開心了一點。我看了一眼櫥櫃裡面。「我打賭你從來沒有吃過醃黃瓜加花生醬。」

「你賭贏了。」他說。

我們坐在後院草地上那張破舊的椅子上。天氣很好。蒲公英的棉絮在低垂的陽光中飛舞。樹木也在微風中低語。我仰頭迎接著微風。在那一剎那間，我幾乎覺得很正常——在夏日尾聲的熱氣中，坐在我的院子裡和一個朋友喝著啤酒，就像任何人都可能做的一樣。

「醫院，」他說。「你一定很想念待在戶外。你喜歡樹林。」

「是啊。」我說。

「嘿，」他說，不過不是對我說。那隻虎斑貓從灌木叢裡走出來。她看起來比平時還要瘦。

「怎麼了？」她在生鏽的椅腳磨蹭著。他放了一點花生醬在地上給她，她舔了一下，發出咕嚕咕嚕的聲音。「可憐的孩子，」他說。「她曾經有過主人。他們把她的爪子拔掉，然後就拋棄她了。人類。」那隻貓在他的腳邊躺下來。陽光將她毛上的塵埃照得一清二楚。

我試著想出一個正常人會問的問題。「當公園的護林員是什麼感覺？」

「很好，」他說。「我一直都想在戶外工作，從我小時候起就這樣。我在城市裡長大。」我無法想像他處在高大的建築物之間和繁忙的人行道上。他似乎很適合在遙遠和孤獨的地方。

「你和我以前曾經交談過，」他說。「我們偶爾會在酒吧裡打招呼。」

「噢，」我說。我尷尬到不敢告訴他我不記得在酒吧的時候了。我想，小泰迪取代了我，在酒吧待到了最後。他不擅長和成年人說話。或者，也許我只是喝醉了。「我挑了那間酒吧作為和女人約會的地點，」我說。「很蠢吧？」我告訴他關於我和那個穿藍色衣服的女人約會的事。

「但是，你依然持續到那裡去，單獨一個人去。即便在你發現那是個什麼樣的地方之後。」

「噢，」我說。「是啊，去喝酒。」

我們之間的氣氛出現了變化。時間似乎延伸了。我無法不盯著他放在這張生鏽椅子上的前臂看。那些覆蓋在蒼白皮膚上的細毛，在陽光底下宛如燃燒的鐵絲。恐懼流過我的體內。「我和普通人不一樣，」我說。「做我自己很辛苦。要待在我身邊也許更辛苦。」

「普通人是什麼？」他說。「我們都只是在盡力而為罷了。」

我想到了媽咪抿成一條線的嘴和她的不屑。我想到了蟲蟲先生，那個想把我這種亂七八糟的模樣寫成一本書的人。「現在，」我說。「你能做的就是離開。」

在他繫上安全帶的時候，我一跛一跛地走到車子旁邊。

「我不是有意的，」我說。「對不起。我這個月過得很糟。這一年都是。甚至這輩子都是。」

他揚起眉毛。

「求求你，回來吧。再來一罐啤酒。」我說。「現在，我們來聊聊你。」

「你才剛出院。也許你需要休息。」

「不要讓我在街上追著你的車子跑，」我說。「我才剛出院。」

他想了想，然後熄掉引擎。「好吧，」他說。「我也有一些奇怪的故事。」

他名叫羅伯，有一個雙胞胎兄弟。在成長的過程中，他們做著一般雙胞胎都會做的事。他們捉弄他們的母親，假裝自己是雙胞胎中的另一個，在高中的時候，甚至偶爾會對調身分、到對方的班級去上課。羅伯在科學課程上表現得比較好，而艾迪則比較擅長藝術課程、英國文學等等。因此，兩人都能拿到好成績。不過，等他們再大一點的時候，他們就不再對調身分去作弄父母，也從來不會那樣對待他們的女友。他們一致認為，不能對自己所愛的人開這種卑鄙的玩笑。後來，羅伯不再交女朋友。他並沒有告訴艾迪這件事，甚至在遇到一名讓他心跳加速的男子時，他也沒有告訴艾迪。他開始和那名在鎮上一家餐廳工作的男子約會。

一天傍晚，那個在餐廳工作的男子看到羅伯穿過街道。他在滿心的愛意下走過馬路，將羅伯擁入懷裡。當他一碰到對方的時候，他立刻知道那不是羅伯。然而，那已經太遲了。艾迪把他痛打了一頓，直到他兩隻眼睛都睜不開來。

那個在餐廳工作的男子搬走了。他的雙胞胎兄弟也不再和他說話，而羅伯也說，反正他也不希望他的雙胞胎兄弟對他開口。「即便如此，」他說。「那也好像失去了一條腿。我得要學習，沒有了他，我要怎麼再開始走路。有好一陣子，我不再和別人往來，只想和我的狗以及樹林在一起。我最喜歡四周無人的清晨。」

我思索著那個故事。

我說：「如果你沒有發生那些事的話，我就死定了。」

「噢，」他驚訝地說。「我想你說的對。」我們很快地看了彼此一眼。然後無言地坐著。

當暮色悄悄來臨時，他回家了。西沉的太陽讓萬事萬物都裹上了一層紫色，等待著黑夜的來到。當我撿起啤酒罐時，我瞥見了頭頂上有一抹黃色，就在我的櫸木上。金翅雀的歌聲迴盪在黃昏裡。鳥兒又回來了。

# 夜晚的奧莉薇亞

哈囉，各位。歡迎收看來和夜晚的奧莉薇亞聊天第一集。我們接下來的節目會很精采。我們將要聊的是關於光的話題——陽光的形式、黑暗的種類——什麼樣的光線最適合打盹、什麼樣的光線會照亮你的眼睛，就像黃昏裡神秘的燈光一樣，諸如此類的話題，還有：當你像一支死亡的箭在夜裡跟蹤著你的獵物時，什麼樣的陰影能夠把你隱藏得最好？

不過，首先，讓我們來探討一下那個棘手的問題。我們需要談談樓上的世界，也就是所謂真實的世界。我想，我們都同意它不如內在的那個世界好。它是灰色的，所有的東西都很難聞。我不喜歡那件地毯的顏色，這裡的毯子不是美麗的橘色，而是死人的顏色。總之，儘管我心存疑慮，不過，我有時候還是會上來這裡，因為一個人隨時都要知道自己在面對的是什麼。有時候，我甚至會走出去。我再也不是一隻家貓了。我看到了、也感覺到了這個世界，不像以前只是從樓下那個內在的地方聞到和聽到而已。現在，只要我想要，我就可以上樓來，和泰德一起走在秋天的落葉裡，在越來越短的白天裡感受著初霜的寒意。

不過，是的，外面很令人失望。我會說，那沒什麼了不起的。這裡有一隻虎斑貓，不過，她不是我愛的那隻。當我第一次看到她的時候，我心裡在想：你這個可憐的傢伙。她那雙棕色的眼睛毫無光澤——當我注視著它們時，我看到的只是一隻飢餓的動物。她又小又瘦，沒有爪子，走起路來十分蹣跚。她並不吸引人。那個橘色頭髮的人類堅持要餵她。那個人看起來像個伐木工人，不過，事實上他非常地感性。而且，他身上有一股強烈的狗味，那是他那隻大狗的味道，聞起來很噁心。泰德一直告訴我說，那隻大狗聞到了鮮血的味道，然後在樹林裡發現了我們，不過，我不願意相信我是這樣被救的。反正，我很好奇，沒有奧莉薇亞，泰德要怎麼過日子。但他似乎過得還不錯。

我喜歡往下去到那個週末去處，看著另一隻虎斑，漂亮的那隻，透過窗戶看著她梳理她自己的毛。她會用她那雙蘋果黃的眼睛凝視著，就像一條蛇一樣。她當然也是我們其中之一，是我們的另一個部分。也許，我早就應該要猜到。她選擇不開口。不過，我希望有朝一日，她會和我說話。在此同時，我會崇拜她、等待著她。如果必要的話，我會永遠這麼做下去。我向來都可以透過電視留意樓上正在發生的狀況。

偶爾，上帝會穿過廚房的牆壁而來，或者沿著樓梯飄往二樓樓層平台上面的天窗。祂會轉過身，用祂那雙圓滾滾的金魚眼，或者蒼蠅般的複眼低頭俯視著我。祂是泰德虛構出來的東西。媽咪談了太多有關安庫的事，所以，安庫就出現了。媽咪的神靈發現一個方法，從她位於布列塔尼偏遠的冰冷村莊，透過泰德，來到了奧莉薇亞的世界。那就是神靈移動的方式，透過思想。

上帝從來都沒有要求奧莉薇亞幫助泰德或蘿倫。她只是想要體貼一點。她是一隻很好的貓。我也很好，不過，我同時也具有其他的特質。

再也沒有光束把我和泰德綁在一起了。我有點想念它，不過，它已經不在了。他和我彼此羈絆在一起，而那道光束反映出了這個事實。它誠實地顯示出事情真實的面貌。我發現樓上的世界幾乎沒有這種正向的指標。那是一個冰冷、荒涼的地方。我們巨大的身體在那裡緩慢地移動，而我們就住在那個身體裡面，彷彿沒有套好的俄羅斯娃娃。在我看來，那實在很噁心。

不過，現在，我們都可以一起待在樓上了——泰德、蘿倫和我，還有其他我還不知道名字的人。他們才剛開始出現而已。我們可以聊天、吵架或做其他的事，就像我們在我樓下的地方那樣。有時候，我會好幾天都忘了回到樓下。所以，我想，在某個程度上，樓上現在也是我的家了。

## 泰德

樹林裡的小徑也進入了秋天。空氣裡有蘑菇和紅葉的味道。一棵棵的樹就像細瘦的手指直指天空。羅伯在我身邊讓我感覺很溫暖，他的頭髮從帽子裡散落出來，彷彿一簇火焰。從森林裡的那個早晨至今已經過了三個月，但那也有可能是上輩子的事。

所有的故事都彼此相關。彼此呼應。故事是從她開始的，那個拿著冰棒的小女孩。她值得擁有見證者，那就是我們之所以在這裡的原因。

從停車場到湖邊只有大約四分之一哩路的距離，不過，我們還是花了一點時間才走到。與其說是走路，不如說我是拖著腳在前進，因為我得要小心我正在痊癒的傷口。如果你感覺不到疼痛的話，你是真的可能會讓自己受傷。「把你的圍巾圍上。」我告訴羅伯。我想要有個朋友能照顧我們。奇怪的是，我現在有了一個朋友，但我卻一心只想照顧他。

當樹林變得開闊時，我們已經來到了水邊。今天天氣很涼爽；在灰色的天空下，沙子看起來既骯髒又晦暗。雖然有一些登山客，還有一些狗，不過數量並不多。閃爍的湖水彷彿一面黑色的玻璃。湖水太平靜，就像一幅畫或者一個騙局。它比我記憶中要小。不過，那當然是因為我變了。

「我不知道要怎麼做。」我對羅伯說。活著的人能對死了的人說什麼？拿著冰棒的小女孩已經不在了，而我們不知道她去了哪裡。媽咪並不是真的在水槽底下，爹地也不在那座儲藏工具的小棚舍裡。

「也許，我們什麼也不用做。」他說。

因此，我只是努力把注意力集中在那個小女孩身上，想著她曾經在這裡，但現在已經不在了。羅伯把手放在我的背上。我把我對她最好的祝福傳送到水裡、天空，到那些乾枯的落葉和沙子裡，以及我們腳下的鵝卵石裡。我把你放在我的心裡，我想著那個拿著冰棒的小女孩，因為感覺上應該要有人這麼做。

我脫掉鞋子，即使正在下雨。羅伯也和我一樣。我們把我們的腳埋在潮濕的沙子裡，看著湖水，看著雨滴在晶亮的黑色湖面上掀起漣漪，看著漣漪越來越大，向無盡的邊緣延伸。

最後，羅伯說：「好冷。」他是個很實際的人。

我搖搖頭。我不知道自己原本有什麼期待。這裡什麼也沒有。

我們在沉默中走回車子。小徑沿著山坡往下通向停車場。濺著雨水的小路上有著什麼發亮的東西。我彎身撿起來。那是一個橢圓形的東西，觸感很光滑。宛如苔蘚般的綠色表面上還有幾道白色的條紋。「你看，」我說。「好漂亮的鵝卵石。」我轉身想要展示給羅伯看。就在我轉身的時候，我腳下的地面突然優雅地滑動了。鬆動的泥土和石頭在我的腳下移動，世界頓時上下翻轉。我滑倒了，重重地撞在泥土上。

我的體內有東西在撕裂，那就好像又被殺了一次。不過，這次我感到了震波，深沉而鮮明。尖銳的音符大聲而強烈地刺激著我的神經。那股感覺在我體內爆開來，充斥在我每一顆活生生的細胞裡。

羅伯俯身看著我，扭曲的嘴巴露出了憂慮。他說了什麼關於醫院的話。

「等一下，」我說。「讓我感受它。」若非太痛的話，我真的會笑出來。

我想，是這股疼痛讓他穿越了過來。我們之間的那道障礙倒塌了。

我把它放在我們的口袋裡，他對我說，聲音清晰而年輕。

小泰迪？

在我們的口袋裡，但是，你把它丟到垃圾堆裡了。

我把一隻手伸進我褲子的口袋裡。鮮血不知道從哪裡流了出來，把我身上的襯衫都弄髒了。

「你在做什麼？」羅伯說。他的聲音裡充滿了恐懼。「你在流血。」說著，他掏出了他的手機。

「住手！」我幾乎是在對他吼叫，那讓我更痛了。「等一下！」

我的手指碰到了一坨紙。我把它拿出來。謀殺者。我的清單被膠帶重新黏合過了。清單上的最後一個名字瞪著我。媽咪。

小泰迪指的並非殺了那些鳥兒的人。他甚至可能不知道關於那些鳥兒的事。他在說的是另一宗謀殺。

我一直試著要讓你看見，小泰迪說。但是，你並不想知道。

他的記憶在痛楚中湧向我。我感覺到了情緒、色彩、潮濕的泥土，以及空蕩街道上的月光。

那就好像是在看著一部帶著味覺和觸感的電影。

## 小泰迪

我們彼此共享著時間和傷痛。大泰德把媽咪帶到樹林裡去了，這樣，她就可以變成一個神靈。但是，我看到了發生在前一晚的事。

我在客廳裡。爹地已經離開好幾年了。拿著冰棒的小女孩幾天前在湖邊消失了。每個人都非常沮喪。

我面前的桌上有一張紙。那是一份工作申請書。我一邊哼著歌，一邊用黃色的蠟筆在上面畫了我自己的畫像。香菸的味道和咖啡的燒焦味從廚房的門底下悄悄地滲透進來。那個㹴犬女士正在說話。

「早上吃半罐，晚上吃乾糧，」她對著媽咪說。「不過，只能在牠散步之後餵牠。老天，我幾乎忘了。那些蕨類盆栽需要澆水，每週三次。不多不少。有些人會說那樣太多了，不過，我認為，蕨類的土壤需要一直保持微濕。」

「你可以相信我。」媽咪溫和地說。

「我知道我可以，」那個㹴犬女士說。緊接著是鑰匙叮噹作響的聲音。「綁著綠色緞帶的那把是前門的；這個是通往防風地窖的那扇後門的。一般來說，我是不會去開那扇門的。噢，墨西哥。我每天早餐都要來上一杯雞尾酒。有小雨傘的那種。我打算在陽光底下游泳、做日光浴，而且我連一次都不會去想工作上的事。絕不。」

「那是你應得的，」媽咪溫暖地說。「你承受太多的壓力了。」

「你說的沒錯。」

一陣沙沙作響的聲音在沉默中響起，然後是臉頰親吻的聲音。㹴犬女士正在擁抱著媽咪。我把我的耳朵更加用力地貼在門上。我好嫉妒，感覺就像渾身浸泡在醋裡一樣。

當媽咪在天黑以後出門時，我就在我的窗邊看著。她帶了一個大箱子，我很害怕她要和那個㹴犬女士一起去墨西哥。我不想被留下來。可是，那個箱子是空的，她一邊走，一邊晃動著拎在手裡的箱子。我目不轉睛地看著她，因為，我從來沒有看過她這樣。媽咪不是俏皮的人。我知道她不會想讓我或任何人看到她這樣。今晚，街燈都熄滅了。那些孩子用石頭把街燈都砸破了，我想，這對媽咪來說應該很幸運吧。

媽咪走向了樹林。她離開了很久，我幾乎都要哭出來了，因為她這次真的走了。

我等待著，等了又等。

感覺上似乎過了好幾個小時，不過，事實上可能只是一兩個小時而已。媽咪從森林裡走了出來。她穿過人行道上重重的樹影。當她走在沒有被樹影遮擋住的月光底下時，我看到那個箱子變重了。她沿著人行道緩緩地拉動行李箱的輪子。她看也不看地經過我們的房子，完全沒有停下腳步！我很驚訝。她能去哪裡？

狽犬女士家綠色的屋緣在月光下看起來像是灰色的。媽咪繞到那棟屋子的後面。我爬上床，躲在我的棉被底下，但是，我並沒有睡著。過了很久之後，她安靜地進來了。我聽到浴室裡傳出流水的聲音，還有她刷牙的聲音。然後是一道細微的聲音。媽咪在低聲地哼唱。

到了早晨的時候，她就像平常一樣。她給了我一小罐蘋果醬作為早餐，還有一片麵包。她的手聞起來有地下室潮濕的泥土味。我再也沒有看到那個大行李箱，因此，我猜她把箱子寄到墨西哥去了。我聽到她叫大泰德去商店裡買冰淇淋。

我一直試著要告訴大泰德。我一次又一次地把他帶回到那棟鑲著綠邊的黃色屋子，但是，他依然不懂。我想，他的內心深處一直都知道那是媽咪。不過，他極盡所能地希望那不是。現在，他再也不能逃避真相了。砰、啪，就像被痛揍了一拳一樣。

我可以聽到大泰德在哭。

# 泰德

「不要動。你會讓傷勢更糟糕。」羅伯的臉掛在我上方的空中。他的臉色比平常更蒼白。

「我們得告訴別人，」我擦拭著我的臉說道。我的鬍子已經被淚水沾濕了。「我知道她在哪裡。求求你，求求你，我們現在就得走了。」羅伯的另一個優點就是他不會浪費時間問問題。

一切發生得既快又慢。我們蹣跚地走回車上，羅伯開車載我們到了一間警察局。我們得在那裡等上很長的一段時間。我還有點出血，但是，我不會讓羅伯帶我去醫院。不，我說，不、不、不、不、不，不要。當那個「不」越來越大聲時，羅伯驚訝地退讓了。終於，一個眼睛下方有著眼袋、看起來很疲憊的男人走了出來。我告訴他小泰迪看到的事。他隨即打了幾通電話。

我們在等某個人的來到。今天是她的休假日。她穿了一雙防水長筒靴，匆匆地走了進來。她剛才在船上。這名警探看起來非常疲憊，而且有點像一隻負鼠。我認出她曾經在十一年前搜查過我家。對此，我感到很高興。我的腦子今天真的很給力！不過，我說得越久，那個像負鼠的警探看起來就越來越不疲憊。

我坐在另一張塑膠椅上等待。還在警察局嗎？不，這裡都是受傷的人。醫院。終於輪到我了，然後，他們用釘針把我釘起來，這實在很怪異。我拒絕用止痛劑。我想要感受它。我們的生命是如此短暫。

等到羅伯開車送我回家時，已經是黎明了。當我們轉到我的那條街時，我看到一輛廂型車停在她家外面。還有好幾輛閃著紅藍燈光的車子，它們美麗的燈光照耀在綠色的屋緣和黃色的屋板上。那名女士正在哭，她緊緊地抱著她的吉娃娃以尋求慰藉。那隻狗舔了舔她的鼻子。我為她感到難過。她為人向來都很好。媽咪從來都沒有傷害過吉娃娃女士的身體，但她還是傷害到她了。

他們在吉娃娃女士的房子四周架上白色的屏風，這樣一來，就沒有人可以看到任何東西。我待在客廳的窗邊看著，即便什麼也看不到。他們用了好幾個小時的時間。我猜，他們得要挖得夠深。媽咪很仔細。我們都待在那裡，警覺而且清醒地待在我們的身體裡面，看著那個白色的屏風。小泰迪則在無聲地哭泣。

當他們把她弄出來的時候，我們都知道，那是拿著冰棒的小女孩。當她經過的時候，我們都感覺到了她。她就在空氣裡，一如雨的味道。

隔壁的那個鄰居女士一直沒有回來。當她從我旁邊跑進樹林裡時，她一直喊著那個小女孩的名字。那讓我思考。我告訴那個負鼠警探關於她的事。當他們搜查她的房子和她所有的物品時，我為她感到難過——即便在發生了這些事情之後。現在輪到她的東西暴露在那些人的眾目睽睽之下了。結果，他們發現她是那個拿著冰棒的小女孩的姊姊。當我聽到的時候，我在想，現在，她們兩個都死了。我很確定。我不知道為什麼。

他們在那個姊姊的屋子裡發現了媽咪的黃色錄音帶。裡頭有她對拿著冰棒的小女孩所錄下的一些備註。那個負鼠警探說，從錄音帶的內容聽起來，當媽咪帶走她的時候，她好像已經死了。我依然無法想像這個說法。

我很確定媽咪把那個小女孩誤認為了男孩。媽咪從來不會和女孩有什麼牽扯。因此，媽咪帶走她，是因為機緣巧合全都湊在了一起。一個髮型、湖邊之旅、轉錯了彎。那讓我的心好痛，而這股感覺永遠也不會消失，我想不會。就像一個永遠不會治癒的傷口。

那個負鼠警探和我在我家後院喝著汽水。在拔除那麼多釘子之後，我們的手指都發痛了。破裂的夾板堆積在我們四周。在所有的窗子全都露出來之後，這棟房子看起來很奇怪。我不由得期待屋子會眨眼。太陽底下依然很溫暖，不過，有遮蔭的地方感覺就很冰冷。地上的落葉堆積得很厚，紅色、橘色和棕色都有，就像羅伯的頭髮一樣。冬天很快就會到了。我喜歡冬天。

我喜歡那個負鼠警探，不過，我還沒準備好讓她進屋。因為外人的目光會讓我的房子變成一個我不認識的地方。她似乎可以了解這點。

「你知道你母親在哪裡嗎？」當我們在聊海獺的時候，那個負鼠警探突然問了這個問題。（她真的知道很多關於海獺的事）。我露出微笑，因為，我可以看得出來，她很享受關於海獺的話題，不過，她也利用這個話題來偵察我，並且試圖要在出其不備之下讓我告訴她實話。我喜歡這點；喜歡她在工作上的專業。「我應該要繼續找她嗎？」她說。「你得要告訴我，泰德。」

我考慮著要說什麼。她等著我開口，觀察著我。

我對這個世界所知不多，但是我知道，如果他們發現那些骨頭的話，會發生什麼事。他們會挖掘、報紙會刊登照片、電視會報導。媽咪會復活。小孩會在夜裡跑到瀑布去嚇唬彼此，他們會到處流傳那個殺人護士的故事。媽咪會繼續當個神靈。

不。這次，她必須真的死掉。而那意味著被遺忘。

「她走了，」我說。「她死了。我保證。就是這樣。」

那個負鼠警探看了我很久。「那好吧，」她說。「就當我們從來沒有聊過這件事。」

我送那個負鼠警探走到她的車子旁邊。當我打算走回屋子時，我注意到街牌上最後一個字母「s」已經磨損得差不多了。如果你瞇眼看的話，甚至可能看不到那個字母。縫針街。❸我打了個寒顫，快步走進屋裡。

蟲蟲先生走了。他的辦公室已經清空。我去看過了。現在，我談話的對象是蟲蟲女士。醫院裡那個年輕的醫生把我介紹給了她。有時候，蟲蟲女士會到家裡來，有時候則是我到她的辦公室去。她的辦公室就像冰山內部，冰涼又潔白。那裡的椅子數量也很正常。她人很好，看起來完全不像一隻蟲。不過，對於名字，我依然記不住。而且，在發生了那麼多改變之後，也許，我需要有一件維持原狀的小事。

她建議我播放我的錄音帶，看看我忘記了哪些事。我很驚訝地發現，我竟然把十二捲錄音帶全都用完了。我真的不認為我有錄過那麼多捲帶子，不過，那就是我之所以需要那些錄音帶的原因，不是嗎？因為我的記憶太糟糕了。

錄音帶上都有編號，因此，我從1開始播放。前面二十分鐘左右的內容就和我預期的一樣。有幾份食譜，還有一些關於林間空地和那座湖的事。然後出現了一陣暫停。我想，也許錄音結束了，因此我伸出手，想要關掉錄音機，就在此時，有人開始對著無聲的錄音帶呼吸。吸氣和呼氣。我的手臂和腿都感到了一陣寒意。那不是我的呼吸聲。

然後，一道猶豫、拘謹的聲音開始說話。

當泰德叫我的時候，她說，我正忙著用舌頭舔我發癢的腿部。可惡，真不是時候。

我的心臟跳到了我的嘴裡。不可能——噢，但是我沒有聽錯。奧莉薇亞，我那漂亮的、失蹤的貓咪。我從來都不知道她會說話。難怪我一直找不到那個錄音機。她聽起來很甜美、憂心忡忡，像個老師一樣。聽到她說話真是太棒了，不過卻也很悲傷，就像看到你自己還在襁褓中的照片。但願我們以前曾經交談過。現在已經太遲了。我持續地聽著錄音帶。不知道自己為什麼在哭泣。

蟲蟲女士告訴我，這叫做整合。有時候，整合會發生在我們這種情況。整合聽起來好像是什麼發生在工廠裡的事。我想，他們只是想要在一起，奧莉薇亞和另外一個。總之，奧莉薇亞走了，而且不會再回來。

❸ Needless（無用、不必要之意）去掉字尾的s，就變成Needles，是Needle（針）的複數。

那個蟲蟲女士總是告訴我要讓情緒流入，不要把感情阻擋在外，因此，我也試著要這麼做。但是，那很痛苦。

奧莉薇亞的錄音裡還有其他的聲音——那是我不認識的聲音。有些聲音並沒有使用語言，而是咕嚕聲、長時間的暫停、喀噠聲和高亢的歌聲。那些就是將我穿透的聲音，它們就像冰冷的小鬼所發出的呻吟。過去，我企圖把它們關在閣樓裡。現在，我開始花時間來聆聽。我已經把我的耳朵摀住太久了。

最近，黎明總會把我喚醒。我從一個到處都是紅色和黃色羽毛的夢境中緩緩浮現。我的腦子裡迴盪著不屬於我自己的聲音和思緒。我可以在嘴裡嚐到鮮血的味道。我從來不知道我會在夜裡進入誰的夢境。不過，最近，這個身體確實得到了休息，而沒有在我睡覺的時候還遭到別人使用。所以，這樣看來還算值得。

其他的事情也不一樣了。我每週三天會在小鎮另一頭的一間快餐店的廚房裡工作。我喜歡走這段路，看著這個城市慢慢地在我四周出現變化。現在，我只是洗碗，不過，他們告訴我，也許再過不了多久，我就可以開始幫忙負責油炸的廚師。今天不用工作——今天的時間都是我們的。

沒有了窗戶上的夾板，這棟房子似乎就像是用光築成的。我下了床，小心翼翼地不要扯掉我身體側面的那些縫合釘。我們的身體是一幅由舊疤和新傷所構成的風景。我站在原地，突然之間，我們體內深處出現了一股角力。在身體危險的晃動之下，我們全都感到一陣噁心。蘿倫悶悶不樂地讓我掌控一切。我把一隻手扶在牆壁上，做了幾個深呼吸，好讓我們穩定下來。日子裡充滿了這種地震般、令人作嘔的掙扎。我們都在學習。要同時把每一個人都裝在你的心裡並不容易。

今天稍晚，也許蘿倫會掌控這個身體。她會騎她的腳踏車和繪畫，或者，我們會到樹林裡去。不是到那片林間空地或者瀑布去。我們不會去那裡。那件藍色洋裝腐爛的薄紗、她的舊化妝箱、她的骨頭——它們都不能受到打擾，這樣，它們就不會再維持神靈的狀態，它們就可以回歸當個單純的舊物。

我們會在樹底下散步，聆聽森林在秋天裡的聲音。

那個疲憊的負鼠警探和警察正在搜索靠近湖邊的樹林。他們想要找到被媽咪帶走的那些小男孩。他們認為，這麼多年下來，小男孩的人數可能多達六個。這很難說，因為小孩確實會走丟。他們多半是來自悲傷家庭或沒有家人的男孩。媽咪會選擇那些不會有人想念的人。拿著冰棒的小女孩是一個重大事件，因為她有父母。

也許，那些男孩有朝一日會被找到。在那之前，我希望他們在森林的綠蔭底下，平靜地受到慈愛的大地所看管。

在向晚的時候，夜晚的奧莉薇亞和我或許會在沙發上打盹，看著那些大卡車。當黑暗降臨時，他們會進行狩獵。我突然感到不安，就像有一片潮濕的樹葉刷過我的後頸背一樣。夜晚的奧莉薇亞又大又強壯。

今天的天氣很好，現在是早餐時間。當我們走過客廳時，我往裡瞄了一眼，然後花了一點點的時間欣賞我的新地毯。它集結了所有的顏色——黃的、綠的、紅褐色、洋紅色和粉紅色。我很喜歡它。我想，在媽咪離開之後，我大可隨時把那條藍色的舊地毯扔掉。奇怪的是，我從來都沒有想到要這麼做，直到所有的事情發生之後。

我們走進廚房。截至目前為止，我們只發現了一件事，那就是我們都喜歡吃。有時候，我們會在早上的時候一起吃早餐。當我做早餐的時候，我總是會敘述我正在做什麼，這樣，我們每個人都會記住。我再也不需要把我的食譜錄下來了。

「接下來，我們要這麼做，」我說。「從冰箱裡拿出新鮮的草莓。把它們放在流動的冷水中清洗。然後把它們放進一個碗裡。」我們看著草莓在早晨的陽光底下發亮。「我們可以用一塊布把它們拭乾，」我說。「或者，我們可以等太陽把它們曬乾。我們可以自行決定。」

我曾經用一把鈍刀把草莓鋸成四分之一，因為屋子裡沒有任何尖銳的東西。不過現在，我在流理台的一個角落放了一組廚師用刀。「這叫做信任，」我一邊切、一邊說道。「關於信任，我們之中有些人還需要好好地學習。明白了嗎？」我猜，那就是蘿倫口中的「老爸笑話」。

刀子劃過草莓時，紅色的果肉反映在刀刃上。切開的草莓散發出香甜和泥土的味道。我感覺到他們之中有些人正在體內開心地騷動。「你們聞到了嗎？」刀子和我的手指距離如此接近，我必須要很小心。我再也不會把我的疼痛丟給其他人去承擔了。「我們盡可能地把草莓切薄，然後淋上紅酒醋。紅酒醋必須要像陳年的楓糖漿那麼濃稠才可以。現在，我們從窗台上的那盆羅勒摘下三片葉子。把它們切成細長條，然後呼吸著它的味道。現在，把羅勒加進草莓和紅酒醋裡。」

這是一份食譜，不過，有時候聽起來卻像一道符咒。

我們讓食材靜置幾分鐘，這樣，味道就可以混合在一起。我們利用這段時間來思考，或者看著天空，又或者只是當我們自己。

當我覺得時間差不多的時候，我說：「我要把混合在一起的草莓、羅勒和紅酒醋放在一片麵包上。」麵包聞起來有堅果的味道。「我會撒上一點研磨的黑胡椒在上面。是時候到外面去了。」

天空和樹叢裡充斥著鳥兒。小鳥的歌聲在我們四周此起彼落，洋溢在空氣裡。當太陽照暖我們的皮膚時，蘿倫發出了一聲輕微的嘆息。

「現在，」我說。「我們開吃吧。」

# 後記

如果你還沒看完無用街盡頭的房子，那麼，請你不要往下讀——因為下面是一段很長的劇透。

我要說的是，我如何在寫一本關於生存的書時，把它偽裝成了一本恐怖小說。二〇一八年的夏天，我正在寫關於一隻貓的故事，但是，我不知道為什麼我要寫關於一隻貓的事。對於那些缺乏同理心的人可以輕易地就和他們的寵物形成強烈又熱情的依附關係，我總是感到很有興趣。連續殺人犯丹尼斯．尼爾森的狗，嗶嗶，是唯一能被視為和他具有所謂功能關係的生物。他愛嗶嗶，而在他被捕之後，那隻狗的命運是他唯一關心的事。因此，我就想，也許就是這種故事，我應該要寫的就是這種故事。那隻名叫奧莉薇亞的貓，她和泰德住在一起，給了他安慰，即便他抓走了一個叫做蘿倫的年輕女孩，而且還把她囚禁起來。可是，這行不通。泰德似乎不像一個殺人犯，或者綁架犯。我不停地對他感到同情。他的故事感覺起來像是受苦和倖存的那種，而不是那種犯罪者的類型。還有，奧莉薇亞的表現也不像是一隻真正的貓。她確實擁有類似貓的特質，但她的聲音既不像人類，也不像貓科，而是其他的東西。她似乎像是他的一部分。那個表面上看起來被囚禁的女孩蘿倫也是。

當我正在研究童年時期受虐所造成的影響時，我在網路上看到了一個患有解離性身分障礙的年輕女子安西娜，她在她的影片中討論了自己的情況。她坦率而充滿同情地談到她那個年幼的代理人格。她把她當成自己的孩子一樣對待，她採取了一種母親的態度，照顧她、確保她不會害怕、不會面臨她無法完成的活動，例如開車。那個年幼的代理人格在影片中出現了一次，也開口說了話。她談及她有多麼地寂寞，因為沒有孩子想要和她一起玩，因為她所處的那個身體太大，而其他的孩子又無法理解。當我看著她們在說話時，我覺得我對生命的觀點改變了。我把那段影片列在參考書目裡（What It's Like To Live With Dissociative Identity Disorder〔DID〕）。我發現到，我正在寫的那本書，從來都不是關於一隻叫做奧莉薇亞的貓、一個叫做蘿倫的女孩，以及一個叫做泰德的男子。而是關於某個擁有這些人格於一身的人。這不是一個關於恐怖的故事，而是一個關於生存和希望，以及心理如何因應恐懼和痛苦的故事。

我以前曾經聽過DID。那是很多恐怖情節中的主題。然而，看著安西娜有系統地描述他們如何分解他們的人格以因應虐待時，我感到我從未了解的那一小部分世界變得明朗了。那個世界現在看起來更奇怪，但也更真實了。那是某種奇蹟，不過，心理會採取這種行動，其實也很合理。

我打電話給我的一位心理諮商師朋友。她的諮商對象中，包括遭到人口販賣和虐待的受害者。「這是真的嗎？」我問。「我的意思是，真有這種事嗎？」我表達得不是很清楚。

「就我的經驗而言，那絕對是千真萬確的。」她說。

有整整超過一年的時間，我進入到一個截然不同的世界，閱讀了我所能找到的、有關於DID的一切資料。我突然了解到這是一本什麼樣的書，它需要往哪裡發展。

無論是在治療社群裡還是在這個世界裡，都有一些人堅信這種障礙症並不存在。DID似乎威脅到了人們的世界觀。也許是因為它和靈魂的概念有所抵觸——一個身體裡可能存在著不止一個人，這樣的概念似乎很嚇人。這顯然擾亂了大部分宗教的根本信條。

毫無例外地，伴隨這種障礙症而來的故事必然很可怕。在面對難以承受的痛苦和恐懼時，它是心靈最後的庇護所。我特別感激第一人稱複數（FPP），它是英國解離性身分障礙症患者主要的互助協會之一，感謝他們幫助我更加了解這種錯綜複雜的狀況。他們的網址和線上資源都列在本書後面。

我和FPP的創辦人之一，也是一名解離性身分障礙症患者，長談了一個下午。他們要求不要具名。我們第一次見面是在一個火車站，然後再從那裡到附近的一間咖啡館去聊。第一次見面時，我們彼此都很緊張，也很害羞。對於兩個陌生人來說，我們要談的事是一個很私密的話題。不過，他們毫不畏縮地把他們的過去和他們的生活都誠實地攤開來。

他們談及當DID第一次出現時，那其實不是一種失調。它將一個小孩的心靈從無法承受的壓力中拯救出來；它展現出了拯救生命的功能。只有在長大成人之後，當它不再需要存在時，它才變成了一種失調。他們談及他們的代理人格之一：「腳」，這個代理人格是不說話的。腳唯一的功能是在他們受虐之後，讓他們回到床上。他們描述在虐待發生的當下，他們會如何把他們身體所有不同的部位都遣走。唯一被留下來的只有大腳趾，事後，他們也是藉由大腳趾再度把身體全部聚集起來。他們告訴我，有些代理人格會鄙視那些承受虐待的身體部位。有些代理人格並不了解他們為什麼會在一個反映不出他們年齡、性別或外貌的身體裡。這讓他們很生氣。有些人格還會企圖傷害這個身體。其他的代理人格則試著保持一個距離，維持「真空包裝」，將自己和這個系統的其他部分隔離開來。他們想要過著單獨的、平行的生活。這些不同代理人格的使命或功能都受到很清楚的定義。去工作的那個代理人格對於家人和伴侶都很冷漠，如果家人或伴侶在白天的時候打電話或者前來探視他們的話。工作的代理人格就只負責工作，僅此而已。

他們表示，記憶的運作對他們來說是很不一樣的。每一個代理人格都有特定的經驗。記憶不是線性的，而是窩居在一系列的隔間裡。「我永遠也不會知道，像你那樣把事情記住是什麼感覺。」他們告訴我。這可以讓簡單的任務變得困難。例如，在跟著一份食譜做東西的時候，他們無法一次記住超過四樣食材。保留太多資訊是很危險的，因為那意味著他們可能也必須記住其他的事。有時候，他們會在轉換人格之間留下一個缺口，讓身體空上一會兒的時間，這樣一來，代理人格之間就無須分享彼此知道的事情。他們描述要為一個假期打包有多麼地困難；要記得把每個人不同的東西都放進箱子裡，不同年齡的代理人格會有不同的衣服。他們也說到他們自己的內在世界，內在世界是他們的代理人格聚集之處：一幢位於十字路口中間的農舍，這種地方可以看清從四面八方來的敵人；一個有軍隊駐守的遊樂場；一個海灘。

他們告訴我他們正在療癒中。那個曾經撕毀照片、企圖毀掉過去的代理人格已經停止這種行為了。經過幾年的治療，並且擁有了自己的家庭之後，他們正在學習合而為一地住在一起。

在我們的會面接近尾聲的時候，我問：「關於這種障礙症，你們認為有什麼是人們並不了解，但你們希望他們可以知道的部分？」

「我希望人們知道，我們一直都在努力向善，」他們說。「我們向來都在保護那個孩子。」

要了解這個複雜的障礙症可能要花上一輩子的時間。不同的案例之間似乎有很多的相異之處，而解離性身分障礙症也有很多不同的表現方式。泰德並非基於某個特定的案例。他完全是虛構出來的，如果有任何的疏失，那完全都是我自己的錯。不過，我試著要在本書裡，公平地對待那些生命遭到DID觸及的人——秉持著我在那個咖啡都變涼的下午所聽到的那席話。DID也許經常會被當成營造恐怖情節或氛圍的手段使用在小說裡，不過，從我微不足道的經驗看來卻正好相反。那些DID的倖存者，以及和DID共存的人，他們永遠都在努力向善。

Storytella 188

# 無用街盡頭的房子

The Last House on Needless Street

無用街盡頭的房子 / 卡翠奧娜.瓦德作 ; 李麗珉譯. --
初版. -- 臺北市 : 春天出版國際文化有限公司,
2024.04
面 ; 公分. -- (Storytella ; 188)
譯自 : The Last House on Needless Street
ISBN 978-957-741-774-9(平裝)

873.57 112017333


ISBN 978-957-741-774-9
Printed in Taiwan



作　者　卡翠奧娜・瓦德
譯　者　李麗珉
總編輯　莊宜勳
主　編　鍾靈

出版者　春天出版國際文化有限公司
地　址　台北市大安區忠孝東路四段303號4樓之1
電　話　02-7733-4070
傳　真　02-7733-4069
E－mail　bookspring@bookspring.com.tw
網　址　http://www.bookspring.com.tw
部落格　http://blog.pixnet.net/bookspring
郵政帳號　19705538
戶　名　春天出版國際文化有限公司
法律顧問　蕭顯忠律師事務所
出版日期　二〇二四年四月初版

定　價　440元

總經銷　楨德圖書事業有限公司
地　址　新北市新店區中興路二段196號8樓
電　話　02-8919-3186
傳　真　02-8914-5524
香港總代理　一代匯集
地　址　九龍旺角塘尾道64號 龍駒企業大廈10 B&D室
電　話　852-2783-8102
傳　真　852-2396-0050